本书为安徽省高校人文社会科学研究重点项目"马克思人文精神与西方经典作家关系研究——以但丁、莎士比亚、歌德、巴尔扎克为中心"（SK2017A0577）成果

和建伟◎著

马克思人文精神与西方经典作家关系研究

——以但丁、莎士比亚、歌德、巴尔扎克为中心

中国致公出版社
China Zhigong Press

图书在版编目（CIP）数据

马克思人文精神与西方经典作家关系研究：以但丁、
莎士比亚、歌德、巴尔扎克为中心 / 和建伟著 . —北
京：中国致公出版社，2018
ISBN 978 - 7 - 5145 - 1325 - 7

Ⅰ. ①马… Ⅱ. ①和… Ⅲ. ①文学研究—西方国家
Ⅳ. ①I106

中国版本图书馆 CIP 数据核字（2018）第 196138 号

马克思人文精神与西方经典作家关系研究：
以但丁、莎士比亚、歌德、巴尔扎克为中心
和建伟　著

责任编辑：尤　敏　王宏亮
责任印制：岳　珍

出版发行：中国致公出版社　China Zhigong Press

地　　址：北京市海淀区翠微路 2 号院科贸楼
邮　　编：100036
电　　话：010 - 85869872（发行部）
经　　销：全国新华书店
印　　刷：北京市金星印务有限公司
开　　本：710 毫米×1000 毫米　　　1/16
印　　张：15. 5
字　　数：200 千字
版　　次：2019 年 1 月第 1 版　　　2019 年 1 月第 1 次印刷

定　　价：60. 00 元

序

陆晓光

　　和建伟博士论文《马克思人文精神与西方经典作家关系研究》这一选题与我缘分颇深。当初我正在做国家社科项目《〈资本论〉美学研究》，课题聚焦于《资本论》叙事特征的"为文之用心"（《文心雕龙》语）、马克思政治经济学特有的劳动美学（labour aesthetics）视域以及由此提出的工作美学（work aesthetics）问题等。至于马克思著述的整体与西方经典文学的关系，我则未来得及专注研究。该书研讨了但丁、莎士比亚、歌德、巴尔扎克四位经典作家与马克思人文精神的关系，下面我就把自己的想法略述一二。

　　《资本论》在论述资本主义工厂的"异化劳动"时，频繁引用英国官方蓝皮书的公共卫生调查报告，并多处以"地狱"意象来比喻工厂。其中一处在引用《童工调查委员会1863年》报告后写道："工作日从12到14或15小时不等，此外还有夜间劳动，吃饭没有固定时间，而且多半是在充满磷毒的工作室吃饭。如果但丁还在，他一定会发现，他所想象的最残酷的地狱也赶不上这种制造业的情景。"但丁《神曲》中的"地狱"篇可以说是西方地狱想象的最经典描述，马克思关于资本主义工厂劳动之"恐怖"的描述甚于但丁对地狱想象的评断，其情感倾向是否夸张？该书给出了很有说服力的答案：但丁笔下的地狱虽

1

然恐怖，却终究只是诗人的幻想；资本主义工厂现实的恐怖至少在三个方面超出了但丁的想象，即"普通劳动者被迫下地狱""包括儿童在内的大多数人下地狱"以及"资本吸血鬼"。

《资本论》曾引述一例关于农业工人居住条件的调查报告："这些住房供水不良，厕所更坏，肮脏、不透风，成了传染病的发源地。"调查报告的医师作者对此评论道："这种状况说明，我们同胞中最优秀的一部分，由于房屋和街道这些外部环境，往往沉沦到接近野蛮的退化状态。"其中"我们同胞中最优秀的一部分"是指居住在贫民窟的农业工人，而整部《资本论》未见述及农业工人的"优秀"，因此我推测这个"最优秀"用词是出于一种修辞技巧。而该书关于莎士比亚部分的论述使我深化了认知。在莎士比亚剧本《理查三世》中，国王对农民进行作战动员时说："战斗吧，英格兰的先生们！战斗吧，勇敢的自由民！"（"Fight，gentlemen of England！fight，bold yeomen！"）英文中的"gentlemen"可以指贵族、绅士，"yeomen"则特指拥有土地的农民。莎士比亚在《亨利五世》中也将"最高贵的英国人"与"健壮的自耕农"（good yeomen）并举，后者被称颂为"个个眼睛里全都闪出尊严的光芒"。可见《资本论》关注的是贫民窟中的农业工人，就他们在莎士比亚时代的社会地位而言曾经确实是"骄傲的自耕农"。因而，《公共卫生调查报告》中称贫民窟农业工人为"我们同胞中最优秀的一部分"，乃是有其历史渊源的。

马克思在《资本论》即将完成的 1865 年的《自白》中，将《浮士德》的次要人物甘泪卿称为"最喜爱的女英雄"，这是一个相当个性化的选择，至少对于中国读者而言是如此。缘由何在？该书"燕妮与甘泪卿的比较"篇回答了这个迄今未受重视的问题。燕妮与甘泪卿在遭遇生活的"暗礁"后都做出牺牲，"燕妮的精神力量不比马克思差"；马克思对甘泪卿的喜爱与尊敬，"不仅源于文学品味，而且受到与他同患难的夫人燕妮的影响"。这个结论也让我们进一步认识到，在马克思撰写《资本论》的历程中，燕妮作出的牺牲与恩格斯的贡献同样不可或缺。该书在考察中发现马克思著述中有一百多处论及歌德，"为马克思所引作家中最多"；其中与《浮士德》相关的有近五十处，"在马克思所引单部文学作品中最多"。仅此而言，关于马克思与"浮士德精神"关系的研讨尤为必要。

马克思的文艺思想大都表现为对文学经典的评点，其语境通常是正在研究并为之焦虑的某个问题。因此，将马克思的文学评点转换为某个依然需要研讨的问题，不仅是一种领略经典文学魅力的特殊视角，而且有望获得当下意义的新知。该书论述巴尔扎克部分所提问题是："马克思何以高度赞扬巴尔扎克？""何以推荐巴尔扎克《玄妙的杰作》？"就后者而言，这项研讨回应了英国学者弗朗西斯·惠恩21世纪初出版的《〈资本论〉传》，后者以巴尔扎克《玄妙的杰作》为"导言"标题，其卷末结句是："马克思仍然能够成为21世纪最有影响力的作家。"然而建伟对《资本论》与《玄妙的杰作》诸多相似之处所折射的人文精神之阐明，却是该书未及专注的。

建伟在博士论文开题之前逐一考察了《马克思恩格斯全集》（50卷本），分别作成四位经典作家专题资料汇辑（近16万字）。由此获得课题对象的"一个混沌的关于整体的表象"（马克思《政治经济学批判导言》语）。论文提交审阅后受到同行专家鼓励，其中之一是："将四位经典作家中的人物、意象、主题、语言风格与马克思的重要哲学、经济学、政治学论著的相关方面进行观照，揭示了其人文精神的根源、内蕴和文学表达形式。这些创新成果填补了国内研究的空白，在方法论方面也有重要的启示意义。"（摘自专家评阅书）

该书绪论中还谨慎提出了下面这个论点：

传统观点认为，马克思主义有三个来源，分别是德国古典哲学、

3

英国古典政治经济学和法国空想社会主义学说。基于文学经典在马克思论著中的重要地位，从某种意义上说，文学经典也是马克思主义的一个比较重要的来源。

一位专家写道："认为世界文学经典也是马克思主义的重要来源之一，这是一个重大发现，具有创新开拓的意义。"另一份评阅书认为，作者"比较充分地论证了'西方文学经典是马克思主义的一个重要来源'的观点"。

这个论点与我近年来思考的问题也不无相关。这个问题是：马克思主义在中国语境中是否以及缘何具有特殊生命力。我认为重要原因之一很可能在于马克思学说与中国传统文化的优秀特质具有相通互补的潜力。中国传统文化信念包括"大道之行也，天下为公"（《礼记·礼运》），而马克思学说的理想是共产主义；"四海之内，皆兄弟也"（《论语·颜渊》），而马克思有"世界公民"意识及"自由人联合体"构想；"显显令德，宜民宜人"（《诗经·大雅》）、"大学之道在明明德，在亲民"（《大学》），而重视人民群众是马克思主义的基本特征。中国文明是世界历史中特有的非宗教文明，而马克思主义则是现代世界"普遍体系中唯一的世俗思想体系"（杰姆逊语）；中国还是世界上诗文传统最为悠久、丰富的国家，而马克思推崇欧洲经典文学的"永久魅力"，并对"世界文学"充满期待。就建伟一书提出的"西方文学经典或许也是马克思主义的一个重要来源"论点而言，其聚焦的正是西方文学经典与马克思人文精神的关系，如果说这种关系与中国"文以载道"的悠久传统有相通之处，那么阐明前者也意味着印证后者对当代的意义。

建伟读博期间一直兼任王元化学馆的助研工作。这项工作包括负责日常值班、访客接待、网站管理、会议筹备以及相关课题研究等。王元化先生在1979年出版的《文心雕龙创作论》一书中多处引用和借鉴《资本论》，在当时中国文艺思想研究领域可以说是独辟蹊径。建伟这篇博士论文在承传学术精神方面也是走了认真踏实的一步。难能可贵的是，建伟博士毕业后，以精益求精的态度对论文进行进一步修改，并成书出版，令我甚是欣慰。愿这本专著对国内马克思美学研究有所助益，愿建伟的学术研究之路越走越宽广。

2017 年 6 月 28 日

（陆晓光，华东师范大中文系教授，"比较文学与世界文学"专业博导）

目　录

第一章 绪 论

第一节 研究对象与选题意义

通过对《马克思恩格斯全集》[①] 的考查，我们发现，马克思主义与西方文学有密切关系。马克思终生对文学充满兴趣，文学对其思想观点的阐述、文字风格的形成乃至生活情趣的调节，都有重要作用，其论著中也常引用各种文学作品。

马克思自幼喜爱文学，而且对文学的志趣终生不渝。马克思"在大学的头几年就表现出了对夸张比喻的热情和对诗歌的热爱"[②]，他还从阅读文学拓展到温克尔曼的艺术史、培根的论著以及黑格尔、亚里士多德、康德等人的著作[③]。1833 年到 1837 年，马克思创作了大量具有鲜明个人主义色彩的诗歌和剧本，其中有对浪漫主义的讽刺，有对

[①] 全书所据为中央编译局译，人民出版社 1956—1985 年版《马克思恩格斯全集》（第一版）。

[②] 〔英〕戴维·麦克莱伦：《马克思传》，王珍译，北京：人民大学出版社。2005 年版，第 11 页。

[③] 〔英〕戴维·麦克莱伦：《马克思传》，王珍译，北京：人民大学出版社。2005 年版，第 18—27 页。

歌德、席勒的赞美,有对未婚妻的爱恋,还有对当时哲学思潮的反思①。1879 年,《芝加哥论坛报》的一篇报道更揭示出马克思文学藏书的丰富:"我甚至粗略地一瞥就发现了莎士比亚、狄更斯、萨克雷、莫里哀、拉辛、蒙台涅、培根、歌德、伏尔泰……"② 可以说,在创作《资本论》③ 之前,马克思主要沉浸于哲学与文学的阅读之中。

对马克思而言,文学不仅仅是表达的手段,在某种意义上也是一种自我构成的方式。人类区别于动物之处首先在于,人类不仅为了满足自己的生理需要才开展活动,他也"按照美的规律来建造"④。文学满足了人的审美需要,培养了人的审美能力,正如柏拉威尔所言,"艺术作品的生产和欣赏有助于我们成为更完美的人"⑤。在关于巴枯宁《国家制度和无政府状态》一书的笔记中,马克思更是将文学与"已经获得的生产力(物质方面的和精神方面的)、语言、技术能力等等"⑥相提并论,这表明他赞同后来彼得罗维奇对文学的看法,即文学是"一种创造世界和创造自己的活动,由此人类也改造和创造自己的世界和人类自身"⑦。显然,马克思认为文学也是帮助人类构建相对公正的社会的有力工具。

---

① 〔德〕马克思:《青年马克思的文学和诗歌习作(1833—1837 年)》,《马克思恩格斯全集》(第 40 卷),中央编译局译,北京:人民出版社,1982 年版,第 391—814 页。

② 《卡·马克思同〈芝加哥论坛报〉通讯员谈话记》,见《马克思恩格斯全集》(第 45 卷),中央编译局译,北京:人民出版社,1985 年版,第 707—708 页。

③ 书中所据《资本论》,除特殊说明外,均为马克思生前所出版《资本论》(第一卷),见〔德〕马克思:《资本论》,《马克思恩格斯全集》(第 23 卷),中央编译局译,北京:人民出版社,1972 年版。

④ 〔德〕马克思:《1844 年经济学哲学手稿》,《马克思恩格斯全集》(第 42 卷),中央编译局译,北京:人民出版社,1979 年版,第 97 页。

⑤ 〔英〕柏拉威尔:《马克思和世界文学》,梅绍武等译,北京:三联书店,1980 年版,第 543 页。

⑥ 〔德〕马克思:《巴枯宁〈国家制度和无政府状态〉一书摘要》,《马克思恩格斯全集》(第 18 卷),中央编译局译,北京:人民出版社,1964 年版,第 681 页。

⑦ 〔英〕柏拉威尔:《马克思和世界文学》,梅绍武等译,北京:三联书店,1980 年版,第 544 页。

柏拉威尔在长达600页的《马克思和世界文学》中为我们勾勒出马克思各个阶段与文学的密切关系。从中可以看到，马克思对西方古典文学以及同时代的文学作品，都十分熟悉并有精辟见解。科赫也在《马克思主义和美学》中指出，马克思曾多年深刻钻研文学艺术经典，除了古典文学，他对保尔·德·科克、大仲马、瓦尔特·司各特等当代作家也有关注①。在此基础上，马克思将自己阅读过的许多小说、诗歌和剧本，巧妙运用到新闻通讯、政治评论与政治经济学研究中。它们或辅助说理，或增强论战，或改善文风，或表露情感，最终形成了马克思独特的文艺和美学观点，也造就了他那具有鲜明文学特质的政治经济学论述。因此，文学也成为马克思学术研究的底蕴，构成其生命的重要部分。

以马克思最重要的著作《资本论》为例，不难发现，《资本论》创立了剩余价值学说，其理论叙事同时也呈现出内涵丰富、色彩鲜明的文学特质。《资本论》引用了大量文学典故，包括贺拉斯、但丁、莎士比亚、赛缪尔·巴特勒、《圣经》、荷马、歌德、笛福、狄德罗、伊索、伏尔泰……海涅、巴尔扎克、维吉尔、席勒、拉伯雷、奥维德以及吸血鬼故事、德国通俗小说、英国浪漫小说、流行民谣、通俗剧和谚语等②。

此外，马克思还创造性地运用反讽、比喻、夸张等多种修辞，使得《资本论》极具艺术感染力。例如在讲述一个女工过劳而死时，马克思采用了充满夸张与戏谑色彩的反讽手法。沃克利是一个20岁的女孩，1863年为那些参加威尔士亲王夫人舞会的客人赶制时装：

"她们往往要一连劳动30小时，要不时靠喝雪莉酒、葡萄酒或咖啡来维持她们已经不听使唤的'劳动力'"。"沃克利同其他60个女工

---

① 〔德〕科赫：《马克思主义和美学》，佟景韩译，桂林：漓江出版社，1985年版，第19页。
② 《资本论》"人名索引：文学作品和神话中的人物"部分有马克思文学引用详细资料。见《马克思恩格斯全集》（第23卷），第908—910页。

一起连续干了 26 个小时，一间屋挤 30 个人……沃克利星期五得病，星期日就死了"。"而使老板娘爱丽丝大为吃惊的是，她竟没有来得及把最后一件礼服做好。"①

比喻手法也贯穿于《资本论》各个环节：

论科学精神："在科学上没有平坦的大道，只有不畏劳苦沿着陡峭山路攀登的人，才有希望达到光辉的顶点。"②

论研究对象："对资产阶级社会来说来，劳动产品的商品形式，或者商品的价值形式，就是经济的细胞形式。"③

论政治经济学的谬误：政治经济学将资产阶级制度视为天然存在，不曾从历史进程中考虑其发生与消亡，它们对待资产阶级之前的各种社会制度，"就像教父对待基督教以前的宗教一样。"④

论分工：钟表手工工场的零件就像"分散的肢体"一样被工人组装起来⑤。

论劳动力流动：随着失地农民的增多，工人的数量越来越多，大量贫穷的爱尔兰人或破落的英格兰农业工人源源不断地"像蝗虫一样成群地拥来。"⑥

论资本的本质："资本是死劳动，它像吸血鬼一样，只有吮吸活劳

① 〔德〕马克思：《资本论》，《马克思恩格斯全集》（第 23 卷），中央编译局译，北京：人民出版社，1972 年版，第 283—284 页。

② 〔德〕马克思：《资本论》，《马克思恩格斯全集》（第 23 卷），中央编译局译，北京：人民出版社，1972 年版，第 26 页。

③ 〔德〕马克思：《资本论》，《马克思恩格斯全集》（第 23 卷），中央编译局译，北京：人民出版社，1972 年版，第 8 页。

④ 〔德〕马克思：《资本论》，《马克思恩格斯全集》（第 23 卷），中央编译局译，北京：人民出版社，1972 年版，第 98 页。

⑤ 〔德〕马克思：《资本论》，《马克思恩格斯全集》（第 23 卷），中央编译局译，北京：人民出版社，1972 年版，第 380 页。

⑥ 〔德〕马克思：《资本论》，《马克思恩格斯全集》（第 23 卷），中央编译局译，北京：人民出版社，1972 年版，第 726 页。

动才有生命，吮吸的活劳动越多，它的生命就越旺盛。"①

论剥削：在工人看来，资本家的剥削就是"折磨他们的毒蛇"②。

论机器大生产：机器大生产"使工人畸形发展，成为局部的人，把工人贬低为机器的附属品，使工人受劳动的折磨，从而使劳动失去内容，并且随着科学作为独立的力量被并入劳动过程而使劳动过程的智力与工人相异化……并且把工人的妻子儿女都抛到资本的札格纳特车轮下"③。

论经济危机：1830 年经济危机前昔，英国各种矛盾呈激化之势，表面不错的经济数据只是回光返照，"像晚秋晴日使人想起春天一样"④。

除了传统的修辞方法，《资本论》还运用了现代主义作家惯用的拼贴创作技法，与庞德《诗章》、艾略特《荒原》有异曲同工之妙⑤。

特别需要指出的是，作为一部政治经济学著作，《资本论》引用最多的群体并非政治经济学家，而是负责公共卫生调查的"汉特医师"们。马克思对该群体的引用无论在频率上还是篇幅上，都远远超过了对亚当·斯密和大卫·李嘉图这两位著名经济学家的引用，在《资本

---

① 〔德〕马克思：《资本论》，《马克思恩格斯全集》（第23卷），中央编译局译，北京：人民出版社，1972年版，第260页。
② 〔德〕马克思：《资本论》，《马克思恩格斯全集》（第23卷），中央编译局译，北京：人民出版社，1972年版，第335页。
③ 〔德〕马克思：《资本论》，《马克思恩格斯全集》（第23卷），中央编译局译，北京：人民出版社，1972年版，第708页。札格纳特是印度教的主神之一毗湿奴的化身。崇拜札格纳特的教派的特点是宗教仪式上十分豪华和极端的宗教狂热，这种狂热表现为教徒的自我折磨和自我残害。在举行大祭的日子里，某些教徒往往投身于载着毗湿奴神像的车轮下让它轧死。（见《马克思恩格斯全集》（第23卷）第922页。）
④ 〔德〕马克思：《资本论》，《马克思恩格斯全集》（第23卷），中央编译局译，北京：人民出版社，1972年版，第17页。
⑤ 《资本论》中的现代文学技法，将在本书第五章第二节详细展开。

论》中可谓首屈一指①。马克思十分重视这些"内行、公正、坚决"的"汉特医师"的报告，赞赏其在"调查女工童工受剥削的情况以及居住和营养条件等等"②方面揭露了"英国城市工人与农业工人普遍的赤贫生活，以及由此引起的不断蔓延的'身心畸形'"，并"触及造成疾病现象的社会原因"③。换言之，马克思对"汉特医师"们调查报告的肯定正是基于其对工人不幸遭遇秉持的人文关怀，而《资本论》仅此一项即洋溢着饱满的人文主义精神。

而且，"汉特医师"报告对底层工人的生活有着细致描绘，以形象而富于讽刺意味的笔法揭示出资本主义工厂中最为黑暗的一面，完全可视为优秀的报告文学或写实散文④。因此，《资本论》从典故引用到语言风格，从外部面目到人文内涵，都与文学息息相关。《资本论》中文学元素的丰富多样，也折射出马克思论著与文学的密切关系。

在马克思的文学引用中，西方文学经典始终占据重要地位，特别是但丁、莎士比亚、歌德与巴尔扎克四位经典作家，更在其论著中担任主角。

马克思非常喜爱经典文学，在1865年4月的一份《自白》中，马克思坦陈自己对莎士比亚与歌德的喜爱：

---

① 有学者曾细致研究《资本论》对包括"汉特医师"在内的众多医师与调查员的报告，并对引用的频率及引用篇幅进行详细统计调查。（参见陆晓光：《马克思美学视域中的"汉特医师"们——重读〈资本论〉》，《社会科学》2008年第4期。）

② 〔德〕马克思：《资本论》，《马克思恩格斯全集》（第23卷），中央编译局译，北京：人民出版社，1972年版，第11页。

③ 陆晓光：《马克思美学视域中的"汉特医师"们——重读〈资本论〉》，《社会科学》2008年第4期。

④ "汉特医师"们的调查报告可参见《资本论》《工作日》《机器和大工业》和《资本主义积累的一般规律》等章节。例如1846年的一份工厂视察员报告就缫丝厂雇佣童工写道："细巧的织物需要灵巧的手指，而这只有年幼时进工厂才能做到。"（见《马克思恩格斯全集》第23卷第325页。）再如朱利安·汉特在1865年的一份公共卫生报告中写道：农业工人"不担心将来，因为他除了生存所绝对必需的东西之外，一无所有。他降到了零点……由它去吧，幸福与不幸反正同他无关。"（见《马克思恩格斯》全集第23卷，第744页。）这样富于文采与情感的报告在《资本论》中是很多的。

"您喜爱的诗人：埃斯库罗斯、莎士比亚、歌德。"①

在马克思的长女燕妮的纪念册中保存下来的《自白》中，其经典文学名录又有了扩展：

"您喜爱的诗人：但丁、埃斯库罗斯、莎士比亚、歌德。您喜爱的散文家：狄德罗、莱辛、巴尔扎克。"②

传统观点认为，马克思主义有三个来源，分别是德国古典哲学、英国古典政治经济学和法国空想社会主义学说。基于文学经典在马克思论著中的重要地位，从某种意义上说，文学经典或许也是马克思主义的一个比较重要的来源。20世纪前半期，美国著名经济学家熊彼特称赞《资本论》将经济理论冰冷的事实"用大量热气腾腾的言辞表达出来"③，后人在阅读马克思时，感受最为强烈的或许也是那些"充满热情的语言和对'剥削'与'贫困化'的强烈控诉"④。"热气腾腾"的语言正是文学语言的重要特点，正如韦勒克、沃伦在《文学理论》中所言，文学语言不同于科学语言的明显特征之一在于："它还有表现情意的一面"；它不仅陈述客观事项，而且要影响读者的态度，"要劝说读者并期望改变他的想法"⑤。事实上，从《1844年经济学哲学手稿》中对工人身心畸形的关注，到《资本论》中对残酷剥削工人的资本家的批判，马克思的文字语言始终"热气腾腾"，呈现出饱满的人文情怀。此种情怀自然与马克思的人生际遇、哲学素养乃至思维方式有关，然而，它更与文学经典的滋养密不可分。可见，探讨马克思经典著述中人文精神与西方文学经典的关系，无疑是一个有意义的命题。

---

① 〔德〕马克思：《卡尔·马克思自白》，《马克思恩格斯全集》（第31卷），中央编译局译，北京：人民出版社，1972年版，第588页。

② 该《自白》见《马克思恩格斯全集》（第31卷）"注释"部分，第709页。

③ 〔美〕约瑟夫·熊彼特：《资本主义、社会主义和民主》，吴良健译，北京：商务印书馆1999年版，第67页。

④ 〔美〕约瑟夫·熊彼特：《资本主义、社会主义和民主》，吴良健译，北京：商务印书馆1999年版，第67页。

⑤ 〔美〕韦勒克、沃伦：《文学理论》，刘象愚等译，北京：三联书店1984年版，第11页。

第二节　研究现状及存在问题

本书的选题，涉及马克思美学、马克思人文精神（人道主义思想）以及经典作家研究三方面，现将其研究状况概括如下：

一、马克思美学研究现状

1. 国外研究

马克思、恩格斯并未有专门系统的美学论述，但其在某些哲学经济学研究中（如《1844 年经济学哲学手稿》中关于"美的规律"论述），特别是在具体地论述某些艺术现象（如马克思论史诗）及文艺创作（如现实主义）时，表现出明确的美学思想。马克思美学思想研究源远流长，马克思、恩格斯在世时和以后的拉法格、梅林到稍后的普列汉诺夫，都是马克思美学的积极研究者与捍卫者，他们的某些观点也成为后人研究的依据。19 世纪与 20 世纪之交，马克思美学研究多从对马克思的理论体系入手，建立在对马克思基本原理、原则基础之上的探讨和介绍，代表人物有英国的考德威尔等。

20 世纪初，列宁首开马克思美学研究之先河，之后历经高尔基、卢那察尔斯基、里夫希茨、季米特洛夫、弗里德连杰尔等，延续近半个世纪。由于体制等原因，20 世纪 30 年代之后，苏俄的马克思美学研究出现简单化、教条化倾向。之后数十年，虽有凯德洛夫、伊里因可等人的某些著作质量较高外，整体水平不高。总体来看，苏联的马克思美学研究强调马克思主义现实主义等论述，普遍将马克思主义文学观简单等同于现实主义理论，加上庸俗社会学的影响，对马克思主义的文艺理论思想的丰富性与辩证性造成很大损害。

相对而言，欧美各国的马克思美学研究成果较为丰硕。其中主要代表人物有：卢森堡、葛兰西、卢卡奇等前期开创者，法兰克福学派（马尔库塞、哈贝马斯等）、法国存在主义的马克思主义（萨特）、结构主义的马克思主义（阿尔都塞）等中坚力量，解构主义的马克思主义（德里达）与后现代主义马克思主义美学（杰姆逊等）为殿军，他们形成了举世闻名的西方马克思主义美学研究。西方马克思主义美学普遍放弃了暴力抵抗，转而从文本实践中对资本主义社会进行批判、解构，一定程度上推动了现代性文化批判理论的勃兴。

西方马克思主义美学研究视野开阔，资料丰富，富于批判精神，在理论建构上成就突出。然而，其并未就西方经典文学资源与马克思学说之关系进行详细考察（柏拉威尔《马克思与世界文学》主要是对资料梳理、汇编，惠恩《马克思〈资本论〉传》则主要就《资本论》成书过程进行介绍，二者对马克思学说与西方文学经典的关系均未有深入分析）。

2. 国内研究

国内马克思美学与马列文论研究既有重合又有差异，本节将二者综合论述。

中国马克思美学研究可分为三个阶段。第一个阶段是20世纪前三十年，以李大钊、陈独秀、瞿秋白等人为代表，他们注重以马克思主义理论解决中国社会的现实问题，并未对马克思美学思想进行深入探讨。从20世纪30年代末到70年代末，是以毛泽东为代表的中国马克思美学研究的第二阶段。毛泽东继续强调马克思美学的现实关怀，并以《在延安文艺座谈会上的讲话》这一光辉文献对党领导的文艺实践活动的若干重要问题进行了详细阐述与解决。毛泽东的美学思想别具一格，是马克思主义美学思想中国化的重要标志，他借鉴苏联的相关研究，融入自己的长期思考，形成了更为注重美学实践的现实主义文艺思想。需要指出，这种现实主义创作方法在后来的实践中出现了某种偏差，在某种程度上孕育了"左"的观点。这一阶段，有李泽厚对马克思实践美学的新阐释，以及王元化《文心雕龙创作论》首次将《资本论》导入中国文艺学研究，但是，这一阶段的研究普遍被二元对立的思维模式笼罩，影响了相关研究的深入。第三个阶段是从20世纪70年代末至今，代表人物繁多，中国马克思主义美学思想研究呈现多元化倾向。这一阶段，国内学者普遍对之前的马克思美学研究持反思、批判态度，不少学者转而研究西方马克思主义，以期从中获取某种启发与借鉴。

至于国内的马列文论研究，主要从1949年新中国成立后开始。新中国成立前，马列文论研究基本没有开展，只有瞿秋白的《海上述林》（鲁迅编）及周扬在20世纪40年代编辑出版的《马克思主义与文艺》等小册子。新时期以来，学界展开对马列文论的全面研讨。较为重要的研究者有陆梅林、陆贵山、程代熙、吴元迈、李衍柱、王杰、刘文斌等人，重要著作也多达近百种。在这些马列文论专题研究中，既有整体思想内涵的研究，也有单一思想原理的探讨，既有对经典作家思想的单独研究，也有对某些经典论著的探析，可谓涵盖全面、成果丰硕。然而，马列文论研究中至今未见将西方文学经典纳入马克思学说进行细致研究者。

再就是马列文论教材的编写。1961年，全国高校文科教材会议做出开设马列文论课的决定后，教材编写进入正轨。"新时期我国学者编写出版的马列文论教材，可分为选编型、选讲型、概论型、发展史型四种。"① 它们或将马列相关文艺论著进行选编，或对其进行注释与讲解，或对马列文论思想体系进行系统阐发，再就是介绍马列文论在我国的传播情况。其中较为重要的有刘庆福、彭治平、陆贵山、李衍柱等人的教材。大量教材的出现，迅速解决了广大高校马列文论教学的燃眉之急，对马列文论知识的普及以及深入研究都有重要作用。

① 刘文斌：《马列文论三十年》，《社会科学战线》，2008年第11期。

此外，当代马列文论教材也广泛吸收了国内外最新研究成果，这一进步是明显的。但是，这些教材普遍未将马克思美学原理与西方文学经典进行详细观照，忽视了西方文学经典资源对马克思学说的重要作用，影响了人们对马克思学说与经典文学关系的认识。

二、马克思人文精神（人道主义思想）研究现状

学界对 humanism 至少有"人文精神""人道主义""人本主义""人文主义"等解释①，本节以人文精神指代 humanism，但在行文中仍用人道主义等词。通常所谓的人道主义有理论形态和实践形态之分，后者"主要代表一种主张以人为中心和目的的伦理思想。文艺复兴时期的人文主义、18 世纪法国启蒙学说和康德的伦理学都是如此"②。前者则"不仅仅意味着一种道德思想和伦理观念，它在更广泛、更深刻的意义上代表着一种价值观念和哲学理念"③。

1. 国外研究

1923 年，卢卡奇在《历史和阶级意识》中把马克思主义归纳为一种人道主义。1955 年，梅洛·庞蒂在《辩证法的历险》一书中，进一步解释了西方马克思主义的概念，明确指出西方马克思主义是强调主客体辩证法和主体性而否定自然辩证法和反映论的"马克思主义"。

"可以说，对主体性和人的强调就像一根红线，贯穿于西方马克思主义的本体论、认识论和历史观中，成为其理论出发点和主要基石。"④但是，如何正确认识与准确评价马克思的人道主义，是国外学界长期争论的焦点。有论者认为马克思人道主义深受费尔巴哈人本学影响，

① 北京市社会科学院哲学所编：《中外人文精神钩沉》，开封：河南大学出版社，2005 年版，第1—3 页。
② 参见崔秋锁：《马克思人道主义的哲学解读》，《社会科学辑刊》2014 年第 2 期。
③ 参见崔秋锁：《马克思人道主义的哲学解读》，《社会科学辑刊》2014 年第 2 期。
④ 郑国玉：《西方马克思主义值得借鉴的四个方面》，《理论视野》2012 年第 5 期。

是一种极不成熟的思想；也有论者将其视为意识形态或唯心主义而否定其科学性质；更有论者直接将其等同于西方传统的人道主义。这些错误观点中较为典型的是阿尔都塞的"认识论断裂说"①。布洛克在《西方人文主义传统》中，也错误地将马克思排除出人文主义传统，理由是其"把人文主义看成是人们用来掩饰他们阶级利益的幻想和欺骗的又一例子"②。

2. 国内研究

马克思人文精神研究在国内主要从 20 世纪 70 年代末展开，以马克思人道主义、马克思人学思想、马克思人本主义思想研究等为主要研究方面。其中，人道主义原则是马克思人学思想的来源之一，"马克思的人学思想是在批判继承以前人道主义传统的基础上形成和发展起来的"③。20 世纪 80 年代，国内学界主要从价值观上重视人的角度来研究马克思关于人的思想，代表性著作有王锐生、景天魁《论马克思关于人的学说》（辽宁人民出版社，1984 年版）、王若水《为人道主义辩护》（北京：三联书店，1986 年版）等。20 世纪 90 年代以来，研究者则更为系统、全面地挖掘马克思的人学思想，把马克思人学思想研究与人学理论建设相结合。其中系统揭示马克思人学思想的有韩庆祥《马克思人学思想研究》（河南人民出版社，1996 年版）和袁贵仁《马克思的人学思想》（北京师范大学出版社，1996 年版）等。新世纪以来，不少学者注重马克思人道主义思想与人学的内在逻辑，如郑冬芳《从发展逻辑和整体性视角论马克思人道主义思想》（陕西人民出版社，2010 年版），庞世伟《论"完整的人"：马克思人学生成论研究》（中国编译出版社，2009 年版）等；也有学者对马克思人学学说的百年历程进行系统总结，如陈曙光《马克思人学革命研究》（中国社会科

---

① 〔法〕阿尔都塞：《保卫马克思》，顾良译，北京：商务印书馆，2010 年版，第 15—23 页。
② 〔英〕布洛克：《西方人文主义传统》，董乐山译，北京：三联书店，1997 年版，第 144 页。
③ 韩庆祥：《从人道主义到马克思人学》，《学习与探索》2005 年第 6 期。

学出版社，2009 年版）。

据知网数据，截至 2015 年，马克思人道主义研究论文已有 700 余篇。然而，相关研究多从马克思经典文本入手，对其人学思想、人道主义、人本主义等进行辨析阐释；鲜有从经典文学层面探寻其人文精神资源。

三、但丁、莎士比亚、歌德、巴尔扎克研究状况

1. 但丁与《神曲》研究现状

（1）国外研究

但丁诗歌所引起的最早的关注首先集中于但丁创作的"俗语问题"，论者多批评但丁的俗语创作。最早评论但丁的人是波伦亚大学教师维吉里奥，他赞赏但丁的诗才，却不赞成其俗语创作。首位但丁传记的作者薄伽丘，也认为但丁"如果用拉丁语写作的话，成就会更大"①。此外还有曾担任教皇保罗三世的枢机主教的佩德罗·班波（1470—1547）从语言学角度对但丁进行批评。显然，以上诸人忽视了但丁通过俗语创作而开创了意大利语言文学的巨大成就。

《神曲·地狱篇》因其对教会的大量批判而引起当时掌握实权的教会的批评，加上诗歌内容晦涩，但丁与《神曲》在 17 世纪跌入低谷。18 世纪，但丁继续受到冷遇，期间出现所谓"但丁之争"，即巴尔提与伏尔泰关于《神曲》风格的争论，前者推崇但丁，却仅对但丁做了读后感式的个人理解；后者却认为《神曲》风格怪异，不会获得读者喜爱。两人都未从政治和伦理角度去具体观察《神曲》中的人物所代表的含义。以上争论使得时人对但丁的评论更加低俗化。不过，18 世纪的格拉维纳（1664—1718）与维柯（1668—1744）在哲学和美学意

---

① 姜岳斌：《伦理的诗学——但丁诗学思想研究》，杭州：浙江大学出版社，2007 年版，第 193 页。

义上高度肯定了但丁的成就，他们的评价切合了意大利浪漫主义时代民族解放运动的主题，但丁在 19 世纪终于成为意大利民族精神的偶像，并被 19 世纪的欧洲批评神化，《神曲》一度出现 227 个版本，19世纪也成为"但丁的世纪"。

至于但丁的诗学思想研究，诗人自己是最早阐释其诗学思想的人。在《致斯加拉大亲王书》中，但丁详细阐释了自己的"诗为隐喻"说，把诗歌的意蕴分为四重，即字面义、隐喻义、道德义与神秘义，他认为诗的价值主要取决于隐喻义，这是但丁对中世纪诗学思想的集中概括。维吉里奥等人虽不认同但丁的俗语创作，却赞同其"诗为隐喻"说。需要指出的是，由于早期的研究者未考虑到从整体上把握但丁的诗学思想，他们普遍热心探索《神曲》文字层面与文字后面的教义，而对其语言、形象和叙事的研究关注不够。彼特拉克即认为《神曲》不具备精美与魅力的艺术感觉，只是诗化的神学。16 世纪意大利哲学家马佐尼（1548—1598）《〈神曲〉的辩护》（1588）一文对但丁的"俗语问题"进行辩护，对其内容则主要关注《神曲》的教益，即道德意义。维柯视但丁为"基督时代的荷马"，肯定其创作的真实性与合理性，反驳了维吉里奥等人从"俗语问题"的角度对但丁的批评。维柯在诗学理论上肯定了但丁的地位，却因为思维的局限而未能进一步阐释其作品与诗学思想。格拉维纳则更关注《神曲》的道德功能。18 世纪和 19 世纪欧洲盛行浪漫主义文学运动，人们因此逐渐接受了但丁。19 世纪，但丁地位至高无上，但相关研究却并未重视但丁在《神曲》中对人生与社会的伦理评判，从而忽视了对其伦理内涵的研究。

西方国家于 20 世纪 80 年代再度兴起但丁研究热情。乔治·霍尔姆斯《但丁》（裘珊萍译，中国社会科学出版社，1989）结合但丁生平详细分析了《神曲》各部分思想内容。希瑟于 1989 年出版的《但丁批评的遗产》，则对《神曲》问世后 600 年间所有与之相关的重要经典评论进行了全面收集，展示了不同时代、不同民族国家的人们对但丁诗歌与思想的种种评价，为现今的但丁研究提供了历史研究的参考；美国学者兰辛于 2000 年出版《但丁百科》（3 卷本），还主编了涵盖但丁思想与创作各方面的但丁研究丛书。著名学者芭芭拉·雷诺兹的传记《全新的但丁：诗人·思想家·男人》① 则汇集了但丁作品中许多散落的神秘线索，向世人展现了但丁包括思想家、诗人等在内的多重面向。此外，剑桥大学的帕特立克·波义德等人在《神曲》的伦理思想研究方面也取得了进展。

（2）国内研究

梁启超 1902 年在历史剧《新罗马传奇》的楔子中提及但丁②。五年后，鲁迅在《摩罗诗力说》也对但丁有所关注。最早翻译但丁的中国人是钱稻孙，他自 1921 年起开始，断断续续地对《神曲》的部分篇章进行翻译。20 世纪 20 年代，《东方杂志》《学衡》等均刊载过但丁研究论文。20 世纪 30 年代，茅盾也注意到但丁，并将其与屈原进行比较，指出"这东西两大诗人中间有不少趣味的类似"③。翻译方面，1934 年，傅东华出版删节版《神曲》与严既澄译《神曲》选集在《诗歌月报》发表。1934 年，王独清译《新生》在上海光明书局出版。1935 年到 1948 年，王维克译出《神曲》全本（商务印书馆 1939 年、1948 年版），并在译本中附有对但丁和《神曲》的介绍长文。

20 世纪二三十年代，对《神曲》最为热衷的是现代作家老舍。老舍于 1941 年在论文《灵的文学与佛教》中指出："中国现在需要一个像但丁这样的人出来，从灵的文学着手，将良心之门打开，使人人都过着灵的生活。"④ 老舍注意到《神曲》的百科全书性质："《神曲》里

---

① 〔英〕芭芭拉·雷诺兹：《全新的但丁：诗人·思想家·男人》，吴建等译，哈尔滨：黑龙江教育出版社，2015 年版。
② 袁华清：《从但丁到卡尔维诺——意大利文学作品在中国》，《中国翻译》，1984 年第 2 期。
③ 茅盾：《世界文学名著杂谈》，天津：百花文艺出版社，1980 年版，第 36 页。
④ 老舍：《灵的文学与佛教》，《现代文学丛刊》，1982 年第 2 期。

什么都有……中世纪的宗教、伦理、政治、哲学、美术、科学都在这里。"①

新中国成立前国内对但丁作品的翻译、介绍、研究零星可见，不少学者对其崇敬有加，但囿于时代环境等，整体研究十分单薄。

新中国成立后到 1976 年，但丁研究趋于沉寂。1954 年，朱维基翻译《神曲·地狱篇》，1964 年，杨周翰等主编《欧洲文学史》（北京：人民文学出版社，1964 年版）代表当时国内《神曲》研究的最高水平，其中肯定但丁的文学地位，从历史的高度揭示其主题思想，并明确了《神曲》的进步意义。

1978 年至 20 世纪 90 年代初，国内《神曲》翻译逐渐增多，朱维基译《神曲》（1984）等陆续出版。但是，相关研究进展不大。国内学者对但丁的认识，一般还停留在恩格斯"中世纪的最后一位诗人"和"新时代的最初一位诗人"② 这一论断的水平；学界对《神曲》的评价，"则以作品中的具体描述来证明……但丁对中世纪教会腐败和意大利党争动乱的现实主义批判。"③ 总体而言，这一阶段的但丁研究水平不高，有些论文偏重个人感悟评点，甚至难以称得上是正规的文学批评。这一时期较有价值的研究有华宇清的论文《〈神曲〉的近代性》，华文率先对《神曲》中的人本主义思想进行了探讨。

20 世纪 90 年代，国内对但丁的研究较为活跃。翻译方面，1997 朱虹译但丁《论世界帝国》（《帝制论》）；吕同六于 1996—1997 年间翻译《飨宴》。研究方面较有特色的论文有李忠星 1982 年在《外国文学研究》发表的《但丁的"梦幻现实主义"谈片》（1982 年第 1 期）以及陆扬 1997 年在同一杂志发表的《但丁与阿奎那——从经学到诗

① 老舍：《神曲》，《老舍文艺评论集》，合肥：安徽人民出版社，1982 年版，第 37 页。
② 〔德〕恩格斯：《致意大利读者：〈共产党宣言〉1893 年意大利文版序言》，《马克思恩格斯全集》（第 22 卷），中央编译局译，北京：人民出版社，1965 年版，第 430 页。
③ 姜岳斌：《但丁在中国的百年回顾》，《外国文学研究》，2015 年第 1 期。

学》，前者首次对《神曲》中的"梦境"进行研究，后者则指出但丁与阿奎那在思想上的某种传承关系。此外，陈鹤鸣 1998 年发表的《但丁〈神曲〉宗教灵魂观念探源》① 对老舍的文章进行了响应。这些论文表明，国内对但丁研究开始从外部的评判转向对《神曲》精神价值的探索。这一时期也有对但丁与鲁迅、屈原等的研究，但是多为简单比附，价值不大，未超出茅盾 20 世纪 30 年代的研究水平。

新世纪以来，《神曲》译本继续出版。2001 年，田德望先生完成《神曲》最新翻译；2004 年，吕同六翻译的《但丁精选集》出版；2000 年后，对但丁与《神曲》的研究，较以往更注重从艺术风格角度探讨，其中较有代表性的有姜岳斌的论文《〈神曲〉中的诗人与但丁的诗性隐喻》以及苏晖等人的论文《但丁的美学和诗学思想》。前者对比分析了但丁地狱和炼狱中的诗人，指出诗人的目标是艺术与道德的统一；后者则从文艺美学角度，结合中世纪神学思想，指出但丁在《神曲》等著作中的美学思想的基础来自基督教神学观念。这一时期，不少学者将目光重新投向但丁与中国文化的比较研究，有论者将但丁与敦煌变文以及《西游记》中的天堂观念进行比较，使人清晰地感到但丁天堂里那种模糊化的视觉形象所蕴含的美学思考。此外，刘建军、蒋承勇等人结合但丁所在的时代，从宗教和哲学视角切入，探讨了诗人笔下丰富而复杂的人类精神。2007 年，姜岳斌出版国内首部从伦理学角度对但丁进行研究的专著《伦理的诗学——但丁诗学思想研究》，这是国内但丁研究的又一重要收获。

据知网数据，新中国成立后国内但丁研究论文有近二百篇，涵盖作品解读，但丁与时代、宗教关系，但丁与中国作家、中国文化比较等，可谓成就巨大。但是，国内但丁研究也存在一些问题，首先是鲜有国内学者直接从意大利语来研究但丁，这自然影响我们对但丁思想

---

① 陈鹤鸣：《但丁〈神曲〉宗教灵魂观念探源》，《外国文学研究》，1998 年第 3 期。

与艺术的准确把握。此外，虽然马克思《资本论》对但丁多有引用，却鲜见专题研究。

2. 莎士比亚研究现状

（1）国外研究

国外莎剧研究从本·琼生为莎士比亚首版的对开本题词以来，经历了新古典主义莎评（以德莱顿、伏尔泰、约翰逊为代表）、浪漫主义莎评（以莱辛、史雷格尔、歌德为代表）、维多利亚时代莎评（以王尔德、萧伯纳为代表），20世纪，莎士比亚研究进入高潮，有意象派莎评、以精神分析莎评、马列主义莎评等。国外莎学研究脉络明晰，资料浩如烟海，成就十分突出。主流的声音以褒扬为多，歌德对莎士比亚的赞叹代表了莎士比亚在西方的神话。古典主义批评的极端代表拉摩以及近代戏剧家萧伯纳等人对莎士比亚的贬损皆引起研究界的激烈批评。19世纪后期，西方莎评逐渐转向现实主义，莎剧创作与时代的关系更受重视。普希金认为莎剧的伟大在于表现了人民的命运，赫尔岑认为莎剧与社会运动关系密切，屠格涅夫则将哈姆雷特比作俄国贵族中的"多余人"。其中俄国现实主义批评的莎评与中国联系最为密切。

（2）国内研究

莎剧最早的文言译本为1903年上海达文出版社的《澥外奇谈》对莎士比亚作品的介绍，以及1904年林纾与魏易合译的《吟边燕语》。19世纪末至20世纪20年代，中国的莎剧研究处于起步阶段，只有简要的评介。20世纪20年代至新中国成立前，国内莎学研究主要以译介为主，代表译者有朱生豪、田汉、戴望舒、孙大雨、梁实秋等。研究论著则主要以翻译国外研究为主。新中国成立后至1978年，莎士比亚作品集逐渐丰富，1978年出版《莎士比亚全集》。20世纪50—60年代初期，中国莎剧研究出现高潮，吴兴华、李赋宁、王佐良、杨周翰、方平等优秀学者涌现，他们多用马克思主义基本观点来分析莎剧，注重对其反映现实的深广与人民性进行研究。新中国成立后至 1966 年，国内发表的莎评就有 260 篇左右，孙大雨、卞之琳、顾绶昌、曹未风等人关于莎剧翻译讨论也比较激烈，孙大雨的《论音组》《莎士比亚戏剧是话剧还是诗剧?》等较有影响。这一时期，莎剧的演出也日益蓬勃，形成了北京、上海两个中心舞台。

1978 年后，莎剧研究进入新阶段。中国对莎士比亚研究日渐繁荣，莎学著作不断诞生，莎剧的出版和研究获得较大发展。1984 年 12 月，中国莎士比亚研究会成立，更推动了莎评向纵深发展。据知网数据，至 2015 年 4 月，研究论文标题有"莎士比亚"者已达 2400 余篇，研究专著也有多种。其中，孟宪强、谈瀛州及李伟民等学者及时对国内外莎学研究进行了细致梳理分析。孙家琇主编《马克思恩格斯和莎士比亚戏剧》（中国戏剧出版社，1981 年版），孟宪强辑注《马克思恩格斯与莎士比亚》（陕西人民出版社，1984 年版）都对马克思与莎剧之关系有所关注，但前者多将马克思主义作为莎剧研究指导思想，后者对马恩引用莎士比亚的情况仅限于《马恩全集》前 40 卷，而且只是资料汇编，并未进一步分析。国内外莎剧研究中，鲜有集中分析马克思人文精神与莎士比亚剧作关系者。

3. 《浮士德》研究现状①

（1）国外研究

自从歌德的《浮士德》问世（第一部于 1808 年，第二部于 1832 年），相关研究就从未间断。在《浮士德》的故乡德国，《浮士德》研究早就以独立的学科——"浮学"而存在。正如诗人和学者丁格尔斯台特所说："到处是浮士德，在科学中和在艺术中莫不如此。"人们对《浮士德》的理解也众说纷纭，它被誉为德意志文学中的伟大的斯芬克

---

① 本书对歌德的探讨，主要集中于《浮士德》一书，故在此只梳理《浮士德》的研究现状。

斯与德意志民族的"第二部圣经"①。丁格尔斯台特1876年《一部浮士德三部曲》文中视浮士德为集德意志民族性格之大成的精英人物。谢勒尔则在《德意志文学史》中论述《浮士德》的章节里将其与普鲁士国王腓特烈大帝相联系。这种对德意志民族精神的弘扬，到了赫尔曼·格林那里，已带有民族主义的狂热，他称赞《浮士德》时对其他民族的优秀作品进行贬抑："对于我们德国人说来，浮士德是所有欧洲文学作品人物的主人。当浮士德出现时，哈姆雷特、阿基勒斯、赫克脱……等所有形象在我们眼里都不再是那样有生气了。"② 在德国，一直有用民族精神与民族主义的观点来解释《浮士德》的传统，到了纳粹统治时期，更是得到了恶性的发展，有人直接将浮士德与希特勒相提并论。随着以民族主义观点去阐释《浮士德》，它不再被当作一部纯粹的文学著作，而上升为一部富有"文化历史使命"的作品。吕帕尔即为这一观点的代表人物，他在《〈浮士德〉：歌德的一部悲剧》中指出："它从一部纯时代的作品变为一部世纪性的，从一部仅是诗歌的作品变为一部负有文化历史使命的作品。"③ 他认为《浮士德》的第一部和第二部是一种对话关系，像问和答，像课题的提出和解决。从第二部的积极答案中他看到这部不仅仅是艺术作品的使命："在自我证实和自我限定的基础上人的无限发展。"④ 吕帕尔的研究在威廉帝国有广泛影响，早期马克思主义者和社会民主党人都认为《浮士德》蕴含了歌德与社会主义、工人阶级的相通点，他们从中找到了与自己的政治理想和审美情趣的契合点。

虽然《浮士德》成了所谓德意志民族的第二部圣经，但对《浮士

---

① 高中甫：《歌德接受史（1773—1945）》，北京：社会科学文献出版社，1993年版，第167—168页。
② 高中甫：《歌德接受史（1773—1945）》，北京：社会科学文献出版社，1993年版，第168—169页。
③ 高中甫：《歌德接受史（1773—1945）》，北京：社会科学文献出版社，1993年版，第169页。
④ 高中甫：《歌德接受史（1773—1945）》，北京：社会科学文献出版社，1993年版，第169页。

德》和浮士德这一形象依旧有批判声音。首先是歌德研究学者鲍姆卡特涅尔（1841—1910）神父，他认为《浮士德》的自然观、哲学观和宗教观都是对正统的天主教会的一种威胁。此外还有格里彭凯尔等人也从宗教和伦理的角度对《浮士德》进行批判。值得一提的是，哲学家尼采对《浮士德》也持批评态度，认为浮士德不过是"卢梭的人的最高和最大胆的图像"。在《流浪者和他的影子》一书中，他对《浮士德》的主旨进行质疑："一个微不足道的缝衣女被引诱，遭到不幸；一个有四门专业的伟大学者是罪犯。……难道这真是伟大的德意志的'悲剧思想'，像人们在德国人中间听到的那样？"他还认为"《浮士德》——是一种偶然的和一时的题材，不是那么必要和持久的题材——没有什么！绝不是认识者的悲剧！从来也不是'自由精神'的悲剧。"①

二战后，西方对《浮士德》的研究范围不断扩大，水平不断提高，德国学者研究重点在第二部，英美学者则重点关注第一部。主要研究论著有赫特涅《十八世纪德国文学史》、卢卡契《浮士德研究》、柯尔夫《歌德时代的精神》、弗利特纳《晚期作品中的歌德》等。科布里克《理解浮士德戏剧的基础和思想》（法兰克福 1972、1978 年版）引证了许多有代表性的西方学者论点，如雷克瓦特《歌德著〈浮士德〉第一部的主题和结构》（1972）及埃姆里希著《〈浮士德〉第二部的象征手法》（1957）等②。这些研究涵盖了浮士德、靡非斯特、甘泪卿等人物形象以及《浮士德》上、下两部的统一性等问题研究。

（2）国内研究

早在 1878 年，歌德的名字就在中国出现。此后，辜鸿铭、马君武、苏曼殊、王国维、鲁迅等人都对歌德有过介绍或译介，但是影响

---

① 以上尼采言论，皆引自高中甫：《歌德接受史（1773—1945）》，北京：社会科学文献出版社，1993 年版，第 171 页。
② 以上所引西方论著，出自董问樵：《〈浮士德〉研究》，复旦大学出版社，1987 年版。

不大。直到五四运动以后，在郭沫若的推动下，歌德才在中国产生了广泛影响。郭沫若的歌德研究主要集中于《浮士德》，堪称我国《浮士德》研究的元勋。郭沫若从五四时期就开始翻译研究《浮士德》，代表性成果为《〈浮士德〉简论》（郭译本书前附），他指出，《浮士德》是"一部灵魂发展史，一部时代精神发展史"①，这一论点影响至今。此外，新中国成立前还有宗白华、冯至等学者对《浮士德》研究作出贡献，前者重点关注浮士德的精神，后者用歌德的世界观与人生观来观察研究歌德著作，并自觉以中国文化作为参照。但总体而言，新中国成立前《浮士德》研究处于初级阶段，以译介为主，相关研究多集中于个人感悟等，鲜见系统、深入的研究。

新中国成立后，特别是新时期以来，陆续有董问樵、钱春绮、梁宗岱、绿原以及杨武能等人的多种《浮士德》译本问世。

《浮士德》研究方面，新中国成立后到20世纪60年代中期，由于各种原因，只有冯至主编的《德国文学简史》等提及《浮士德》，其观点"《浮士德》是西欧三百年历史的总结"沿用至今。20世纪80年代，中国《浮士德》研究重新起步。1986年，冯至出版《论歌德》（上海文艺出版社）一书，该书的一大特色在于作者自觉运用马克思主义对《浮士德》进行研究，却并不盲从苏联、东欧盛行的教条主义。该书对于中国读者真正理解接受《浮士德》起到了重要作用。1987年董问樵《〈浮士德〉研究》问世，为我国《浮士德》研究作出了新贡献。该书的突出之点在于，它对"浮士德精神"作出了极富于时代气息而别有新意的解释："永不满足现状""不断追求真理""重视实践和现实"②，这些观点至今仍有重要价值。此外，余匡复《德国文学史》（上海外语教育出版社，1991年版）重估了《浮士德》的思想内

---

① 〔德〕歌德：《浮士德（第一部）》，郭沫若译，北京：人民文学出版社，1978年版，第2页。
② 以上对"浮士德精神"所作解释，出自董问樵：《〈浮士德〉研究》，复旦大学出版社，1987年版，第41—49页。

涵，认为这一世界名著并非国内一直认为的"悲剧"，而是悲喜交织的
"正剧"。

20 世纪 80 年代以来，《浮士德》研究论文有近四百篇，其中刘建
军《两面神思维与〈浮士德〉辩证法思想的深化》（东北师大学报，
1998.4）关注《浮士德》的哲学内涵，指出《浮士德》深刻的辩证法
思想与歌德的现代科学思维有关；邓双琴《论浮士德的典型形象》
（《四川师院学报》，1985.1）、杨武能《术士·哲人·人类的杰出代
表》（《名作欣赏》，1991.3）从不同方面对《浮士德》主要人物形象
进行分析；张辉《浮士德精神的中国化审美诠释》（《中国现代文学研
究丛刊》1998.1）与杨武能《何只"自强不息"！——"浮士德精神"
的反思》（《外国文学研究》，2004.1）则对著名"浮士德精神"进行
解读，杨文对国内流传已久的"浮士德精神"进行反思，认为"自强
不息"不足以涵盖其所有特点，"浮士德精神"还有仁爱精神、人道主
义等思想；叶绪民《试论〈浮士德〉中靡非斯特形象的辩证逻辑》
（《中南民族学院学报》1985.3）则对靡非斯特的本质进行了探索；此
外，余匡复《〈浮士德〉——歌德的精神自传》（《戏剧艺术》1998.5）
等文章分析了歌德与浮士德之复杂关系。

20 世纪 90 年代以来，学界对《浮士德》的比较研究逐渐增多
（如张淑萍《〈浮士德〉与〈蛇神〉结构艺术比较》，《新疆大学学报》
（哲学社会科学版）1998.2；沈有珠《上下求索　自强不息——屈原与
浮士德形象比较》，《西南民族学院学报》哲学社会科学版 1999.5；胡
梅仙《论〈史记〉和〈浮士德〉的悲剧超越意识》，《宁夏大学学报》
（人文社会科学版）2005.1；杜娟《〈红楼梦〉与〈浮士德〉灵肉母题
的文本对话》，《河北学刊》2005.2 等），在不同文化视域观照下，学

界对《浮士德》的认识得以进一步深化①。

总体而言，新中国成立后，特别是 20 世纪 90 年代后期以来，《浮士德》研究取得极大成就，研究涵盖该著作的几乎各个方面，对于其中某些重要问题的认识（如"浮士德精神"等）取得了重要突破。但是，国内学者引用马克思对《浮士德》的相关表述时，多限于引用与简单述评，鲜有研究《浮士德》与马克思人文精神的关系者。

4. 巴尔扎克研究综述

（1）国外研究

泰纳（1828—1893）对巴尔扎克研究贡献很大，他于 1858 年发表《批判与历史的创新》，结束了巴尔扎克同时代的批评界对巴尔扎克的轻视，也为客观、科学地研究其创作奠定了基础。泰纳首次提出，巴尔扎克是一位独特的、以崭新的方法描写人的艺术家，认识到他对 19 世纪上半叶法国社会现实的深刻反映，充分肯定其采用的现实主义手法。但泰纳错误地认为巴尔扎克出于自己的粗俗个性才对丑恶现象有特殊嗜好。19 世纪末，较重要的巴尔扎克研究家是布吕纳蒂埃。20 世纪 20—40 年代，不少法国学者将巴尔扎克的随笔和论文、文献（书信、评论）、创作日期与创作生平等进行整理与确定。美国学者达尔甘及克雷因和巴尔涅斯等对巴尔扎克部分作品的不同稿本进行了比较，解决了涉及巴尔扎克传记的许多复杂问题。20 世纪上半叶，居荣、巴尔德利、比利以及德国的库尔乌斯等在研究巴尔扎克方面较有影响，他们细致研究巴尔扎克的原稿，提供了十分珍贵的资料，却贬低了巴尔扎克的现实主义成就。1931 年，苏联《文学遗产》发表恩格斯 1888 年致哈克奈斯的信，其中对巴尔扎克的深刻理解与评价，为研究巴尔扎克提供了重要参考。之后，前苏联研究者日益关注巴尔扎克与现实

---

① 国内《浮士德》研究综述，参考了周青民、李秀云：《歌德研究综述》，《吉林师范大学学报（人文社会科学版）》，

的密切关系，其中奥勃洛米夫斯基（1907—1971）的《巴尔扎克评传》（1961）研究了巴尔扎克的创作道路及各阶段的发展变化，较有价值。

（2）国内研究

1915 年，"巴尔扎克"通过林纾等人的翻译进入中国。1917 年，周瘦鹃在《欧美名家短篇小说丛刊》中首次对巴尔扎克的作品进行分析解读。到新中国成立，共翻译（含重译）80 余篇（部）巴尔扎克的作品，刊发 40 余篇评介文章。

1949 年之前，国内巴尔扎克研究主要由三部分组成："一是附在译本中的'前言''后记''译者之言'等，这些大都为译者根据个人阅读与翻译所得撰写而成；二是刊发在期刊上的单篇文章，是研究者对作家作品的专门述说；三是文学史中的有关章节，是编写者综合多方面信息概括而来。"① 前两者不到 50 篇，但普遍采用多维立体式的观照视角，对巴尔扎克的介绍较为全面，对其生活、工作的记载也颇为具体。其中，穆木天对《高老头》的创作背景、内容构成及人物刻画等方面的分析较为全面；李健吾对《欧也妮·葛朗台》的分析也较深入。新中国成立前的巴尔扎克研究处于发轫期，不如巴氏作品翻译发展得迅速。

总之，新中国成立前的巴尔扎克研究，涉及面广，重点突出，研究者基本把握住了巴氏创作个性的主要和关键。但研究多集中于巴尔扎克现实主义成就的分析，但相关研究整体偏于泛泛而谈的感想式概括，缺乏系统性综合性的深入探讨，而且，整体数量也不多，研究未成气候。而且，研究受泰纳、恩格斯等论述影响较深，对国外经典论述的继承较多，独创性研究成果较少。不过，这些研究开创了国内学者的研究思维，为新中国成立后的巴学研究奠定了基础。

新中国成立以来，特别是 1978 年以后，我国对巴尔扎克研究趋于

---

① 蒋芳：《新中国成立前的巴尔扎克研究》，《湘南学院学报》，2009 年第 3 期。

深广。研究对象从个别作品扩展到多数作品，从只关注巴尔扎克的创作方法扩展到对其政治、宗教等思想的研究，研究方法更从单调的社会学方法扩展到心理分析、文化研究等。有影响的如 50 年代陈伯海《关于巴尔扎克世界观和创作方法问题》及周俊章《关于巴尔扎克的世界观与创作问题的讨论》，以及 80 年代王振铎《巴尔扎克世界观与创作方法》等文章。

新中国成立以来到 1989 年，人民文学出版社等陆续出版了巴尔扎克作品全集，为研究巴尔扎克奠定良好基础。译介方面影响较大的首推傅雷，他先后翻译了巴氏 13 部中长篇小说，并在部分序文中对巴氏创作思想、人物和情节进行了出色分析。

20 世纪 90 年代以来，比较研究方法受到青睐，对于巴尔扎克的研究也开始更为全面深入。其中陈部、曹晓青等人对巴尔扎克笔下的人物均有深刻认识。90 年代，较有影响的学者是杨昌龙，他在 1991 年出版的专著《巴尔扎克创作论》中，对《人间喜剧》作了综合而又深入的研究。全书资料丰富，涉猎广泛，总结出巴尔扎克身上体现出的具有普遍意义的作家成长规律，对我们总结、学习和借鉴巴尔扎克的创作经验、艺术风格、文学成就及其表现手法等具有重要参考意义。

不过，新中国成立以来巴尔扎克研究也存在一些问题，一是截至 2014 年底，相关研究文章已多达 400 篇，但多为翻译文章以及较为粗略的知识介绍性文章，真正有创见的研究并不多。而且，有些观点因袭旧说，缺少新意。此外，研究方法陈旧单一，仍普遍停留在社会学方法上，比较研究方法未能取得深入进展。最后，研究选题过于集中，多限于小说而忽视其杂文、戏剧、文艺评论等。小说研究也多集中其代表作《高老头》《欧也妮·葛朗台》《农民》《幻灭》等作品进行分析，其中仅《高老头》研究论文就有 40 篇左右。

总之，20 世纪 90 年代以来，巴尔扎克研究趋于沉寂，综述性文章较多，从方法论、研究选题方面取得突破的文章比较鲜见，有深度的研究专著也较少，学界普遍注意马克思、恩格斯对巴尔扎克的论述，但鲜有研究巴尔扎克与马克思人文精神的关系。

可见，以往的马克思美学与马克思人文精神（人道主义）研究多注重概念辨析、理论阐释以及体系创建；涉及马克思与文学关系时，多强调马克思文学社会学等理论的指导意义，或以马克思相关文学论述为依据，从比较文学角度分析马克思对西方文学经典之接受与理解，而对马克思与西方文学经典关系进行研究者十分鲜见。时至今日，国内外对但丁、莎士比亚、歌德、巴尔扎克四位作家的研究早已是专门之学，而对其与马克思人文精神关系这一领域的探讨，却是凤毛麟角。综上，从学术逻辑而论，目前对马克思人文精神与西方经典作家关系进行研究已是水到渠成。

第三节　本书构成及提要

本书以研究马克思人文精神与西方经典文学的关系为主旨。全书主体分四部分，分别以但丁、莎士比亚、歌德与巴尔扎克为例，考察马克思对西方文学经典的引用，具体而微地发掘马克思人文精神与各位经典作家的关系。将马克思学说纳入比较文学研究视域，能够弥补以往马克思美学研究的某种不足，也将丰富我们对西方文学经典的认知，厘清马克思人文精神的脉络。

本书选择上述四位作家，一方面是因为马克思曾明确表示对他们的喜爱，另一方面是因为他们在马克思著述中占据重要分量与地位，再就是他们契合了马克思的现实主义文学观。马克思从历史唯物主义观点出发选择了现实主义文学理论，这已属于常识，本书不作详细论述。

马克思对文学经典的关注，与他的政治经济学研究密切相关，也契合了他自身的生活感受，还蕴含了极高的文学审美判断。因此，本书以马克思对经典作家的相关评述为引子，重点对经典作家的文本进行细读，以期从具体的文本中发掘出马克思人文精神的细微而重要的节点。

本书主要探讨马克思人文精神与西方经典作家的关系，但是不少地方引用了恩格斯的论述，例如在有关巴尔扎克的章节中就多次引用恩格斯的论断。这一方面因为恩格斯是巴尔扎克研究专家，相关评论丰富而深刻，有些观点至今仍有重要价值。另一方面则因为恩格斯是马克思主义的创始人之一和坚定捍卫者，恩格斯与马克思几乎所有重要观点都高度一致①。

今天看来，马克思钟情于但丁、莎士比亚、歌德与巴尔扎克这四位作家，可谓慧眼独具。文学是人学，四位经典作家对人的价值与地位极为关注，因此，在可以预见的相当长时期内，他们仍将在世界经典作家名单上占据重要地位。笔者认为，在马克思的人文精神版图中，经典作家为其增添了浓墨重彩的一笔。

---

① 学者胡大平在《回到恩格斯》（江苏人民出版社，2011 年版）中设立专章对马克思与恩格斯的关系进行辨析，他从恩格斯与马克思的分工、恩格斯对待亡友思想的态度，以及恩格斯对亡友文本的态度三方面展开论述，指出"恩格斯在唯物主义历史观发展历程中与马克思是一致的"（该书第 358 页）；在唯物主义历史观的创建过程中，"马克思偏重元理论的建设，而恩格斯则把解释、宣传和运用作为重点……也没有充分的证据表明他的相关解释扭曲了马克思的基本思想，或者他的后期背叛了自己的立场"（该书第 360 页）。总之，恩格斯的现实主义文学观显然隶属于唯物主义历史观范畴，二人在这方面的观点高度一致。

第二章　马克思著述中的但丁

在形容意大利革命家加里波第①时，马克思曾以但丁作为标准：

"加里波第这样的人，既具有一颗火热的心，又兼有某些只有在但丁和马基雅弗利身上才能发现的灵敏的意大利天才。"②

当然，马克思更为推崇但丁的文学成就，认为"最了不起的文学大师是歌德、莱辛、莎士比亚、但丁和塞万提斯，这些人的作品他几乎每天都不释手"③。李卜克内西在《忆马克思》一文中，更指出马克思"会成段地背诵《神曲》，这本书他几乎全都背得出"④。因此，在马克思最喜爱的诗人中，但丁排在首位⑤。

无论是在经济学论著还是日常通信中，马克思都经常引用但丁的诗句。但丁常被用来辅助阐述深奥的经济学原理，例如在说明货币与等价物的原理时，马克思就巧妙地联想到了《神曲》：

---

① 加里波第（1807—1882），意大利革命家，民主主义者，意大利民族解放运动的领袖；1862年组织了从罗马教皇军和法国占领者手中解放罗马的远征。

② 〔德〕马克思：《普鲁士现状——普鲁士、法国和意大利》，《马克思恩格斯全集》（第15卷），中央编译局译，北京：人民出版社，1963年版，第199页。

③ 〔英〕柏拉威尔：《马克思和世界文学》，梅绍武等译，北京：三联书店，1982年版，第281页。

④ 〔德〕威廉·李卜克内西：《忆马克思》，《回忆马克思恩格斯》，马集译，北京：人民出版社，1973年版，第66页。

⑤ 马克思的长女燕妮的纪念册中保存下来的马克思的《自白》的一种文本的译文：您喜爱的诗人——但丁、埃斯库罗斯、莎士比亚、歌德。（见《马克思恩格斯全集》第31卷，第709页。）

"商品除了有例如铁这种实在的形态以外，还可以在价格上有观念的价值形态或想象的金的形态，但它不能同时既是实在的铁，又是实在的金。要规定商品的价格，只需要使想象的金同商品相等。但商品必须为金所代替，它才能对它的所有者起一般等价物的作用。例如，铁的所有者遇见某种享乐商品的占有者，他向后者说铁的价格已经是货币形式了，后者就会像圣彼得在天堂听了但丁讲述信仰要义之后那样回答说：

'这个铸币经过检验，

重量成色完全合格，

但告诉我，你钱袋里有吗？'"①

在这里，马克思将《神曲》中严肃的宗教教义讨论嫁接到货币价值问题的讨论上，既说明了价值形式与商品实体的关系，又对所谓宗教教义进行了讽刺，暗含着只要有钱就能上天堂的意味。

马克思也经常用但丁诗句用来讽刺时事人物。在与福格特的论战中，马克思就指出福格特"胡吹乱扯，随便发挥，故意搅乱，引经据典，无中生有，把臀部也变成了喇叭"②。

在第八层地狱的某处，鬼卒首领以响屁作为号令小队的信号：

"他们转身向左边的堤上走去，但是每个鬼卒都先向他们的首领伸出舌头，用牙咬紧，作为信号，他就把自己的屁股当作喇叭"③。

马克思以此嘲讽福格特，既表明他胡说八道，又指出其邪恶本质堪比魔鬼。

而在与布莱德进行公开辩论时，马克思对论敌可谓深恶痛绝，于

---

① 〔德〕马克思：《资本论》，《马克思恩格斯全集》（第23卷），中央编译局译，北京：人民出版社，1972年版，第121—122页。
② 〔德〕马克思：《福格特先生》，《马克思恩格斯全集》（第14卷），中央编译局译，北京：人民出版社，1964年版，第697页。
③ 〔意〕但丁：《神曲·地狱篇》，田德望译，北京：人民文学出版社，1990年版，第160页。

是，他又想到了但丁的《神曲》：

"但丁在他的不朽的诗篇中说过，对放逐者的最残酷的折磨之一，是必须跟各种败类打交道。当我不得不跟查理·布莱德洛先生之流那样的家伙进行一个时期公开辩论的时候，我深刻地体会到这段怨言的正确性。"①

在马克思的引用中，最为惊心动魄的应是把充满童工的火柴厂比作地狱：

"有 270 人不满 18 岁，40 人不满 10 岁，10 人只有 8 岁，5 人只有 6 岁。工作日从 12 到 14 或 15 小时不等，此外还有夜间劳动，吃饭没有固定时间，而且多半是在充满磷毒的工作室里吃饭。如果但丁还在，他一定会发现，他所想象的最残酷的地狱也赶不上这种制造业中的情景"②。

马克思喜欢将现实生活与文学作品相类比，不过，《地狱篇》里的种种地狱恐怖同现代世界的种种恐怖相比，前者也要自愧不如。维多利亚时代的火柴工厂，在没有任何防护设备的情况下处理磷片，极有可能带来可怕的疾病，因此，

"只有工人阶级中那些最不幸的人，饿得半死的寡妇等等，才肯把'衣衫褴褛、饿得半死、无人照管、未受教育的孩子'送去干这种活"③。

这些现代世界的地狱图景都远远超出了中世纪的但丁所想象的任何情景，也深深刺痛了马克思的内心。在多年的艰难生活中，马克思对底层人民的痛苦可谓感同身受，因此，在对但丁的引用中，出现了

---

① 〔德〕马克思：《致〈东邮报〉编辑》，《马克思恩格斯全集》（第 17 卷），中央编译局译，北京：人民出版社，1963 年版，第 524 页。

② 〔德〕马克思：《资本论》，《马克思恩格斯全集》（第 23 卷），中央编译局译，北京：人民出版社，1972 年版，第 275—276 页。

③ 〔德〕马克思：《资本论》，《马克思恩格斯全集》（第 23 卷），中央编译局译，北京：人民出版社，1972 年版，第 275 页。

最富于悲壮色彩的一幕：

"在科学的入口处，正像在地狱的入口处一样，必须提出这样的要求：

'这里必须根绝一切犹豫；

这里任何怯懦都无济于事'"①。

马克思时代的资本主义工厂地狱，其恐怖与险恶早已超出但丁的地狱想象，而他仍以"下地狱"决心从事政治经济学研究，可见马克思解放底层无产者信念之坚定，不难发现其关注底层，批判资本主义生产方式的人文情怀。也正是在充满艰辛的地狱之旅中，马克思完成了对但丁人文主义的继承与超越。

第一节　《神曲》与《资本论》中的"地狱"意象

但丁结合基督教传说与古希腊文化传统，在《神曲·地狱篇》中塑造出对各种罪恶施以惩戒的地狱，以其环境阴森、刑罚残酷揭示出佛罗伦萨的乱象，表达了赞美理性、尊重人性、崇尚和平的人文思想。为了揭露资本主义的本质，马克思以"下地狱"决心投身政治经济学研究。他以地狱喻指英国现代制造业，揭示资本吸血鬼的真实面目，表达出对底层无产者的人文关怀。与但丁的地狱相比，资本主义工厂"地狱"中的资本吸血鬼更为残忍，工人的苦役更为残酷，而雇佣工人数量远多于地狱中的罪犯，也更为无辜，工人的身体畸形与智力退化也已经超出了但丁的想象。总之，资本主义工业生产远比但丁的地狱更为恐怖，马克思以地狱喻指大工业生产也绝非夸张。而马克思数十

---

① 〔德〕马克思：《〈政治经济学批判〉序言》,《马克思恩格斯全集》（第13卷），中央编译局译，北京：人民出版社，1962年版，第11页。

年"下地狱"的经历，也表明其人文精神的坚定。

一、《神曲》中的"地狱"意象

《神曲》结构宏伟、内涵丰富、语言华美，尤以《地狱篇》最为丰富多彩、动人心弦。但丁在《地狱篇》中通过对各种罪恶与惩罚的展示，呈现出新奇而又恐怖的地狱，对意大利的政治现实提出深刻警示。

恐怖，是地狱的最大特点。但丁常常惊骇于地狱的恐怖血腥，屡次想要退缩，还数次昏厥。刚到地狱入口处，但丁即被门楣上的刻字所惊骇：

"由我进入愁苦之城，由我进入永劫之苦，由我进入万劫不复的人群中。正义推动了崇高的造物主，神圣的力量、最高的智慧、本原的爱创造了我。在我以前未有造物，除了永久存在的以外，而我也将永世长存。进来的人们，你们必须把一切希望抛开！"①

但丁恐惧地想要返回人间，在向导维吉尔鼓励下才敢前进。进入地狱后，但丁更加深切地体会到其中的恐怖。这主要表现在三个方面，分别是环境的恐怖、罪犯罪行的恐怖以及刑罚的恐怖。

1. 地狱环境的恐怖

地狱黯淡阴森、声响怪异、道路崎岖、建筑奇诡，整体环境压抑而恐怖。地狱是逐级下降的深渊，"黑暗、深邃，烟雾弥漫，无论怎样向谷底凝视，都看不清那里的东西"②。

地狱边缘充斥着可怕的声响："叹息、悲泣和号哭的声音响彻无星的空中……种种奇异的语言，可怕的语音，痛苦的言辞，愤怒的喊叫，

---

① 〔意〕但丁：《神曲·地狱篇》，田德望译，北京：人民文学出版社，1990年版，第16页。但丁看到这些刻字后非常恐惧，他对维吉尔说："老师，我觉得这些话的含义很可怕。"（见《地狱篇》第16页。）

② 〔意〕但丁：《神曲·地狱篇》，田德望译，北京：人民文学出版社，1990年版，第22页。

洪亮的和沙哑的嗓音，同绝望的击掌声合在一起，构成一团喧嚣，在永远昏黑的空气中不住地旋转，犹如旋风刮起的沙尘。"①

在地狱第一层，但丁专门设置"林勃层"用来安放耶稣诞生之前的圣哲②，以及未经洗礼即夭折的婴儿。他们没有罪过，不必承受肉体惩罚，却因为没有信仰基督而不能升入天堂，因而长年发出"无穷无尽的轰隆的号哭声"③。

在地狱第二层，"光全都暗哑"④，只有各种"悲惨的声音"与哭声的不断"袭击"⑤。这一层还狂风大作，"如同大海在暴风雨中受一阵阵方向相反的风冲击时那样怒吼"⑥。

第三层则"下着永恒的、可诅咒的、寒冷的、沉重的雨；降雨的规则和雨的性质一成不变。大颗的冰雹、黑水和雪从昏暗的天空倾泻下来；这些东西落到地上，使地面发出臭味"⑦。整个路面被淹没，鬼魂在其间哭号挣扎。

第四层与第五层之间是一片"散发着恶臭的沼泽"⑧，通往第六层地狱只有一条"狭窄的小路"⑨，它与第七层之间还横亘着"由崩塌的大块岩石形成的圆形高岸"⑩，第八层的"堤岸的斜坡上布满了一层由于下面蒸发的气味凝结在那里而形成的霉，它使眼睛看到它，鼻子闻到它都难以忍受"⑪。此外还有"崎岖、狭窄、难行"⑫的石桥，"一团

---

① 〔意〕但丁：《神曲·地狱篇》，田德望译，北京：人民文学出版社，1990年版，第16页。
② 包括古希腊诗人荷马，古罗马诗人贺拉斯、奥维德，以及亚里士多德、苏格拉底、柏拉图等古希腊哲学家。
③ 〔意〕但丁：《神曲·地狱篇》，田德望译，北京：人民文学出版社，1990年版，第22页。
④ 〔意〕但丁：《神曲·地狱篇》，田德望译，北京：人民文学出版社，1990年版，第31页。
⑤ 〔意〕但丁：《神曲·地狱篇》，田德望译，北京：人民文学出版社，1990年版，第31页。
⑥ 〔意〕但丁：《神曲·地狱篇》，田德望译，北京：人民文学出版社，1990年版，第31页。
⑦ 〔意〕但丁：《神曲·地狱篇》，田德望译，北京：人民文学出版社，1990年版，第41页。
⑧ 〔意〕但丁：《神曲·地狱篇》，田德望译，北京：人民文学出版社，1990年版，第59页。
⑨ 〔意〕但丁：《神曲·地狱篇》，田德望译，北京：人民文学出版社，1990年版，第65页。
⑩ 〔意〕但丁：《神曲·地狱篇》，田德望译，北京：人民文学出版社，1990年版，第75页。
⑪ 〔意〕但丁：《神曲·地狱篇》，田德望译，北京：人民文学出版社，1990年版，第133页。
⑫ 〔意〕但丁：《神曲·地狱篇》，田德望译，北京：人民文学出版社，1990年版，第183页。

漆黑"① 的壕沟，以及"奇异可怖的叫苦连天的声音"②。

随着地狱之旅的深入，各种恶臭扑鼻，道路也愈发偏僻难行。到处是断壁残垣、危崖险滩，稍有不慎就会粉身碎骨；各种建筑也颜色灰暗，形状怪异；周围还不时传来各种恐怖的声音，痛哭声，惨叫声，叹息声，怨恨声，诅咒声不绝于耳。整个地狱也因此显得非常阴森恐怖。

2. 地狱罪犯的恐怖

但丁在人生中途陷入困境，遇到象征肉欲的豹子，象征骄傲的狮子以及象征贪婪的母狼，其中贪婪（包括贪财、贪求名位和物质利益等）是最大的罪恶③。《地狱篇》中出现的邪淫者、贪食者、异端、暴力犯、自杀者、渎神者、欺诈者、阿谀者、买卖圣职者、贪官污吏、窃贼、离间者、叛徒等罪犯，许多都与贪婪有关。不少罪犯恶贯满盈，行为令人发指，异常恐怖④。

众所周知，教士应该执行上帝旨意，教化民众，然而，在地狱中，甚至教皇都贪婪骄纵，恶行累累。

教皇尼古拉三世"贪得无厌，在世上把钱装入私囊"⑤，他私欲膨胀，贪图钱财，为扩张家族势力，竟然买卖圣职，公然破坏基督教教义。但丁的斥责更显出其罪行深重："你们的贪婪使世界陷于悲惨的境地，把好人踩在脚下，把坏人提拔上来……你们把金银做成神；你们和偶像崇拜者有什么不同。"⑥

教皇卜尼法斯八世更是好大喜功，贪得无厌，买卖圣职，征用亲

---

① 〔意〕但丁：《神曲·地狱篇》，田德望译，北京：人民文学出版社，1990 年版，第 183 页。
② 〔意〕但丁：《神曲·地狱篇》，田德望译，北京：人民文学出版社，1990 年版，第 234 页。
③ 田德望先生在《地狱篇》注释中指出："贪婪是人的最难消除的劣根性，所以诗中表明，三只野兽中，母狼是最大的危险。"而且，"但丁认定贪婪之风是佛罗伦萨和意大利的祸根，是教会腐败的原因，是实现正义的障碍。"（见《地狱篇》第 5 页。）
④ 这些人的罪行，但丁并非都有详细介绍，但结合历史与神话传说等，可知其大概。
⑤ 〔意〕但丁：《神曲·地狱篇》，田德望译，北京：人民文学出版社，1990 年版，第 140 页。
⑥ 〔意〕但丁：《神曲·地狱篇》，田德望译，北京：人民文学出版社，1990 年版，第 141 页。

族。"为了捞到财富，不怕用欺诈手段"辱没教会①，令罗马教会蒙羞，给意大利与佛罗伦萨以及但丁本人带来深重危害。其后，又出现了"无法无天的、行为更丑恶的牧人"②克力门五世。

贪财与基督教教义格格不入，教义明确规定：

"贪财是万恶之根。"③

而且，信徒只能信仰上帝，"不是那创造天地的神，必从地上从天下被除灭。"④基督教严禁偶像崇拜，因为"偶像本是虚假的，其中并无气息。都是虚无的，是迷惑人的工作。到追讨的时候，必被除灭"⑤。

卜尼法斯八世之流，身为教皇，却疯狂攫取金钱财富，其罪相较于偶像崇拜更为恶劣，更为深重。

地狱中还有淫荡邪恶的君主，在"情欲压倒理性的犯淫邪罪者"⑥中，有古亚述女王塞米拉密斯与埃及托勒密王朝的女王克利奥帕特拉，前者淫荡无度，甚至与儿子有乱伦秽行，是中世纪纵欲淫乱的典型；后者竟与侵略者私通，在犯下淫荡罪的同时又涉及叛国；还有伊利昂城的王子帕里斯，他抛弃前妻奥诺娜，诱拐斯巴达王妃海伦，直接引发了十年战争，导致无数生灵涂炭。

第八层地狱中的万尼·符契，是贵族私生子。他毫无贵族修养，凶暴好斗、贪婪无耻，在党派斗争中大肆抢掠，甚至参与偷窃教堂圣器，犯下渎神大罪。他被法庭判处杀人与抢劫罪后，仍然怙恶不悛，又犯下纵火罪。即使在地狱中，他仍然不知悔改：

---

① 〔意〕但丁：《神曲·地狱篇》，田德望译，北京：人民文学出版社，1990年版，第140页。
② 〔意〕但丁：《神曲·地狱篇》，田德望译，北京：人民文学出版社，1990年版，第141页。
③ 《新约·提摩太书》第6章第10节，见中国基督教三自爱国运动委员会、中国基督教协会2009年版《圣经·新约》，第237页。
④ 《旧约·耶利米书》第10章第11节，见中国基督教三自爱国运动委员会、中国基督教协会2009年版《圣经·旧约》，第747页。
⑤ 《旧约·耶利米书》第10章第14—15节，见中国基督教三自爱国运动委员会、中国基督教协会2009年版《圣经·旧约》，第747页。
⑥ 〔意〕但丁：《神曲·地狱篇》，田德望译，北京：人民文学出版社，1990年版，第32页。

"我是骡子，和骡子一样，……不喜爱人的生活；我是兽。"①

但丁也愤怒地对他进行强烈谴责：

"我走过地狱的各层黑暗的圈子，从未见过对上帝这样傲慢的鬼魂。"②

此外，还有残忍杀害弟弟的该隐，为保命而吞吃四个孩子的乌哥利诺伯爵③。可见，地狱中从教皇到君主，从贵族到平民，多有贪婪、骄纵、纵欲的罪犯，他们或破坏教义，大行渎神之事；或贪图钱财，鱼肉人民；或纵欲无度，道德败坏；或为私利而滥杀无辜。黑暗地狱中罪犯之恐怖，于此可见。

3. 地狱刑罚的恐怖

除去环境的阴森，地狱中的鬼魂及其遭受的刑罚也令人恐怖。这些刑罚包括苦役、恶疾、冰冻、火烧、负重、毒痂、蛇咬等，在各种刑罚的折磨下，鬼魂们惨相毕露，形容恐怖，身心遭受严重侮辱与摧残，彻底丧失希望与尊严。

在地狱边缘，我们看到卑怯者所受的刑罚：

"这些……可怜虫都赤身裸体，被麇集在那里的牛虻和黄蜂蜇来蜇去。蜇得他们脸上流下一道一道的血，流到脚上被可厌的蛆虫所吮吸。"④

在地狱第二层，邪淫者被狂风吹起，在空中永不停息地转动碰撞：

---

① 〔意〕但丁：《神曲·地狱篇》，田德望译，北京：人民文学出版社，1990 年版，第 184 页。
② 〔意〕但丁：《神曲·地狱篇》，田德望译，北京：人民文学出版社，1990 年版，第 191 页。
③ 乌哥利诺，约 1220 年生于比萨的显赫贵族之家。他在政治上贯于见风使舵，最终被人陷害，把他和儿孙一起关进塔牢活活饿死。但丁似乎认为，乌哥利诺的一些行为维护了比萨城的和平统一，可谓有功；即使他犯了罪，也只应惩罚他，不应该株连其子孙，但丁因此对乌哥利诺深表同情。《地狱篇》这样描写乌哥利诺临终前的情形："我的眼睛已经失明，就在他们身上摸索起来，在他们死后，叫了他们两天。后来，饥饿就比悲痛力量更强大。"（见《地狱篇》第 271 页。）最后一句话向来引起争议，有论者认为乌哥利诺最终不是由于悲痛，而是由于饥饿而死；也有人认为伯爵在即将饿死之际吃了儿孙的肉，马克思显然持这种观点。
④ 〔意〕但丁：《神曲·地狱篇》，田德望译，北京：人民文学出版社，1990 年版，第 17 页。

"永不停止的狂飙猛力席卷着群魂飘荡；刮得他们旋转翻滚，互相碰撞，痛苦万分。每逢刮到断层悬崖前面，他们就在那里喊叫、痛哭、哀号，就在那里诅咒神的力量。"①

贪食者则忍受发臭的冰雹与大雨的击打，并被看守的鬼卒所撕裂：

"残酷的怪兽刻尔勃路斯站在淹没在这里的人们上面……抓那些亡魂，把他们剥皮，一片一片地撕裂。雨下得他们像狗一般号叫。"②

在罪行更重的下层地狱，刑罚也更为残酷。暴力犯在血水河中烹煮，数以千计的鬼卒们"看到任何一个鬼魂从血水里露出身子，超过了他的罪孽规定的限度，就用箭来射"③。自杀者的鬼魂变成纠缠扭曲的树木："树叶不是绿的，而是黝黑的颜色；树枝不是直溜光滑的，而是疙疙瘩瘩，曲里拐弯的；树上没有果实，只有毒刺"④。还有鬼魂被恶狗撕咬："它们张嘴把牙齿咬进那个蜷伏着的鬼魂的身子，把它一片一片地撕下来，然后把凄惨的肢体叼走。"⑤ 渎神者则赤身裸体，哭得十分凄惨，被天上飘落的烈火所炙烤："上空飘落着一片片巨大的火花……沙地如同火绒碰上火镰一样被火雨燃起来……那些受苦者的手永不休息地挥舞着……拂去身上的新火星。"⑥

第八层地狱中，"壕沟两侧和沟底的青灰色的石头上布满了孔洞……每个洞口都露出一个罪人的两只脚"⑦，买卖圣职者头朝下埋在孔洞里，脚掌被烈火点燃。贪官污吏在滚烫的沥青中浸泡，还有鬼卒巡逻，一看到他们露头，就"用一百多把铁叉叉住他……和厨师们让

---

① 〔意〕但丁：《神曲·地狱篇》，田德望译，北京：人民文学出版社，1990年版，第31页。
② 〔意〕但丁：《神曲·地狱篇》，田德望译，北京：人民文学出版社，1990年版，第41页。刻尔勃路斯是希腊神话中看守地狱之门的狗。
③ 〔意〕但丁：《神曲·地狱篇》，田德望译，北京：人民文学出版社，1990年版，第83页。
④ 〔意〕但丁：《神曲·地狱篇》，田德望译，北京：人民文学出版社，1990年版，第91页。
⑤ 〔意〕但丁：《神曲·地狱篇》，田德望译，北京：人民文学出版社，1990年版，第94页。
⑥ 〔意〕但丁：《神曲·地狱篇》，田德望译，北京：人民文学出版社，1990年版，第99—100页。
⑦ 〔意〕但丁：《神曲·地狱篇》，田德望译，北京：人民文学出版社，1990年版，第139页。

他们的手下们用肉钩子把肉浸入锅正中，不让它浮起来，没有什么两样"①。伪善者"迈着十分缓慢的脚步绕着圈子走去，一面走，一面哭，样子疲惫不堪。他们披着斗篷……斗篷外面镀金……但里面完全是铅，重得出奇"②；害死耶稣的大祭司该亚法则"像被钉十字架似的被三个橛子钉在地上"③。离间者被魔鬼用刀割裂，鲜血淋漓，有的"肠子垂到他的两腿中间"④，有的"喉咙被刺穿、鼻子直到眉毛下面全被削去、仅仅剩下了一只耳朵"⑤，更有"无头的躯干……提着割下来的头，像手提着灯笼似的把它摆动！"⑥ 至于罪恶累累的伪造者们，其中的炼金术士浑身生痂，奇痒难耐，"个个都不住地用指甲在自己身上狠命地抓……好像厨刀刮下鲤鱼或者其他鳞更大的鱼身上的鳞一样"⑦；伪造钱币者或身患肿病而"肢体比例失调，面部和腹部很不相称"⑧，或患急性热病而"发出强烈的臭气"⑨。此外，犯欺诈罪者被鬼卒用鞭子狠命抽打；阿谀者被泡在粪便中；窃贼们则被毒蛇缠绕叮咬。

到了地狱底层，罪大恶极的鬼魂直接被冰冻在湖中，无法流泪，是连表达哀伤痛苦的机会都被剥夺：

"那些悲哀的鬼魂冻得发青，身子直到人显露出愧色的地方都在冰晨，牙齿打颤，声音像鹳叫一般。每个鬼魂脸都向着下面；他们的嘴给寒冷、眼睛给内心的悲哀提供证明。"⑩

需要指出的是，地狱不同于炼狱，肉体惩罚并不能使鬼魂升入天

---

① 〔意〕但丁：《神曲·地狱篇》，田德望译，北京：人民文学出版社，1990年版，第158页。
② 〔意〕但丁：《神曲·地狱篇》，田德望译，北京：人民文学出版社，1990年版，第174页。
③ 〔意〕但丁：《神曲·地狱篇》，田德望译，北京：人民文学出版社，1990年版，第175页。
④ 〔意〕但丁：《神曲·地狱篇》，田德望译，北京：人民文学出版社，1990年版，第222页。
⑤ 〔意〕但丁：《神曲·地狱篇》，田德望译，北京：人民文学出版社，1990年版，第222页。
⑥ 〔意〕但丁：《神曲·地狱篇》，田德望译，北京：人民文学出版社，1990年版，第224页。
⑦ 〔意〕但丁：《神曲·地狱篇》，田德望译，北京：人民文学出版社，1990年版，第234页。
⑧ 〔意〕但丁：《神曲·地狱篇》，田德望译，北京：人民文学出版社，1990年版，第243页。
⑨ 〔意〕但丁：《神曲·地狱篇》，田德望译，北京：人民文学出版社，1990年版，第244页。
⑩ 〔意〕但丁：《神曲·地狱篇》，田德望译，北京：人民文学出版社，1990年版，第259—260页。

堂。他们永远没有逃离地狱的希望，注定遭受永刑，万劫不复。残酷刑罚对他们而言，既是手段，也是目的①。即使"林勃层"的鬼魂也只能待在地狱边缘，永远承受渴望进天国而不能的煎熬。维吉尔就表露过这种痛苦："没有领受洗礼……未曾崇拜上帝……由于这两种缺陷……我们就不能得救，我们所受的惩罚只是在向往中生活而没有希望。"②

不过，但丁的地狱描写并非只为渲染恐怖气氛。在《飨宴》中，但丁指出阐释作品需要注意"字面的意义""譬喻的意义""道德的意义"和"奥妙的意义"，他主张"首先清楚地理解表面……进而洞察内核"③。在著名的《致斯加拉大亲王书》中，但丁更直接以《神曲》为例，指出要超越字面意义而对作品进行深层次解读④。结合但丁生活的时代及其流放经历，再看《神曲》的思想内涵，吕同六先生的观点显然很有说服力：

《神曲》"充满隐喻性、象征性，同时又洋溢着鲜明的现实性、倾向性……虽然采用了中世纪特有的幻游文学的形式……但它的思想内涵是异常明确的，即映照现实，启迪人心，让世人经历考验，摆脱迷误，臻于善和真，使意大利走出苦难，拨乱反正，寻得政治上、道德上复兴的道路"⑤。

因此，以幻游讽喻时事的《地狱篇》虽然恐怖奇谲，却具有强烈

---

① 在但丁的描述中，炼狱中是那些可以"前去净化自己"的"幸运的幽魂"的所在。（见〔意〕但丁：《神曲·炼狱篇》，田德望译，北京：人民文学出版社，1997 年版，第 13 页。）也就是说，他们通过磨炼削除罪孽，可以进入天国。（见《炼狱篇》第 18 页。）地狱中的鬼魂则永远承受刑罚，不能升入天堂。

② 〔意〕但丁：《神曲·地狱篇》，田德望译，北京：人民文学出版社，1990 年版，第 22 页。

③ 〔意〕但丁：《飨宴》，《意大利经典散文》，吕同六等译，上海：上海文艺出版社，2004 年版，第 15—16 页。

④ 参见陆扬：《但丁与阿奎那——从经学到诗学》，《外国文学研究》，1997 年第 3 期。

⑤ 吕同六：《编选者序》，〔意〕但丁：《但丁精选集》，吕同六等译，北京：燕山出版社，2004 年版，第 7 页。

现实感，可谓全面深刻地反映了意大利的政治现状。在古希腊、古罗马文化的熏染下，但丁并未完全笼罩在中世纪神学的阴影之中，在《论世界帝国》一书中，他反对基督教否定人、否定现世生活的观点，充分肯定人类追求美德与理性，追求财富与现世享受的权利①。在《地狱篇》中，但丁对罪与罚的认识与处置也体现出人类理性的光辉②。因此，《地狱篇》穿透了基督教神学的浓雾，透出清新的人文思想，但丁也因此被恩格斯称赞为"新时代的最初一位诗人"③。

二、《资本论》中的"地狱"意象

1.《资本论》的"地狱"比喻

但丁是马克思最喜爱的诗人④。1859 年，在《〈政治经济学批判〉序言》中，马克思这样引用《地狱篇》诗句来表明政治经济学研究的决心：

"在科学的入口处，正像在地狱的入口处一样，必须提出这样的要求：

'这里必须根绝一切犹豫；这里任何怯懦都无济于事。'"⑤

---

① 在《论世界帝国》开篇，但丁即肯定了人类智力的重要性："人类的基本能力显然是具有发展智力的潜力或能力。"（见〔意〕但丁：《论世界帝国》，朱虹译，北京：商务印书馆，1986 年版，第 5 页。）在该书结尾，但丁更明确强调人生最基本的问题就是"给尘世带来幸福"。（见《论世界帝国》第 101 页。）

② 但丁在《地狱篇》里仰慕、保护身为异教徒的古希腊圣贤异，赞美维护城邦和平的政治家，同情偷情的保罗，批判贪婪叛变的教士与贵族，都表明他"没有按基督教教士们的标准来判断罪孽和错误，而是用……古典理性对人类历史上出现的各种罪孽和错误进行了重新的认识和分类，重新加以了评判"。（见刘建军：《但丁〈神曲〉的深度解读》，《名作欣赏》，2010 年第 3 期。）

③ 〔德〕恩格斯：《致意大利读者：〈共产党宣言〉1893 年意大利文版序言》，《马克思恩格斯全集》（第 22 卷），中央编译局译，北京：人民出版社，1965 年版，第 430 页。

④ "马克思的长女燕妮的纪念册中保存下来的马克思的《自白》的一种文本的译文：您喜爱的诗人——但丁、埃斯库罗斯、莎士比亚、歌德。"（见《马克思恩格斯全集》第 31 卷第 709 页"注释"部分。）

⑤ 〔德〕马克思：《政治经济学批判（序言）》，《马克思恩格斯全集》（第 13 卷），中央编译局译，北京：人民出版社，1962 年版，第 11 页。

在《地狱篇》中，当但丁在地狱入口处恐惧退缩时，维吉尔勉励他继续前进。马克思以此为良箴，一则表明政治经济学研究的艰辛，也表明其敢于"下地狱"的坚定信念与非凡魄力。

马克思《资本论》（第一卷）序言中对但丁诗句的活用更是家喻户晓：

"任何的科学批评的意见我都是欢迎的。而对于我从来就不让步的所谓舆论的偏见，我仍然遵守伟大的佛罗伦萨诗人的格言：走你的路，让人们去说罢！"①

上述诗句出自《神曲·炼狱篇》，原文是"你跟着我走，让人们说去吧"②。在炼狱山前，但丁被亡魂吸引放慢了脚步，维吉尔便以此语对其告诫。马克思在此将"你跟着我走"改为"走你的路"，更突出了理性自信与批判内涵③。

不过，《资本论》更多的是用地狱比喻资本主义工厂的血腥。地狱意象是马克思的重要精神资源，也是其资本主义批判中不可或缺的重要元素。马克思曾以地狱指称大量雇佣童工的工厂：

"议会……迫使未满 13 岁的儿童在几年内继续在工厂地狱里每周劳动 72 小时。"④

马克思曾引用公共卫生调查报告作者汉特医生的比喻，表明成年工人也同样处于水深火热的地狱之中：

---

① 〔德〕马克思：《资本论》，《马克思恩格斯全集》（第 23 卷），中央编译局译，北京：人民出版社，1972 年版，第 13 页。

② 〔意〕但丁：《神曲·炼狱篇》，田德望译，北京：人民文学出版社，1997 年版，第 48 页。

③ 姜岳斌认为，"跟着我走"指跟随维吉尔，即"理性"，理性从文艺复兴起，至启蒙运动达到顶点；在马克思时代，即资本主义全面占领西欧上层建筑的 19 世纪，"理性"逐渐失去积极意义而转化为阶级偏见，马克思无人可以依靠，必须"走自己的路"。（参见姜岳斌：《"走自己的路，让人们说去吧"，但丁还是马克思?》，《宁波大学学报（人文科学版）》，2012 年第 11 期。）

④ 〔德〕马克思：《资本论》，《马克思恩格斯全集》（第 23 卷），中央编译局译，北京：人民出版社，1972 年版，第 310 页。

"即使把伦敦和新堡的许多地区的生活说成是地狱生活，也不算过分。"①

马克思进而指出，随着资本主义经济的发展，雇工的数量也将激增，而其居住条件必然日益恶化，"住宅地狱"也会越来越多：

"一个工业城市或商业城市的资本积累得越快，可供剥削的人身材料的流入也就越快，为工人安排的临时住所也就越坏。因此，产量不断增加的煤铁矿区的中心太恩河畔新堡，是一座仅次于伦敦而居第二位的住宅地狱。"②

在马克思引用的资料中，资本主义工厂有时被称为"炼狱"。1866年童工调查委员会的一份报告就指出：

"通过制砖厂这座炼狱，儿童在道德上没有不极端堕落的。"③

前文指出，炼狱是希望的所在，鬼魂经受磨炼后能够升入天堂。而"砖瓦工场可以作为典型的例子，来说明过度劳动、繁重的和不适当的劳动以及那些从幼年起就被使用的工人在这方面所受到的摧残"④，制砖厂工人除了被摧残之外别无出路，毫无希望，因此，制砖厂更应该被称作"地狱"。

在现代工厂地狱面前，但丁的地狱想象已经落伍了。在批判火柴制造业强迫童工从事危险的高强度劳动时，马克思指出，大工业生产的恐怖已远远超过了《地狱篇》的想象：

"如果但丁还在，他一定会发现，他所想象的最残酷的地狱也赶不

① 〔德〕马克思：《资本论》，《马克思恩格斯全集》（第23卷），中央编译局译，北京：人民出版社，1972年版，第723页。
② 〔德〕马克思：《资本论》，《马克思恩格斯全集》（第23卷），中央编译局译，北京：人民出版社，1972年版，第725—726页。
③ 〔德〕马克思：《资本论》，《马克思恩格斯全集》（第23卷），中央编译局译，北京：人民出版社，1972年版，第508页。
④ 〔德〕马克思：《资本论》，《马克思恩格斯全集》（第23卷），中央编译局译，北京：人民出版社，1972年版，第508页。

上这种制造业中的情景。"①

马克思更指出，不仅是但丁，所有作家都想象不出现代工厂地狱的恐怖：

"关于现代工场手工业中劳动条件的资本主义的节约，可以在《公共卫生报告》中找到大量的官方材料。报告中关于工场，特别是关于伦敦印刷业和裁缝业工场的描绘，超过了我们小说家的最可怕的幻想。"②

2. 《资本论》工厂"地狱"的"可怕"

马克思以地狱指称资本主义工厂，意在表明后者地狱般的恐怖，在《资本论》中，工厂地狱的"最可怕"之处可见以下数端。

首先是劳动和居住环境的极端恶劣。

从英国政府颁布的童工调查报告中，马克思注意到以下地狱般的场景：

"270 人不满 18 岁，40 人不满 10 岁，10 人只有 8 岁，5 人只有 6 岁。工作日从 12 到 14 或 15 小时不等……吃饭没有固定时间，而且多半是在充满磷毒的工作室里吃饭。"③

工人的住宅也成为"传染病的发源地"。工人的工作环境很差，居住条件也极为恶劣：

"住的地方……排水沟最坏，交通最差，环境最脏，水的供给最不充分最不清洁。"④

而其营养健康状况也十分糟糕，调查表明：

---

① 〔德〕马克思：《资本论》，《马克思恩格斯全集》（第 23 卷），中央编译局译，北京：人民出版社，1972 年版，第 275—276 页。

② 〔德〕马克思：《资本论》，《马克思恩格斯全集》（第 23 卷），中央编译局译，北京：人民出版社，1972 年版，第 509 页。

③ 〔德〕马克思：《资本论》，《马克思恩格斯全集》（第 23 卷），中央编译局译，北京：人民出版社，1972 年版，第 275 页。

④ 〔德〕马克思：《资本论》，《马克思恩格斯全集》（第 23 卷），中央编译局译，北京：人民出版社，1972 年版，第 721 页。

"大部分农业工人家庭的饮食都低于'防止饥饿'所必需的最低限度。"①

女工的状况更令人担心：

"各种女缝纫工……都有三种灾难，这就是劳动过度，空气不足，营养不够。"② 甚至"英格兰监狱中的饮食比普通农业工人要好得多"③。

恶劣环境引发各种疾病，1864 年一份公共卫生报告指出，

白金汉郡地区一个得热病的青年"和另外 9 个人同住在一个房间里……在几星期内，有 5 人得了热病，并有一人死亡！"④

1866 年的公共卫生报告也指出：

"伤寒病持续和蔓延的原因，是人们住得过于拥挤和住房肮脏不堪。工人常住的房子……是不完善和不卫生的真正典型，是任何一个文明国家的耻辱……这些住房供水不良，厕所更坏，肮脏，不通风，成了传染病的发源地。"⑤

其次，劳动类似"息息法斯的苦役"。

工人的工作单调乏味，与地狱苦刑无异。亚当·斯密曾高度赞扬分工的重大意义："劳动生产力上最大的改进，以及在劳动生产力指向或应用的任何地方所体现的技能、熟练性和判断力的大部分，似乎都是分工的结果。"⑥ 在工场手工业初期，分工确实极大地提高了生产效

① 〔德〕马克思：《资本论》，《马克思恩格斯全集》（第 23 卷），中央编译局译，北京：人民出版社，1972 年版，第 745 页。
② 〔德〕马克思：《资本论》，《马克思恩格斯全集》（第 23 卷），中央编译局译，北京：人民出版社，1972 年版，第 284 页。
③ 〔德〕马克思：《资本论》，《马克思恩格斯全集》（第 23 卷），中央编译局译，北京：人民出版社，1972 年版，第 745 页。
④ 〔德〕马克思：《资本论》，《马克思恩格斯全集》（第 23 卷），中央编译局译，北京：人民出版社，1972 年版，第 751 页。
⑤ 〔德〕马克思：《资本论》，《马克思恩格斯全集》（第 23 卷），中央编译局译，北京：人民出版社，1972 年版，第 726 页。
⑥ 〔英〕亚当·斯密：《国富论》，唐日松等译，北京：华夏出版社，2005 年版，第 7 页。

率，同时，工人还可以根据劳动技巧和生产的需要来利用和改进工具，工人自身素质与生产力都得到了提高；然而，到了机器大生产时期，生产对劳动技巧的依赖日益降低，机器的进步使得工人之间只需要从事简单的协作。至此，工人沦为机器的奴隶，劳动变得毫无内容，劳动也成为地狱般的苦役：

"在这种永无止境的苦役中，反复不断地完成同一个机械过程；这种苦役单调得令人丧气，就像息息法斯的苦刑一样；劳动的重压，像巨石一般一次又一次地落在疲惫不堪的工人身上。"①

这与但丁笔下贪财者遭受的推动巨石的刑罚如出一辙②。地狱中的亡魂依据生前所犯罪行领受命定的刑罚，按部就班地领受，难以更改③，雇佣工人却不断承受超负荷劳动：

"工作日就是一昼夜24小时减去几小时休息时间"④。

英国女缝纫工普遍"一昼夜劳动15、16甚至18小时"⑤。

这种劳动强度"不仅突破了工作日的道德极限，而且突破了工作日的纯粹身体的极限"，最终导致"劳动力本身未老先衰和死亡"⑥。马克思特别提到，20岁的女工沃克利连续工作超过26个小时后，因

---

① 〔德〕马克思：《资本论》，《马克思恩格斯全集》（第23卷），中央编译局译，北京：人民出版社，1972年版，第463页。

② 《地狱篇》写道，第四层地狱是个圆形的圈子，是贪财者和浪费者的亡魂受苦之处，他们各成一队，用胸部使劲滚动重物前进，两队亡魂相遇时，就互相碰撞、责骂，然后，各自掉头往回滚动。他们这样周而复始地走着，一刻不能停顿。（见《地狱篇》第48页。）

③ 地狱中的灵魂所受的惩罚大都根据"一报还一报"的原则，罪与罚的方式或性质要么相似，要么相反，关系极为密切。无所作为的人和守中立的天使从来没有在任何旗帜下行动起来，因而罚他们跟在前面飞速奔驰的旗子后面永远不停地跑去；犯邪淫罪者生前受情欲驱使，不能自制，死后灵魂就被地狱里的狂飙刮来刮去，永远不得安息。地狱中的刑罚根据犯罪者罪行制定，各有不同，但绝不错乱，也难以更改。

④ 〔德〕马克思：《资本论》，《马克思恩格斯全集》（第23卷），中央编译局译，北京：人民出版社，1972年版，第294页。

⑤ 〔德〕马克思：《资本论》，《马克思恩格斯全集》（第23卷），中央编译局译，北京：人民出版社，1972年版，第284页。

⑥ 〔德〕马克思：《资本论》，《马克思恩格斯全集》（第23卷），中央编译局译，北京：人民出版社，1972年版，第295页。

"劳动过度"猝死，"而使老板娘爱利莎大为吃惊的是，她竟没有来得及把最后一件礼服做好"①。对此，公共卫生调查委员理查逊医生悲愤地写道："累死——这是目前普遍存在的现象，不仅在时装店是如此，在很多地方……都是如此。"②

再次，职业病爆发式增长。

工作的乏味，营养的匮乏，高强度的劳动，必然导致严重的疾病与损害：

"机器劳动极度地损害了神经系统，同时它又压抑肌肉的多方面运动，侵吞身体和精神上的一切自由活动。"③

火柴制造业"使牙关锁闭症蔓延到各地"④，女缝纫工"劳动的场所空气闷得几乎令人喘不过气来……纯粹由于空气不良而造成的肺病，就是靠这些牺牲者而存在的"⑤。从事花边生产的女工，从1852年到1861年，患肺病的比率竟然增加了将近6倍⑥。"过度劳动使伦敦的面包工人不断丧生"⑦；强健的铁匠也不能幸免："打铁……只是由于过度劳动才成为毁灭人的职业。"⑧ 1866年的一份报告甚至将工厂比作工人的"屠宰场"："伦敦的各家书报印刷厂由于让成年和未成年的工人

---

① 〔德〕马克思：《资本论》，《马克思恩格斯全集》（第23卷），中央编译局译，北京：人民出版社，1972年版，第283—284页。
② 〔德〕马克思：《资本论》，《马克思恩格斯全集》（第23卷），中央编译局译，北京：人民出版社，1972年版，第285页。
③ 〔德〕马克思：《资本论》，《马克思恩格斯全集》（第23卷），中央编译局译，北京：人民出版社，1972年版，第463页。
④ 〔德〕马克思：《资本论》，《马克思恩格斯全集》（第23卷），中央编译局译，北京：人民出版社，1972年版，第275页。
⑤ 〔德〕马克思：《资本论》，《马克思恩格斯全集》（第23卷），中央编译局译，北京：人民出版社，1972年版，第284页。
⑥ 〔德〕马克思：《资本论》，《马克思恩格斯全集》（第23卷），中央编译局译，北京：人民出版社，1972年版，第511页。
⑦ 〔德〕马克思：《资本论》，《马克思恩格斯全集》（第23卷），中央编译局译，北京：人民出版社，1972年版，第296页。
⑧ 〔德〕马克思：《资本论》，《马克思恩格斯全集》（第23卷），中央编译局译，北京：人民出版社，1972年版，第285页。

从事过度劳动而博得了'屠宰场'的美名。"①

至于陶工，则已经开始了人种的退化："陶工作为一个阶级，不分男女……代表着身体上和道德上退化的人口。他们一般都是身材矮小，发育不良，而且胸部往往是畸形的。他们未老先衰，寿命短促，迟钝而又贫血；他们常患消化不良症、肝脏病、肾脏病和风湿症，表明体质极为虚弱。但他们最常患的是胸腔病……还有侵及腺、骨骼和身体其他部分的瘰疬病，患这种病的陶工占三分之二以上。只是由于有新的人口从邻近的乡村地区补充进来，由于同较为健康的人结婚，这个地区的人口才没有发生更严重的退化"②。

最后是精神和道德上的退化。

在繁重单调的工作之余，工人只能靠吸食鸦片来打发空虚：

"在英国的农业区，和在工厂区一样，成年男工和女工的鸦片消费量也日益增加。"③

工人不仅精神空虚，而且普遍道德沦丧。马克思特别提到林肯、杭廷登、剑桥等郡盛行的农业工人帮伙制度。帮伙成员多道德败坏，充满"粗野的放纵、漫无节制的寻欢作乐和极端伤风败俗的猥亵行为……帮伙所在的开放村庄变成了所多玛和蛾摩拉"④。

妇女们加入帮伙后也"由于放荡成性而变坏了"⑤。

甚至童工也堕落了，制砖厂的童工"从幼年起就听惯了各种下流

---

① 〔德〕马克思：《资本论》，《马克思恩格斯全集》（第23卷），中央编译局译，北京：人民出版社，1972年版，第511页。
② 〔德〕马克思：《资本论》，《马克思恩格斯全集》（第23卷），中央编译局译，北京：人民出版社，1972年版，第274页。
③ 〔德〕马克思：《资本论》，《马克思恩格斯全集》（第23卷），中央编译局译，北京：人民出版社，1972年版，第438页。
④ 〔德〕马克思：《资本论》，《马克思恩格斯全集》（第23卷），中央编译局译，北京：人民出版社，1972年版，第762页。
⑤ 〔德〕马克思：《资本论》，《马克思恩格斯全集》（第23卷），中央编译局译，北京：人民出版社，1972年版，第438页。

话，在各种卑劣、猥亵、无耻的习惯中野蛮无知地长大，这就使他们日后变成无法无天、放荡成性的无赖汉……"①

三、两种"地狱"意象的比较

但丁笔下的地狱虽然恐怖，却终究只是诗人的幻想。在马克思笔下，这些场景早已成为资本主义工厂的现实。而且其恐怖性已远远超过了亡灵鬼魂世界的恐怖。这至少表现为如下三个方面。

1. 普通劳动者被迫下地狱

但丁地狱中受惩罚的鬼魂，或为贪婪的教士、邪恶的贵族，或为残暴的君主、自私的叛徒，可谓罪有应得。② 工厂地狱中受摧残的工人，却多为善良淳朴的农民，特别是马克思所谓"骄傲的英国自耕农"③，他们勤劳勇敢，自尊敬业，社会地位高于劣绅与乡村牧师④；自耕农平时种地，战时参军，对维护英国的统一与和平立下汗马功劳，却被从自己的土地上赶走，最终沦为雇佣工人⑤。

但丁的地狱禁止鬼魂从中逃脱⑥，但鬼魂与魔鬼并无依附关系，他

---

① 〔德〕马克思：《资本论》，《马克思恩格斯全集》（第23卷），中央编译局译，北京：人民出版社，1972年版，第508页。

② 他们甚至得不到但丁的同情。在《地狱篇》第25章，对于不思悔改的万尼·符契，但丁不但不予同情，反而对其诅咒："啊，皮斯托亚，皮斯托亚，既然你作恶超过你的祖先，为什么你不决定使自己化为灰烬，不再存在呢？"（见《地狱篇》第191页。）

③ 马克思在描述农业工人的受压迫状况时，曾指出资本主义生产方式使得"莎士比亚所描写的'骄傲的英国自耕农'和英国农业短工之间存在着多么大的差别"。见《全集》第48卷，第12页。

④ "在十七世纪的最后几十年，自耕农即独立农民还比租地农民阶级的人数多。他们曾是克伦威尔的主要力量，甚至马考莱也承认，他们同酗酒的劣绅及其奴仆，即不得不娶主人的弃妾的乡村牧师相比，处于有利的地位。"（见《马克思恩格斯全集》第23卷，第790—791页。）

⑤ 在《论资本的积累过程》一章，马克思详细分析了英国自耕农在资本主义生产方式侵袭下沦为雇佣工人的过程。（见《马克思恩格斯全集》第23卷，第784—791页。）

⑥ 当维吉尔带领但丁刚离开地狱而进入炼狱之际，遇到炼狱的监管者卡托，他质问道："谁引导你们来着？或者什么是你们的明灯，照着你们走出那使地狱之谷永远漆黑的沉没的夜？难道地狱深渊的法律就这样被破坏了吗？"（见《炼狱篇》第2页）田德望先生对地狱法律被破坏的解释是，"地狱的法律禁止在其中受苦的鬼魂逃走。"（见《炼狱篇》第7页）。

们也企图伺机逃脱①，甚至于戏弄看守他们的鬼卒②。雇佣工人却深陷
资本主义体系之中，面对资本吸血鬼的吞噬，毫无还手之力。正如马
克思所言，工人对资本的依附"比赫斐斯塔司的楔子把普罗米修斯钉
在岩石上钉得还要牢"③。

但丁曾为地狱中的乌哥利诺伯爵流泪，对其遭遇深表同情。在
《英国工人的贫困》一文中，马克思提到一位现代"乌哥利诺"。这位
老工人住在靠近脏水沟且终年不见阳光的小屋，"在最近的 15 个星期
里，唯一的工资来源也没有了……时间每小时都在逼他们走进坟墓"④。
令人难以置信的是，济贫所竟然拒绝对他们进行救助，结果酿成了
悲剧：

"老大爷病了已经一个月，不能起床……一个姑娘已经饿死了……
她的虚弱无力的老父在自己床上痛哭……乌哥利诺和他儿子们的悲剧
在帕德蒙登的小屋里又重演了，只不过是没有吃人的场面罢了。"⑤

最令人痛心的是，如此善良无辜的工人，在工厂地狱的折磨下，
最后竟变得比魔鬼还邪恶："一个比较好的工人曾对南奥菲尔德的牧师
说，先生，您感化一个制砖工人，那简直比感化魔鬼还难！"⑥

---

① 例如第 22 章中，买卖官职者被罚在滚烫的沥青中浸泡，但是"有的罪人为了减轻痛苦，不时
露出脊背，不到电光一闪的工夫，就又把它隐藏起来。那些罪人到处也都这样；"当看守走
近时，"他们就缩回沸腾的沥青中。"（见《地狱篇》第 165 页。）而在地狱第七层，由古希腊
神话中半人半马的怪物肯陶尔看守暴力犯罪者，一旦发现他们从血水河中露出超出规定的身
子，就用箭来射，表明鬼魂不乏逃脱惩罚的举动。
② 在《地狱篇》第 22 章中，来自那伐尔的一名买卖官职者就与鬼卒比赛速度，成功地戏弄刺
激了看守们。（见《地狱篇》167—168 页。）
③ 〔德〕马克思：《资本论》，《马克思恩格斯全集》（第 23 卷），中央编译局译，北京：人民出
版社，1972 年版，第 708 页。
④ 〔德〕马克思：《英国工人的贫困》，《马克思恩格斯全集》（第 15 卷），中央编译局译，北
京：人民出版社，1963 年版，第 579 页。
⑤ 〔德〕马克思：《英国工人的贫困》，《马克思恩格斯全集》（第 15 卷），中央编译局译，北
京：人民出版社，1963 年版，第 580 页。
⑥ 〔德〕马克思：《资本论》，《马克思恩格斯全集》（第 23 卷），中央编译局译，北京：人民出
版社，1972 年版，第 509 页。

2. 包括儿童的大多数人下地狱

但丁刚进地狱时看到"漫长不尽的人流"①，并听到"无穷无尽的轰隆的号哭声"②，判官面前更是"站着许多亡灵"③。表面看来，地狱中的鬼魂似乎不少。但是，这些亡魂既有真实历史人物，也有神话传说与文学作品中的虚构人物；既有但丁同时代人，也有各个历史时期的亡灵。因此，《地狱篇》中与但丁同时代的罪犯是极少数，④ 马克思笔下的现代工人却数量众多：

1867 年的一份报告指出，伦敦东部存在着庞大的贫穷工人群体：

"在伦敦东头……至少有 15000 名工人及其家属处于极端贫困的状态。"⑤

一位记者更是描绘了这样一幅可怕的图景：

"一边是旷古未有的最大量财富的积累，而紧挨着它的旁边的是 4 万个走投无路的行将饿死的人！"⑥

童工的数量也多得惊人：

"在大不列颠……至少还有 2000 名儿童被自己的父母卖出去充当活的烟囱清扫机。"⑦

"北明翰及其近郊的金属手工工场除雇用 1 万个妇女外，还雇用 3

---

① 〔意〕但丁：《神曲·地狱篇》，田德望译，北京：人民文学出版社，1990 年版，第 17 页。
② 〔意〕但丁：《神曲·地狱篇》，田德望译，北京：人民文学出版社，1990 年版，第 22 页。
③ 〔意〕但丁：《神曲·地狱篇》，田德望译，北京：人民文学出版社，1990 年版，第 31 页。
④ 据统计，《神曲》中被安置在地狱中的历史真实人物，如国王和贵族，宗教神学人士，诗人学者，以及工匠小偷等，共计 112 人。与马克思资本主义工业地狱中动辄百万工人相比，人数可谓极少。（参见张延杰：《德治的承诺：但丁历史人物评价中的政治思想研究》，北京：光明日报出版社，2011 年版，第 112 页。）
⑤ 〔德〕马克思：《资本论》，《马克思恩格斯全集》（第 23 卷），中央编译局译，北京：人民出版社，1972 年版，第 733 页。
⑥ 〔德〕马克思：《资本论》，《马克思恩格斯全集》（第 23 卷），中央编译局译，北京：人民出版社，1972 年版，第 735 页。
⑦ 〔德〕马克思：《资本论》，《马克思恩格斯全集》（第 23 卷），中央编译局译，北京：人民出版社，1972 年版，第 436 页。

万个儿童和少年。"①

而按照恩格斯在《英国工人阶级状况》中的说法，这些可怜的工人已多达数百万：

"工人阶级的状况也就是绝大多数英国人民的状况。这几百万穷困不堪的人，他们昨天挣得的今天就吃光。"②

马克思因而沉痛地写道，每天都有"一大群不同职业、年龄、性别的各种各样的工人，争先恐后地向我们拥来，简直比被杀者的鬼魂向奥德赛拥去还要厉害"③。

3. "地狱"中的现代"吸血鬼"

在但丁《地狱篇》中，担任看守的鬼卒或丑陋可憎，或粗暴野蛮，但只是负责监管鬼魂，而在工厂"地狱"中，"资本……像吸血鬼一样，只有吮吸活劳动才有生命，吮吸的活劳动越多，它的生命就越旺盛"④。而且，这个"资本吸血鬼"意象是但丁《地狱篇》中所没有的。

资本吸血鬼的胃口惊人：

"把工作日延长到自然日的界限以外，延长到夜间，只是一种缓和的办法，只能大致满足一下吸血鬼吮吸劳动鲜血的欲望。因此，在一昼夜24小时内都占有劳动，是资本主义生产的内在要求。"⑤

为了吮吸更多的鲜血，资本吸血鬼还将目标瞄准了妇女与儿童：

---

① 〔德〕马克思：《资本论》，《马克思恩格斯全集》（第23卷），中央编译局译，北京：人民出版社，1972年版，第507页。

② 〔德〕恩格斯：《英国工人阶级状况》，《马克思恩格斯全集》（第2卷），中央编译局译，北京：人民出版社，19年版，第297页。

③ 〔德〕马克思：《资本论》，《马克思恩格斯全集》（第23卷），中央编译局译，北京：人民出版社，1972年版，第283页。

④ 〔德〕马克思：《资本论》，《马克思恩格斯全集》（第23卷），中央编译局译，北京：人民出版社，1972年版，第260页。

⑤ 〔德〕马克思：《资本论》，《马克思恩格斯全集》（第23卷），中央编译局译，北京：人民出版社，1972年版，第286页。

"在斯塔福德郡和南威尔士，少女和妇女不但白天而且夜里都在煤矿和焦炭堆上做工……这些妇女同男子一道做工，从衣服上很难区别出来；她们浑身是污泥和煤灰。"①

虽然反对童工法早已存在，但工厂主总有办法抵赖。例如缫丝厂厂主就有各种理由大量雇佣童工：

"整整 10 年内，每天用 10 小时从那些必须靠人放到凳子上才能干活的幼童的血中抽出丝来。"②

在《地狱篇》中，但丁出于人文主义的同情，还将低龄孩童放在"林勃层"免受苦刑。五百多年后，在产生了莎士比亚这样的人文主义大师的英国，儿童却成为吸血鬼最美味的点心。

但丁笔下的魔鬼有所敬畏，维吉尔每提及上帝的旨意，魔鬼就让他们通行；马克思笔下的资本吸血鬼却野心勃勃，毫无顾忌，为所欲为：

"资本害怕没有利润或利润太少，就像自然界害怕真空一样。一旦有适当的利润，资本就胆大起来。如果有 10% 的利润，它就保证到处被使用；有 20% 的利润，它就活跃起来；有 50% 的利润，它就铤而走险；为了 100% 的利润，它就敢践踏一切人间法律；有了 300% 的利润，它就敢犯任何罪行，甚至冒绞首的危险。如果动乱和纷争带来利润，它就会鼓励动乱和纷争……"③

福柯在其名著《规训与惩罚》中告诉我们，早在 18 世纪，法国的政治家与社会活动家就反对野蛮的刑罚，呼吁"排除酷刑的惩罚"，因为"即使是在惩罚最卑劣的凶手时，他身上至少有一样东西应该受到

① 〔德〕马克思：《资本论》，《马克思恩格斯全集》（第 23 卷），中央编译局译，北京：人民出版社，1972 年版，第 287 页。
② 〔德〕马克思：《资本论》，《马克思恩格斯全集》（第 23 卷），中央编译局译，北京：人民出版社，1972 年版，第 325 页。
③ 〔德〕马克思：《资本论》，《马克思恩格斯全集》（第 23 卷），中央编译局译，北京：人民出版社，1972 年版，第 829 页。

尊重，亦即他的'人性'"①。然而，我们分明看到，马克思笔下的劳动者，甚至包括幼童，却受到了比马克思时代早一百多年的罪犯还要严酷的惩罚，而他们都是无辜的。在但丁的地狱世界中，那些饱受煎熬的可怜虫是被各种鬼卒有意识地施加刑罚，也就是说，地狱本为恐怖之所，对鬼魂们施加各种惩罚正是鬼卒们职责所系；而在资本主义大工业社会，资本家的本性并非邪恶，相反，他们甚至可能是"德高望重"的"模范公民"②，只是在资本吸血鬼的蛊惑下，资本家沦为无意识的人格化的资本，一旦进入工业生产领域，他们就失去灵魂和良知，拼命吞噬工人的生命。我们必须肯定资本家对人类社会的卓越贡献，他们建起无数的高楼大厦，开设遍布各地的制造工厂，创造了前所未有的巨大成就；此外，他们"解放了人类发展的能力和冲动"，造成"个人和社会生活方式的不断变动和更新"③，从而开启了现代主义的大门。但是，资产阶级引领人类进入崭新的资本主义世界，也就打开了现代资本的潘多拉魔盒，在增殖本能驱动下，资本的魔鬼强行摧毁一切横亘眼前的障碍，商品交换原则开始宰制世间，资本家也丧失人性，沦为资本的傀儡，终日以压榨工人的生命存活。也就是说，在资本主义世界中，最终没有赢家，资产阶级与无产阶级都是资本的奴隶，恐怖的是，只要资本主义社会一日不终结，资本对人类的剥削与控制就一直存在。总之，地狱中的魔鬼可怕而未必可

---

① 〔法〕米歇尔·福柯：《规训与惩罚》，刘北成、杨远婴译，北京：三联书店，2012 年版，第82 页。
② 〔德〕马克思：《资本论》，《马克思恩格斯全集》（第 23 卷），中央编译局译，北京：人民出版社，1972 年版，第 262 页。
③ 〔美〕马歇尔·伯曼：《一切坚固的东西都烟消云散了——现代性体验》，徐大建、张辑译，北京：商务印书馆，2013 年版，第 121 页。

憎①。资本吸血鬼却"从头到脚，每个毛孔都滴着血和肮脏的东西"②，令人厌恶憎恨。

四、关于马克思的"下地狱"精神

但丁的地狱之旅有维吉尔作为向导，却经常胆怯退缩，刚到地狱门口，但丁就恐惧不已：

"引导我的诗人哪，你在让我冒险去做这次艰难的旅行之前，先考虑一下我的能力够不够吧！……我为什么去那里呢？谁准许我去呢？……不论我自己还是别人都不相信我配去那里。所以，假如我贸然同意去，恐怕此行是胆大妄为。"③

维吉尔指出但丁"受了怯懦情绪的伤害"④，在其鼓励之下，但丁终于获得勇气："我心里非常乐意到那里去，我已经回到我原来的意图。现在走吧，因为我们二人一条心：你是向导，你是主人，你是老师"⑤。但是，再次遭遇困境时，但丁又开始胆怯，维吉尔也不能让他彻底打消顾虑⑥。

---

① 地狱中的魔鬼多能与维吉尔、但丁和平相处，有时还帮助他们，例如在第八层地狱中，十个鬼卒护送维吉尔与但丁通行。（见《地狱篇》第159—160页。）

② 〔德〕马克思：《资本论》，《马克思恩格斯全集》（第23卷），中央编译局译，北京：人民出版社，1972年版，第829页。

③ 〔意〕但丁：《神曲·地狱篇》，田德望译，北京：人民文学出版社，1990年版，第10页。

④ 〔意〕但丁：《神曲·地狱篇》，田德望译，北京：人民文学出版社，1990年版，第11页。

⑤ 〔意〕但丁：《神曲·地狱篇》，田德望译，北京：人民文学出版社，1990年版，第12页。

⑥ 这样的情况比较多，以下仅举两例，但丁在第四层地狱中，遇到象征贪婪的魔鬼普鲁托，又产生畏惧之情。维吉尔对他说道："不要让你的恐惧之情伤害你。"在但丁游历完第五层地狱之后，遭到追随撒旦背叛上帝的天使——现已变为魔鬼的阻挠，但丁又陷入极度恐慌：读者呀，你想一想，我一听到这些可诅咒的话，心里恐慌不恐慌，因为我不相信，我能再回到阳间了。我说："啊，我的亲爱的向导啊，你不止七次使得我恢复了信心和勇气，拯救我脱离了面临的严重危险，你可不要让我遭到毁灭呀；如果不许我们再往前走，我们就赶快顺着原路一同回去吧。"维吉尔："不要害怕；因为谁都挡不住我们的去路：那是这样的权威所特许的。你暂且在这里等我，振起萎靡的精神，抱着良好的希望吧，因为我不会把你丢在这地下的世界。"和蔼的父亲说了这话就走了，留了我在这里，我仍然满腹疑团，"能"与"否"在我的头脑中交战。（见《地狱篇》第56页。）

与但丁的犹豫、延宕不同，马克思的"下地狱"之行非常决绝。马克思青年时期即对宗教展开批判①，并与资本这一人间上帝划清了界限：

"不管遇到什么障碍，我都要朝着我的目标前进，而不让资产阶级社会把我变成一架赚钱的机器。"②

马克思的"下地狱"至少有以下两种意涵。首先，从阶级认同、族群身份、研究路向等方面来看，马克思自觉成为社会边缘人，甘心经受"下地狱"般的磨炼。马克思背叛优裕的中产阶级家庭，终生为无产阶级鼓与呼，始终承受着来自资产阶级的恶意诋毁与本阶级的无意诽谤；马克思挣脱家族安排，并未如父亲一样成为彼时流行的律师或大学教师，而是以批判社会为业，以被各国警察驱逐的边缘人身份终生游离于主流社会之外；马克思打破学科界限，以僭越者身份踏入政治经济学，为僵化抽象的国民经济学引入历史、哲学维度，其经济学论著饱含人文精神且文采斐然，也因此遭受误解与批判。其次，为批判需要，马克思终生以最厌恶的资产阶级与资本主义为研究对象。在马克思看来，资本主义是邪恶而不可持续的特殊社会阶段，它造成了社会关系的扭曲，并最终使得人类处于异化状态。在早期《1844年经济学哲学手稿》中，马克思即指出，"共产主义是私有财产即人的自我异化的积极的扬弃"③。马克思在此既表明了共产主义的目标，也深刻指出私有财产就是人的自我异化。因为财产如同其他一切劳动产品一样，本是人所创造、为人所用之物，但在资本主义社会，"生产表现

---

① 早在1843年，马克思就在《论犹太人问题》与《〈黑格尔法哲学批判〉导言》中对宗教进行了透彻的分析与批判。

② 〔德〕弗·梅林：《马克思传》，樊集译，北京：人民出版社，1965年版，第291页。

③ 〔德〕马克思：《1844年经济学哲学手稿》，《马克思恩格斯全集》（第42卷），中央编译局译，北京：人民出版社，1979年版，第120页。

为人的目的，而财富则表现为生产的目的"①，私有财产倒过来支配人、压迫人，从而使得人与物的关系异化。因此，资本主义社会本质上是反人性的。在资本主义大工业时代，人的主体地位不断消亡，物的重要作用却不断突显；丰富多彩的社会，最终只有金钱这一单调主题；各式各样的社会关系，最终只有商品交换原则这一冷酷准则；金钱不仅能购买实物，还能购买人类的才智、感情与信仰。这与马克思批判普鲁士政府造成精神世界的单调呆板如出一辙："没有色彩就是这种自由唯一许可的色彩。"② 这样一个充斥货币铜臭的世界，不正是但丁笔下没有色彩的恐怖地狱？马克思的研究触及资本主义世界的各个角落，堪称终生在地狱世界探寻。

那么，马克思"下地狱"之初心何在？青年马克思在早期作品《1844年经济学哲学手稿》中似有某种解答：

"工人的产品越完美，工人自己越畸形；工人创造的对象越文明，工人自己越野蛮；劳动越有力量，工人越无力；劳动越机巧，工人越愚钝，越成为自然界的奴隶。"③

仅此可见，马克思后来以"下地狱"比喻其撰写《资本论》的决心，有着自觉的人文关怀和鲜明的批判倾向。马克思在长期的观察研究中，敏锐地发现了世界上最大的不平等，就是资本家对工人剩余价值的残酷压榨，在此剥削过程中，无情的商品不断诞生，鲜活的生命不断死亡；冷血的资本四处横行，真挚的感情不断泯灭。最终，一切美好的事物都在资本主义世界消失殆尽。这一切都激起马克思的义愤，而随着马克思知识的增长与研究的深入，其资本主义批判也从道德情

---

① 〔德〕马克思：《1857—1858年经济学手稿》，《马克思恩格斯全集》（第46卷〔上〕），中央编译局译，北京：人民出版社，1979年版，第486页。

② 〔德〕马克思：《评普鲁士最近的书报检查令》，《马克思恩格斯全集》（第1卷），中央编译局译，北京：人民出版社，1956年版，第7页。

③ 〔德〕马克思：《1844年经济学哲学手稿》，《马克思恩格斯全集》（第42卷），中央编译局译，北京：人民出版社，1979年版，第92—93页。

感层面进入历史逻辑层面，其"下地狱"决心也从自发状态变为自觉意识。

但丁在地狱中旅行不过一天时间①，马克思却在资本主义地狱中遭受数十年磨难。他多年贫病交加，先后痛失四个孩子②，终生依靠恩格斯等人资助。在著书立说之外，马克思还要与形形色色的资本主义卫道士斗争。在《神曲》里，最终，但丁在贝雅特丽齐的引领下升入天堂，马克思却累死在了书桌旁。可以说，与但丁的地狱之旅相比，马克思数十年"下地狱"的经历，以及长期在坟墓边缘徘徊③，更显出其人文精神的坚定。

第二节　马克思与但丁的人文精神比较

但丁的人文主义思想主要表现为强烈的批判精神、积极的理想主义以及丰富的人本思想。但丁终生对意大利乃至西欧的社会变化与市民思想行为进行尖锐评判，并强烈批判教会腐败，愤怒谴责贵族的堕落与政治纷争；在早年从政与后期流亡途中，但丁通过一系列著述与勇敢斗争，展示了远大的政治理想；但丁将人们关注的重点从对上帝和天堂的盲目崇拜转向对世俗生活的赞美，充分肯定了人的情感、理

---

① 在第四层地狱，维吉尔对但丁说："我动身时上升的星，每颗都已往下落了，停留太久是不准许的。"（见《地狱篇》第 50 页。田德望先生对此句的解释是，"时间已经过了午夜。他们不能停留太久，因为游地狱的时间不许超过二十四小时。"见《地狱篇》第 53 页。）

② 1849 年 11 月，一岁多的格维多死去。1852 年，一岁的女儿弗兰契斯卡夭折。1855 年，燕妮与马克思最喜爱的男孩，9 岁的埃德加病死。1857 年 7 月，燕妮生了个死婴。（参见梅林：《马克思传》第 265、274、313、322 页。）

③ 1867 年 4 月，历经贫困、被通缉、丧子、病痛等磨难，《资本论》第一卷终于完成，马克思无限感慨："我一直在坟墓的边缘徘徊。因此，我不得不利用我还能工作的每时每刻来完成我的著作。为了它，我已经牺牲了我的健康、幸福和家庭。"（见《马克思恩格斯全集》第 31 卷，第 543 页。）

性与尊严，其人本主义思想明显超越了中世纪晚期的神学。马克思最喜爱但丁，终生以"下地狱"决心投身政治经济学研究。不过，马克思更关注普通劳动者，其共产主义理想以解放全人类为目标，超越了但丁仅关注社会上层的狭隘性；马克思终生坚持理想，并未出现但丁晚年的消沉保守；马克思对资本主义生产方式的批判持续终生，整体上突破了但丁人文主义的宗教束缚与神学局限，表现出更为全面彻底的人文精神。

一、但丁与马克思的批判精神

13世纪的佛罗伦萨，"最高尚的政治思想和人类变化最多的发展……结合在一起了……在暴君专制的城市里属于一家一姓的事情，在这里是全体人民所勤奋研究的问题。那种既是尖锐批判同时又是艺术创造的美好的佛罗伦萨精神，不断地在改变着这个国家社会的和政治的面貌"①。在相对开放的社会里，但丁受到了多种文化的影响，这首先就是托马斯·阿奎那的经院哲学与圣·方济各学派的影响，前者对人类罪行的划分，后者对奢侈浮华的批判都影响了但丁《神曲》等作品的创作②。多元文化的影响，加上商品经济的冲击，使得这一时期民风败坏，教会贪腐，贵族无能，一时间，买卖官职、贪污盗窃等随处可见。但丁曾立志改变意大利面貌，但是流亡使得他"公民身份和政治身份彻底毁灭……生活变成了地狱"③。但丁的政治实践宣告失败，被迫转向著书立说。意大利的政治纷争与教会的普遍腐败，终于形成

---

① 〔瑞士〕雅各布·布克哈特：《意大利文艺复兴时期的文化》，何新译，北京：商务印书馆1981年版，第72页。

② 阿奎那吸收亚里士多德伦理学的部分内容，把人类罪恶分为"不能节制的""有暴行的""存心害人的"三类，这种理论对文学的影响在于宣扬和图解基督教的"原因""忏悔"等主题，对《神曲》影响很大。方济学派主张苦行禁欲，反对奢侈浮华，方济派的人生哲学对但丁影响极大，他常以此为武器去抨击社会的淫靡腐败。（见李玉梯：《但丁与〈神曲〉》，西安：陕西人民出版社，1989年版，第4页。）

③ 〔美〕古斯塔夫·缪勒：《文学的哲学》，孙宜学等译，桂林：广西师范大学出版社，2001年版，第61页。

但丁强烈的批判精神。

1. 对市民暴发户贪婪放荡的批判

但丁时代的佛罗伦萨，受宗教神权与资本主义经济的双重影响，市民粗野愚昧，忌妒贪婪，"淫逸、妒忌、傲慢、贪婪的风气，弥漫在大街小巷"①。普遍存在的家族纠纷逐渐演变为党派斗争，并开始影响宫廷。对于新兴市民暴发户的贪图私利、追逐金钱以及高利贷者的重利盘剥，但丁有着清晰而深刻的认识，他指出，正是由于市民暴发户的骄狂傲慢和放荡无度，才使得田园式的宁静生活一去不返，"新来的人和暴发的财，佛罗伦萨呀，在你的内部产生了骄傲和放恣，使得你已经为此而哭泣了"②。商业经济的发达，导致佛罗伦萨人的蜕变："骄傲、忌妒、贪婪是使人心燃烧起来的三个火星"③，在《地狱篇》中，我们就看到"在世上花钱永不适度"④ 的犯罪者在接受苦刑，他们数量众多，足见佛罗伦萨风气的堕落糜烂。

2. 对贵族党争鲜廉寡耻的批判

但丁认识到，佛罗伦萨不良风气的重要源头在于上层贵族的堕落与党争。当时的贵族普遍道德败坏，著名贵族福来斯就毫无廉耻地说道："美德只是一种令人生厌的东西。需要的是钱，只有那玩意儿才管用，才能和朋友们去尽情欢乐。别忘了，人必有一死，咱们终将都会含笑入土的。"⑤ 不少贵族甚至以偷鸡摸狗为雅。在《地狱篇》的众多

① 〔意〕马里奥·托比诺：《但丁传》，刘黎亭译，上海：上海译文出版社，1984 年版，第 41—42 页。
② 〔意〕但丁：《神曲·地狱篇》，田德望译，北京：人民文学出版社，1990 年版，第 117 页。"新来的人"指从乡间来到城里落户的人，这些人靠经营商业和放高利贷很快发了大财，他们得势以后，骄傲放恣，穷奢极侈，破坏了佛罗伦萨原先崇尚廉耻和勇武的优良风尚，使诗人感到十分痛心，不禁仰天慨叹。
③ 〔意〕但丁：《神曲·地狱篇》，田德望译，北京：人民文学出版社，1990 年版，第 42 页。
④ 〔意〕但丁：《神曲·地狱篇》，田德望译，北京：人民文学出版社，1990 年版，第 48 页。
⑤ 〔意〕马里奥·托比诺：《但丁传》，刘黎亭译，上海：上海译文出版社，1984 年版，第 29页。

窃贼中，就有来自窦纳蒂家族、拉扎利家族、加利盖家族和卡瓦尔堪提家族的贵族。但丁愤怒地谴责道：

"得意吧，佛罗伦萨，既然你是那样伟大，以至于在海上和陆上鼓翼飞翔，你的名字还传遍地狱！在盗贼中间，我发现了五个是你的显贵的市民，这给我带来了耻辱，你也不会因此得到很大的光荣。"①

由贵族与商人等组成的党派，无论是基伯林党与贵尔弗党，还是后来的黑党与白党，其纷争皆源于私人仇恨。党派成员鼠目寸光，缺少远大眼光，不顾国家前途，只管个人仇恨，致使佛罗伦萨长期动荡混乱。但丁以地狱中各种鬼怪影射贵族的贪财好利、宫廷君臣的骄横，以及外来领主的野心，真实反映了佛罗伦萨尖锐复杂的政治斗争。在第三层地狱，但丁与恰科②的交谈就揭示出党派斗争的血腥残酷："在他们长期斗争后，要闹到流血的地步。村野党将赶走另一个党，并且使它受到许多损害。以后在三年之内，这个党就得倒台，那个党将……重占上风。他们将长期趾高气扬，把另一个党重重地压在底下，不管它怎样为此哭泣，感到羞耻"③。

而但丁与法利那塔鬼魂的对话④，以及对乌哥利诺和卢吉埃里⑤的描写，也反映出党派纷争带来的仇恨与乱象："两个鬼魂冻结在一个冰窟窿里，彼此那样贴近，使得一个的头成为另一具的帽子；上面那个

---

① 〔意〕但丁：《神曲·地狱篇》，田德望译，北京：人民文学出版社，1990 年版，第 200 页。
② 恰科是佛罗伦萨人，生卒年份与生平事迹不详。"村野党"指白党，因为其首领切尔契家族来自乡间；"另一个党"指黑党。黑党战胜白党后，长期掌握政权，飞扬跋扈，迫害白党。
③ 〔意〕但丁：《神曲·地狱篇》，田德望译，北京：人民文学出版社，1990 年版，第 42 页。
④ 〔意〕但丁：《神曲·地狱篇》，田德望译，北京：人民文学出版社，1990 年版，第 66 页。法利那塔是基伯林党首领，因异端罪在第六层地狱受苦。他生前曾与但丁祖辈所在的贵尔弗党斗争近 30 年，给佛罗伦萨带来巨大灾难。当但丁告诉法利那塔的鬼魂自己祖先的情况时，法利那塔回答说："他们激烈地反对我，反对我的祖先，反对我的党，所以我驱散了他们两次。"
⑤ 卢吉埃里大主教俗姓乌巴尔迪尼，1278 年被任命为比萨大主教。他赶走尼诺，出卖乌哥利诺后，执掌了大权。但他无法抵抗尼诺率领的贵尔弗党流亡者的武装进攻，被迫辞去最高行政官之职。由于残害乌哥利诺和贵尔弗党人，他受到教皇尼古拉六世的严厉斥责，甚至被判处终身监禁。

的牙齿咬着下面那个的脑袋和脖颈子相连接的地方，就像人饿了吃面包时那样。"①

3. 对教廷教皇腐败堕落的批判

然而，意大利的党派斗争只是表象，问题的根源在于教会。13 世纪的佛罗伦萨是意大利基督教势力的中心，以教皇为卜尼法斯八世为代表的历任教皇却贪婪无耻，忙于和封建君主争夺权力，教会也成为堕落的代名词。

但丁激烈抨击教会的腐化堕落。地狱中的犯贪婪罪者中，就有不少神职人员，"在他们身上贪婪的行为达到了过火的程度"②。但丁对直接迫害自己的卜尼法斯八世更是深恶痛绝，他尚在人世之时，但丁就在地狱中为其预留了位置。但丁还通过教皇尼古拉三世之口直接对卜尼法斯八世进行谴责："难道你这么快就对那些财富感到腻烦了吗，为了捞到这些财富，你不怕用欺诈手段来娶那个美女，然后辱没她。"③在《天国篇》中，但丁更是借圣彼得之口，直接剥夺了卜尼法斯八世执掌教会的合法性："那个在世间篡夺了我的座位的人——我的座位，在上帝的儿子面前仍旧空着——他使我的墓地变成了发出血腥和臭味的阴沟；因此那个从这上界坠落下去的邪恶都在地狱里感到高兴。"④

在《炼狱篇》里，但丁又通过艺术幻象展示了教会的堕落败坏。但丁跟随贝雅特丽齐进入天国之际，看到了基督教会整体堕落的景象：

"一个淫荡的娼妇出现在我眼前，如同高山上的城堡一般，泰然自若地……用她的媚眼左顾右盼；我看见一个巨人站在她身边，好像是

① 〔意〕但丁：《神曲·地狱篇》，田德望译，北京：人民文学出版社，1990 年版，第 262 页。
② 〔意〕但丁：《神曲·地狱篇》，田德望译，北京：人民文学出版社，1990 年版，第 49 页。
③ 〔意〕但丁：《神曲·地狱篇》，田德望译，北京：人民文学出版社，1990 年版，第 140 页。"那个美女"指教会，中世纪的神秘主义者和神学家常常使用结婚为比喻，把教皇比拟作教会的新郎。"不怕用欺诈手段来娶那个美女"指他胆敢以诈术劝诱切勒斯蒂诺五世退位，使自己当选为教皇。"然后辱没她"指卜尼法斯八世即位后，买卖圣职，使教会声名狼藉。
④ 〔意〕但丁：《神曲·天国篇》，田德望译，北京：人民文学出版社，2001 年版，第 185 页。

防备她被人从他手里夺去似的；他们一再互相亲嘴。"①

但丁以娼妇喻指教廷和教皇，以巨人象征支配罗马教廷的法国王室，特别是国王腓力四世，以"他们一再互相亲嘴"表明历任教皇与法国王室的勾结。但丁试图以此艺术形象唤醒意大利人民，促使教会恢复纯洁，以造福基督教世界。

市民暴发户的粗野恶习，贵族与党派的堕落纷争，以及教会的贪婪无耻，致使意大利日益混乱，但丁最终在《炼狱篇》完成了对三者的集中批判：

"唉奴隶般的意大利，苦难的旅舍，暴风雨中无舵手的船，你不是各省的女主，而是妓院！……如今你境内的活人却无时无刻不处于战争状态，同一城墙、同一城壕圈子里的人都自相残杀。可怜虫啊，你环顾你沿海各省，然后看一看你的腹地，是否境内有享受和平的部分……你的市民把正义挂在嘴上……不用召唤就急切地回答，喊道：'我来挑重担！'现在你就洋洋得意吧，因为你很有理由这样：你富强，你享受和平，你明智嘛！"②

与但丁相比，马克思的批判精神更为强烈。马克思对资本主义生产方式的批判持续终生，他的许多重要著作也以"批判"命名，表明他"对统治阶级的'权力'（无论是现实生活中的，还是观念上的）从不采取认同的态度"③。换言之，马克思终生努力揭示统治阶级的邪恶本质，鼓励人们运用正确的思维方式与实践去突破权力的束缚：

"人们迄今总是为自己造出关于自己本身、关于自己是何物或应当成为何物的种种虚假观念。他们按照自己关于神、关于模范人等等观念来建立自己的关系。他们头脑的产物就统治他们。他们这些创造者

---

① 〔意〕但丁：《神曲·炼狱篇》，田德望译，北京：人民文学出版社，1997 年版，第 446 页。
② 〔意〕但丁：《神曲·炼狱篇》，田德望译，北京：人民文学出版社，1997 年版，第 57—59页。
③ 俞吾金：《被遮蔽的马克思》，北京：人民出版社，2012 年版，第 164 页。

就屈从于自己的创造物。我们要把他们从幻想、观念、教条和想象的存在物中解放出来，使他们不再在这些东西的枷锁下呻吟喘息。我们要起来反抗这种思想的统治。"①

马克思的反抗表现在对宗教、文化、政治、经济、历史等多方面的批判，其中又以宗教批判为开端，并且最为彻底。1843年，在《黑格尔法哲学批判（导言）》中，马克思明确指出宗教的本质以及宗教批判的意义："对宗教的批判是其他一切批判的前提……人创造了宗教，而不是宗教创造了人……国家社会产生了宗教即颠倒了的世界观，因为它们本身就是颠倒了的世界。"② 马克思反复指出，宗教是人对现实的歪曲反映，宗教的根源不在天国，而在于现实社会，宗教问题归根结底是现实世界的问题。因此，"宗教批判使人摆脱了幻想……对天国的批判就变成对尘世的批判，对宗教的批判就变成对法的批判，对神学的批判就变成对政治的批判。"③

同年，在《论犹太人问题》中，马克思继续对宗教问题进行分析。他批判鲍威尔"要犹太人放弃犹太教，要一切人放弃宗教，因为这样才能作为公民得到解放"④ 的错误理论，指出鲍威尔混淆了宗教解放、政治解放以及全人类解放的界限；马克思以北美的政教分离所获得的政治自由为例，指出宗教的现实性与历史性问题："只有消灭了世俗桎梏，才能克服宗教狭隘性。我们不把世俗问题化为神学问题，我们要把神学问题化为世俗问题。相当长的时期以来，人们一直用迷信来说明历史，而我们现在是用历史来说明迷信。在我们看来，政治解放和

① 〔德〕马克思、恩格斯：《德意志意识形态》，《马克思恩格斯全集》（第3卷），中央编译局译，北京：人民出版社，1960年版，第15页。
② 〔德〕马克思：《黑格尔法哲学批判（导言）》，《马克思恩格斯全集》（第1卷），中央编译局译，北京：人民出版社，1956年版，第452页。
③ 〔德〕马克思：《黑格尔法哲学批判（导言）》，《马克思恩格斯全集》（第1卷），中央编译局译，北京：人民出版社，1956年版，第453页。
④ 〔德〕马克思：《论犹太人问题》，《马克思恩格斯全集》（第1卷），中央编译局译，北京：人民出版社，1956年版，第423页。

宗教的关系问题已经成了政治解放和人类解放的关系问题。"① 马克思进而将犹太人的解放上升到国家解放层面，指出只有把国家从宗教中解放出来，才能实现宗教信徒的解放："犹太人、基督徒、一切宗教信徒的政治解放，就是国家摆脱犹太教、基督教和一切宗教而得到解放。"② 马克思最后又强调了犹太教的世俗本质："钱是以色列人的妒忌之神……期票是犹太人的真正的神。"③ 因此，只有消灭世俗桎梏，才能克服犹太教的狭隘性，也才能真正实现犹太人的解放。

马克思的宗教批判并非如但丁那样仅仅局限于宗教问题，而是扩展到了政治、经济、社会、文化等多个范畴。马克思不但批判了宗教的虚幻表象，也揭示了其现实本质；不但分析了宗教产生的原因，也指出了解决宗教问题的方法。在宗教批判中，马克思成功扬弃了黑格尔式唯心主义，突出了现实与实践的重要性，并在学理上为唯物史观奠定了基础。

在宗教批判的基础上，马克思的批判触角也伸向了多个方面。在代表作《资本论》（副标题为《政治经济学批判》）中，马克思对资本主义生产方式以及庸俗经济学的错误进行了彻底批判，预测了社会主义革命的前景以及无产阶级专政的确立。《神圣家族》（全名为《神圣家庭，或对批判的批判所做的批判。驳布鲁诺·鲍威尔及其伙伴》）则对鲍威尔等人"把作为绝对精神的绝对精神变成历史的创造者"④，即以自我意识为基础的主观唯心主义进行了致命的批判，详细阐述了人民群众在历史中起决定作用这一重要的历史唯物主义原理。马克思的

① 〔德〕马克思：《论犹太人问题》，《马克思恩格斯全集》（第1卷），中央编译局译，北京：人民出版社，1956年版，第425页。
② 〔德〕马克思：《论犹太人问题》，《马克思恩格斯全集》（第1卷），中央编译局译，北京：人民出版社，1956年版，第426页。
③ 〔德〕马克思：《论犹太人问题》，《马克思恩格斯全集》（第1卷），中央编译局译，北京：人民出版社，1956年版，第448页。
④ 〔德〕马克思、恩格斯：《神圣家族》，《马克思恩格斯全集》（第2卷），中央编译局译，北京：人民出版社，1957年版，第109页。

晚年论著《哥达纲领批判》，更是严肃而详尽地探讨科学共产主义理论根本问题的重要文献，它全面清算了拉萨尔主义的错误①。明确了科学社会主义的本质与内涵，更对未来社会作了多方面的构想。

总之，马克思的研究大多呈现鲜明的批判特色，他从宗教批判开始，逐渐扩展到对资本主义社会各个方面的批判。批判之于马克思，不仅是动摇统治阶级现行体制的理论方法，也是对以往理论的扬弃，不仅是对于资本主义生产方式的认识论，更是传统哲学从解释世界走向改变世界的重要环节。

二、但丁与马克思的理想主义

但丁受到基督教文化与古希腊罗马文化的双重熏染，宗教思想与政治思想十分复杂②。但丁的故乡佛罗伦萨"几百年来，内乱之中的自相残杀替代了和平岁月"③，但丁也深受党争迫害，又历经数十年漂泊流亡，对自由和平的渴望，对重返家乡的期待，以及对政治纷争的痛恨，时刻影响着他的政治构想与诉求，他最终形成了追求和平统一，反对争斗分裂的理想。"由帝国管理世界，由教会培育灵魂"④，也即政教分离思想，就是实现这一理想的重要保障。但丁认为"教皇和帝王这二者属于两个不同的类属……是其他一切人的标准或理想"⑤。君

---

① 19世纪德国工人运动中的机会主义思潮，以拉萨尔为主要代表。认为无产阶级只要通过和平的合法的斗争，争得普选权，就可以把君主专制国家变为自由的人民国家；否认无产阶级进行经济和政治斗争的必要性。

② 但丁并非纯粹意义上的"反教会者"，他主张教会权力与世俗权力分离，痛斥教会的贪婪，却维护教会的权威；他主张教会改革，却反对分裂教会。但丁也非绝对地拥护"君主制"或"共和制"，他主张君主制与共和制融合互补；而对君主的政治评判又融入道德标准，实现了政治与道德的密不可分。总之，但丁的政治思想与宗教思想的最终目的，是为了追求和平，反对分裂。（参见张延杰：《德治的承诺：但丁历史人物评价中的政治思想研究》，第146—154页。）

③ 〔俄〕梅列日科夫斯基：《但丁传》，汪晓春译，北京：团结出版社，2005年版，第6页。

④ 〔意〕马里奥·托比诺：《但丁》，刘黎亭译，上海：上海译文出版社，1984年版，第7页。

⑤ 〔意〕但丁：《论世界帝国》，朱虹译，北京：商务印书馆，1986年版，第79页。

主与教皇并无隶属关系，无法"明确地证明上帝是帝国权力的直接源泉……教会不是帝国力量的根源，也不是其权力的根源"①。因此，在但丁的设想中，教皇与君主应当各安其位，教皇负责教化人民，君主负责建立统一的世界帝国，两者应该共同努力造福国家。

在担任佛罗伦萨执政官期间，但丁即积极践行其政治理想。他秉公执法，超越党派利益，努力追求和平。在此期间，卜尼法斯八世为扩展领地，希望佛罗伦萨提供士兵与金钱。这一要求与但丁的理想完全相悖，但丁严词拒绝，却因此遭报复而被判处流放。流亡途中，但丁十分关注佛罗伦萨政局，积极欢迎亨利七世②恢复佛罗伦萨的和平。在《论世界帝国》中，但丁阐述了世界帝国、民族国家理论与政教分离观点，论证亨利七世执政的合法性。但丁将亨利七世看作上帝派来拯救意大利的使者："亨利七世挺进意大利，这是履行至高无上的上帝的旨意，是为了在这里把任何暴君都消灭……为了永远终结他们的独裁统治。"③ 为了表达对亨利七世的敬意，但丁在天堂为其预留了"放着皇冠……的大椅子"④。在但丁心目中，亨利七世的地位已远远超过了历史上的名君凯撒大帝⑤。

流亡中的但丁对佛罗伦萨无比怀念，那里有他的亲人朋友、创作源泉，还有其念念不忘的"建立一个自由的市政厅，一个圣洁的教会

---

① 〔意〕但丁：《论世界帝国》，朱虹译，北京：商务印书馆，1986 年版，第 80—81 页。
② 亨利七世原是卢森堡伯爵，1308 年被选为神圣罗马帝国皇帝。他南下意大利加冕，声称要伸张正义，消除各城市、各党派的争端，使一切流亡者返回故乡，还要重新建立帝国和教会之间的良好关系，实现持久和平，其政治主张受到但丁的热烈支持。1313 年，亨利七世病逝，其政治主张未能实现。
③ 〔俄〕梅列日科夫斯基著《但丁传》，汪晓春译，北京：团结出版社 2005 年版，第 184 页。
④ 〔意〕但丁：《神曲·天国篇》，田德望译，北京：人民文学出版社，2001 年版，第 207 页。
⑤ 在但丁的设想中，天国共有九重天，上帝在净火天，由内而外分别为原动天（水晶天）、恒星天、土星天、木星天、火星天、日天、金星天、水星天和月天，凯撒大帝被安排在天国的水晶天，而亨利七世则与上帝同在净火天，地位明显高于凯撒。

国"的理想①。然而，其他流亡者却大多"心胸狭隘，意志薄弱，自由散漫，粗野无理，眼睛只盯着利益……只是为了进行一场卑劣的报复"②，他们的行动也多次失败③。但丁最终认识到，他们不过是些毫无理想信念的乌合之众，"无论是白党成员还是黑党成员，无论属盖尔非派还是系奇伯林派，均为邪恶之徒，该受诅咒"④。自此，但丁开始独自流亡，体味到"别人家的面包味道多么咸，走上、走下别人家的楼梯，路够多么艰难"⑤。1315 年，佛罗伦萨实行特赦，罪犯缴纳罚款并进行忏悔就可以返回家乡。但丁却拒绝朋友劝说，自认无罪而拒不接受这一带有侮辱性的条件。

在多年的流亡生涯中，但丁对人类命运和社会现实的认识日益深刻。但是，随着亨利七世的去世以及意大利政治纷争的加剧，但丁追求和平与自由的理想愈发难以实现。但丁的政治理想及其对世俗生活的热爱，也逐渐转向对古罗马帝国的渴慕以及对上帝信仰的回归。

但丁这一转变主要与其历史局限有关，这首先表现在历史潮流的影响。中世纪晚期，意大利乃至西欧的社会结构与秩序都发生了剧变，教皇与君主为争夺利益而形成不同派别，双方经久不息的争斗造成社会持续动乱。然而，时人或栖身于上帝的怀抱，或跪拜在君主的脚下，他们对于社会历史的发展几乎没有合理的认识，"中世纪人那满蕴激情又狂暴不羁的心灵，总是摇摆于涕泗纵横的虔诚与冷漠无情的残酷之

① 〔意〕马里奥·托比诺：《但丁传》，刘黎亭译，上海：上海译文出版社，1984 年版，第 66 页。

② 〔意〕马里奥·托比诺：《但丁传》，刘黎亭译，上海：上海译文出版社，1984 年版，第 70 页。

③ 1303 年春，数千名流亡者集结向佛罗伦萨进攻，由于队伍目标不明，理想不纯，很快在人数占优的情况下溃败。1304 年，流亡者派代表去佛罗伦萨争取富商加佛尔做内应，又宣告失败；同年 7 月，流亡者再次进攻佛罗伦萨，又告失败。但丁反对此次盲目的突袭，却被同伙斥责威胁，见《但丁传》101 页。

④ 〔意〕马里奥·托比诺：《但丁传》，刘黎亭译，上海：上海译文出版社，1984 年版，第 102 页。

⑤ 〔意〕但丁：《神曲·天国篇》，田德望译，北京：人民文学出版社，2001 年版，第 126 页。

间，跌宕于尊崇与傲慢、沮丧与嬉戏的矛盾之中"①。但丁也深受此历史思潮影响，他在《神曲》中就在上帝与君主间徘徊，他将未来的社会比作"荣光照彻宇宙"②和"充满了爱""充满了喜悦"③的天国，认为现实社会遍布深不见底的"壕沟"④和"恶囊"⑤，"叹息、悲泣和号哭的声音响彻无星的空中"⑥。同时，他又对教皇大加鞭挞，对亨利七世极其推崇。不难发现，但丁未能跳出历史的大潮，在《神曲》的隐喻性描述中，依然充满了迷茫与彷徨。

但丁的历史局限还在于他对历史发展趋势的误判。中世纪晚期，教会势力开始减弱，封建君主实力得到加强，民族国家的形成已成社会发展主流。但丁却未能洞察这种趋势，仍沉迷于古罗马的帝国梦幻中，并以此预示未来人类世界的模式。加之在多年的流亡生涯中，但丁对四分五裂的城邦制深恶痛绝，更加强烈地希望强有力的君主建立统一的世界帝国。在《论世界帝国》中，但丁呼吁："为了造就普天下的幸福，有必要建立一个一统的世界政体"⑦，而且"只有服从理性，只有全心全意为实现人类的目标而奋斗，人类才有自由。这样的自由只有在世界政治机构的治理下，才有实现的可能"⑧。显然，但丁"看不到十四世纪的帝国想对欧洲政治进行任何实际控制的要求是多么不切合实际，看不到新生的民族差别把这样的一个帝国所要统治的人民分割得多么彻底"⑨。

---

① 〔荷〕约翰·赫伊津哈《中世纪的衰落》，刘军等译，杭州：中国美术学院出版社，1997年版，第43页。
② 〔意〕但丁：《神曲·天国篇》，田德望译，北京：人民文学出版社，2001年版，第1页。
③ 〔意〕但丁：《神曲·天国篇》，田德望译，北京：人民文学出版社，2001年版，第206页。
④ 〔意〕但丁：《神曲·地狱篇》，田德望译，北京：人民文学出版社，1990年版，第99页。
⑤ 〔意〕但丁：《神曲·地狱篇》，田德望译，北京：人民文学出版社，1990年版，第131页。
⑥ 〔意〕但丁：《神曲·地狱篇》，田德望译，北京：人民文学出版社，1990年版，第16页。
⑦ 〔意〕但丁：《论世界帝国》，朱虹译，北京：商务印书馆，1986年版，第6页。
⑧ 〔意〕但丁：《论世界帝国》，朱虹译，北京：商务印书馆，1986年版，第16页。
⑨ 〔美〕乔治·霍兰·萨拜因：《政治学说史》，盛葵阳译，北京：商务印书馆，1990年版，第314页。

最终，但丁在历史大潮的裹挟中迷失了方向，既不能认清社会现实，也不能把握未来发展趋势，只能沉浸在帝国迷梦与天国荣光中。

马克思则成功地突破了此种局限。在《德意志意识形态》中，马克思"从直接生活的物质生产出发来考察现实的生产过程，并把与该生产方式相联系的、它所产生的交往形式，即各个不同阶段上的市民社会，理解为整个历史的基础"①。换言之，但丁被古罗马帝国这一虚幻的历史观念所迷惑，马克思则"不是从观念出发来解释实践，而是从物质实践出发来解释观念的东西"②。马克思进而提出生产力、生产关系（交往形式）、生产方式、经济基础（市民社会）及社会革命、人民群众等概念，初步明确了唯物史观的基本原理；在《〈政治经济学批判〉序言》中，马克思更明确指出"物质生活的生产方式制约着整个社会生活、政治生活和精神生活的过程。不是人们的意识决定人们的存在，相反，是人们的社会存在决定人们的意识"③。这些历史唯物主义思想显然是但丁难以企及的，也正是在唯物史观的基础上，马克思实现了对但丁理想的超越。

马克思的理想是建立共产主义社会。1848年，青年马克思就与恩格斯共同宣告了共产主义社会是"一个以各个人自由发展为一切人自由发展的条件的联合体"④；在十多年后的《政治经济学批判（1857—1858年经济学手稿)》中，马克思提出著名的"三大社会形态"理论：分别是"人的依赖关系""以物的依赖性为基础的人的独立性"以及"建立在个人全面发展和他们共同的社会生产能力成为他们的社会财富

---

① 〔德〕马克思、恩格斯：《德意志意识形态》，《马克思恩格斯全集》（第3卷），中央编译局译，北京：人民出版社，1960年版，第42页。
② 〔德〕马克思、恩格斯：《德意志意识形态》，《马克思恩格斯全集》（第3卷），中央编译局译，北京：人民出版社，1960年版，第43页。
③ 〔德〕马克思：《〈政治经济学批判〉序言》，《马克思恩格斯全集》（第13卷），中央编译局译，北京：人民出版社，1962年版，第8页。
④ 〔德〕马克思、恩格斯：《共产党宣言》，《马克思恩格斯全集》（第4卷），中央编译局译，北京：人民出版社，1958年版，第491页。

这一基础上的自由个性"① 的第三个阶段形态。可见，马克思始终着眼于人的自由解放和全面发展；而且，马克思所关注的是全人类的解放，而非如但丁仅仅局限于意大利与佛罗伦萨地区。在《哥达纲领批判》中，马克思又从生产和分配这一角度，对共产主义社会解放全人类这一远景进行了展望：

"在共产主义高级阶段，在迫使个人奴隶般地服从分工的情形已经消失，从而脑力劳动和体力劳动的对立也随之消失之后；在劳动已经不仅仅是手段，并且本身成了生活的第一需要之后；在随着个人的全面发展，他们的生产力也增长起来，而集体财富的一切源泉都充分涌流之后，——只有在那个时候，才能完全超出资产阶级权利的狭隘眼界，社会才能在自己的旗帜上写上：各尽所能，按需分配！"②

为了实现共产主义理想，马克思从阶级分析开始，继而转入政治经济学研究；他分析剥削与剩余价值，指出私有财产的本质，指明无产阶级的前途与人类社会的光明前景。为此，马克思流亡国外数十年，历经被通缉、贫困交加、病痛丧子等磨难，饱受颠沛流离之苦。然而，马克思始终坚持理想信念，他满腔热忱投入斗争，在流亡途中完成大量重要著作，他积极参与无产阶级政治活动，抨击拉萨尔、福格特等人的错误观点，最终赢得斗争的胜利与历史的尊重。

身为犹太人，马克思对流亡并不陌生，因为"犹太人的历史和文化……就是受难"③。不过，正如犹太人维特根斯坦所言："在犹太人那里有不毛之地，可是在绵薄的石层底下躺着精神和智慧的溶液。"④

---

① 〔德〕马克思：《政治经济学批判（1857—1858 年草稿）》，《马克思恩格斯全集》（第 46 卷，上册），中央编译局译，北京：人民出版社，1979 年版，第 104 页。
② 〔德〕马克思：《哥达纲领批判》，《马克思恩格斯全集》（第 19 卷），中央编译局译，北京：人民出版社，1963 年版，第 22—23 页。
③ 朱子仪：《流亡者的神话——犹太人的文化史》，天津：天津人民出版社，1993 年版，第 4 页。
④ 朱子仪：《流亡者的神话——犹太人的文化史》，天津：天津人民出版社，1993 年版，第 10 页。

不过，马克思能够在流亡生涯中坚持下来，与犹太人精神传统有某种关联，也与其为人类奋斗的民主理想有关。爱因斯坦对此曾有精辟论述："几千年来使犹太人联结在一起，而且今天还在联结着他们的纽带，首先是社会正义的民主理想，以及一切人中间的互助和宽容的理想。……像斯宾诺莎和卡尔·马克思这样一些人物……他们都为社会正义的理想而生活，而自我牺牲；而引导他们走上这条荆棘丛生的道路的，正是他们祖先的传统。"① 在马克思的流亡生涯中，不少流亡者相互倾轧，造谣生事，鲍威尔等人就对马克思"编造了各种各样的神话和奇谈"②，但是马克思真诚关心其他流亡者。威廉·李卜克内西就曾充满感激地回忆马克思一家对他的帮助："和这个家庭的结识挽救了我，使我在忧愁的流亡生活时期免于完全毁灭……"③

一个多世纪后，著名流亡学者萨义德在《知识分子论》中指出，多数流亡者的痛苦在于，他们既无法与故土真正割裂，又难以完全融入新环境；他们流亡异国他乡，缺乏归属感和认同感；他们承受着煎熬与折磨，游离于不同的社会文化之间。萨义德直言不讳地指出流亡知识分子经常存在的问题："作为流亡者的知识分子倾向于以不乐为荣，因而有一种近代消化不良的不满意，别别扭扭、难以相处，这种心态不但成为思考方式，而且成为一种新的、也许是暂时的、安身立命的方式。"④ 萨义德对流亡知识分子提出了自己的要求："知识分子为民喉舌，作为公理正义及弱势者/受迫害者的代表，即使面对艰难险阻也要向大众表明立场及见解；知识分子的言行举止也代表/再现自己

---

① 〔美〕爱因斯坦：《爱因斯坦文集》（第3卷），许良英等编译，北京：商务印书馆，1979年版，第164页。
② 〔德〕威廉·李卜克内西：《忆马克思》，《回忆马克思恩格斯》，马集译，北京：人民出版社，1973年版，第53页。
③ 〔德〕威廉·李卜克内西：《忆马克思》，《回忆马克思恩格斯》，马集译，北京：人民出版社，1973年版，第53—54页。
④ 〔美〕萨义德：《知识分子论》，单德兴译，北京：三联书店，2002年版，第48—49页。

的人格、学识与见地。"① 马克思显然做到了这一点，而且毫无流亡者的通病；而他能够挺过艰难的流亡生涯，始终没有放弃对真理和自由的追求，显然离不开理想的支撑。

三、但丁和马克思对人的关注

在中世纪末期，古典人文思想已有传播，人的理性也受到重视。不过，"那些最初脱离禁欲主义的人，却又被本能的欲望所控制，甚至失去高贵的理想，变成残酷的野兽"②。因此，如何融会人文理性与上帝信仰就显得至关重要。阿奎那将基督教学说与亚里士多德哲学相结合，创造出新的基督教体系③；但丁则"在正统神学的构架中放入了他自己的理论和想像"④，将神学与政治权力等进行融合，既对教会权力进行了限制，也充分肯定了人的现世价值，最终站在了中世纪人文思想的最高峰。

作为基督徒，但丁并不认同中世纪的文化专制和蒙昧主义，反而对柏拉图、亚里士多德、维吉尔等异教徒的智慧与理性由衷敬佩。在《地狱篇》中，但丁初次见到维吉尔，就对其顶礼膜拜："那么，你就是那位维吉尔，就是那涌出滔滔不绝的语言洪流的源泉吗？……你是我的老师，我的权威作家"⑤。

但丁高度赞美人类的高贵。他在《飨宴》中指出："人类的高贵，

---

① 〔美〕萨义德：《知识分子论》，单德兴译，北京：三联书店，2002 年版，第 11 页。
② 蔡红燕、张山：《屈原但丁创作论》，云南大学出版社，2008 年版，第 59 页。
③ 阿奎那虽然坚持信仰至上，认为只有上帝才是永恒真理，但他十分信奉亚里士多德哲学，对其《物理学》《形而上学》等进行过研究注释。在《神学大全》中，阿奎那将基督教信仰与古希腊哲学结合，运用逻辑和理性来阐释基督教教义。（见刘建军《基督教文化与西方文学传统》，北京大学出版社，2005 年版，第 106 页。）
④ 〔美〕乔治·桑塔亚那：《诗与哲学：三位诗人卢克莱修、但丁及歌德》，华明译，桂林：广西师范大学出版社，2001 年版，第 53—54 页。
⑤ 〔意〕但丁：《神曲·地狱篇》，田德望译，北京：人民文学出版社，1990 年版，第 2 页。

就他的许多成果来看，胜过天使的高贵。"① 既然人类可能胜过"天使"，人就应该积极抗争，努力实现人生目标。但丁青年时代就参加佛罗伦萨的政治斗争，即使被判处流放，也努力用卓越的创作天才来实现人生价值，并最终以《论俗语》《飨宴》《神曲》等论著挽回了声誉，保持了人格独立与诗人风度。

既然人是高贵的，那么人的情感就应获得尊重。13世纪，意大利封建主波伦塔的女儿弗兰齐斯嘉被迫嫁给粗野的封建主简乔托，为追求幸福，她与简乔托的弟弟保罗相恋，最终被处死。在《地狱》篇中，但丁突破当时的伦理禁锢，对他们充满同情："弗兰齐斯嘉，你的痛苦使得我因悲伤和怜悯而流泪"②。

但丁本人也经历了美妙的爱情，他一生痴迷贝雅特丽齐，在《新生》中多次表达对她的爱恋与赞美。在《新生》的31首诗中，有但丁对恋人的单相思之苦，有对死神夺去恋人的诅咒，还有将贝雅特丽齐神圣化以作为自己的精神追求，正如有学者指出那样：

"在中世纪的抒情诗里，但丁第一个以深厚的、感人肺腑的衷情，表达了自己独特的思想和感受，把人所具有的、属于人的而封建教会又竭力加以扼杀的那种细腻复杂的感情，坦率地献给生活在那个时代的人们去欣赏。"③

在《天国篇》中，但丁也坦率谈到爱情对其创作《新生》的激发作用："当爱神给予我灵感时，我就记下来，并且依照口授给我心中的方式写出来。"④ 众所周知，基督教要求教徒禁欲苦修，《圣经》宣称：

① 〔意〕但丁：《飨宴》，《意大利经典散文》，吕同六等译，上海：上海文艺出版社，2004年版，第17页。
② 〔意〕但丁：《神曲·地狱篇》，田德望译，北京：人民文学出版社，1990年版，第33页。
③ 李玉悌：《但丁与〈神曲〉》，西安：陕西人民出版社，1989年版，第30页。
④ 〔意〕但丁：《神曲·炼狱篇》，田德望译，北京：人民文学出版社，1997年版，第317页。

"我的国不属这世界"①，"不要爱世界和世界上的事"②。但丁却对世俗爱情充满兴趣，这已突破了中世纪神学的束缚，无疑值得我们肯定。

不过，但丁的关注点虽然从上帝转向了人，却只着眼上层社会的君王贵族，或对虚幻的上帝与宗教抱有幻想，却无视最为普通的劳动者群体。但丁的政治理想具有进步意义，但其理想同盟者却不是当时最进步的城市贫民或人民大众，而是开明贵族与市民阶层中的富裕分子；但丁痛斥教皇与教会，却对卜尼法斯遭受民众羞辱表示愤慨；但丁虽对贝雅特丽齐表达爱恋，却最终将其"从一个欲望的形象升华为天使的形象，成为教会拯救等级体系中的关键因素"③。但丁反对强权，却又幻想与亨利七世结盟，企图借助外来封建主的势力重建帝国。底层民众并不在但丁的视野之内，这从其代表作《神曲》也可窥见一斑。《神曲》中不乏上层贵族与封建君主，也多见教皇与修道院长，更有许多学者与诗人，却鲜见普通劳动者与底层平民，而且平民还多为盗贼，被安排在地狱中承受苦刑。④ 脱离了最为深厚的群众基础，但丁的政治理想自然容易动摇，一旦上层贵族出现问题，他就容易倒向基督教与上帝。

马克思却始终关注大多数底层民众。在《青年在选择职业时的考虑》中，年仅17岁的马克思明确表示其为人类工作的崇高理想："如果我们选择了最能为人类福利而劳动的职业，那么，重担就不能把我

---

① 《新约·约翰福音》第18章第36节，见中国基督教三自爱国运动委员会、中国基督教协会2009年版《圣经·新约》，第128页。

② 《新约·约翰一书》第2章第15节，见中国基督教三自爱国运动委员会、中国基督教协会2009年版《圣经·新约》，第269页。

③ 〔美〕布鲁姆：《西方正典：伟大作家和不朽作品》，江宁康译，南京：译林出版社，2005年版，第56页。

④ 据张延杰先生统计，在但丁最有代表性的《神曲》中，共出现历史人物208人，其中贵族76人，君主17人，宗教人物41人，学者诗人13人，平民只有12人。平民只占总数的6％，而且其中只有2人在炼狱层，其他10人都在地狱中，多为盗贼等。（参见张延杰：《德治的承诺：但丁历史人物评价中的政治思想研究》，第26—30页。）

们压倒，因为这是为大家而献身；那时我们所感到的就不是可怜的、有限的、自私的乐趣，我们的幸福将属于千百万人，我们的事业将默默地、但是永恒发挥作用地存在下去。"① 《莱茵报》时期，马克思在《关于林木盗窃法的辩论》中挺身捍卫人民群众的物质利益②，马克思也自此转向政治经济学研究。

在《1844 年经济学哲学手稿》中，马克思开始关注工人的劳动异化问题。他指出异化劳动"是私有财产的直接原因"③，最终导致贫富差距；而资本主义私有制的形成，又进一步将异化劳动推向极端："生产不仅把人当作商品、当作商品人、当作具有商品的规定的人生产出来；它依照这个规定把人当作精神上和肉体上非人化的存在物生产出来"④。在《哲学的贫困》中，马克思继续这一批判，强烈谴责雇佣劳动对人的压迫："时间就是一切，人不算什么；人至多不过是时间的体现。"⑤ 在《资本论》中，资本家无限剥夺工人的劳动时间，牺牲工人的健康与尊严："对待工人就像对待单纯的生产资料那样，给他饭吃，就如同给锅炉加煤、给机器上油一样。"⑥ 马克思多次提及的共产主义目标，更是面向最大多数的民众："共产主义是私有财产即人的自我异

---

① 〔德〕马克思：《青年在选择职业时的考虑》，《马克思恩格斯全集》（第 40 卷），中央编译局译，北京：人民出版社，1982 年版，第 7 页。

② 在《〈政治经济学批判〉序言》中，马克思对这一历史进行了回顾："我学的专业本来是法律，但我只是把它排在哲学和历史之次当作辅导科学来研究。1842—1843 年间，我作为《莱茵报》的主编，第一次遇到要对所谓物质利益发表意见的难事。莱茵省议会关于林木盗窃和地产析分的讨论，当时的莱茵省总督冯·沙培尔先生就摩塞尔农民状况同《莱茵报》展开的官方论战，最后，关于自由贸易和保护关税的辩论，是促使我去研究经济问题的最初动因。"（引文见《马克思恩格斯全集》第 13 卷，第 7—8 页。）

③ 〔德〕马克思：《1844 年经济学哲学手稿》，《马克思恩格斯全集》（第 42 卷），中央编译局译，北京：人民出版社，1979 年版，第 101 页。

④ 〔德〕马克思：《1844 年经济学哲学手稿》，《马克思恩格斯全集》（第 42 卷），中央编译局译，北京：人民出版社，1979 年版，第 105 页。

⑤ 〔德〕马克思：《哲学的贫困》，《马克思恩格斯全集》（第 4 卷），中央编译局译，北京：人民出版社，1958 年版，第 97 页。

⑥ 〔德〕马克思：《资本论》，《马克思恩格斯全集》（第 23 卷），中央编译局译，北京：人民出版社，1972 年版，第 295 页。

化的积极的扬弃，因而是通过人并且为了人而对人的本质的真正占有；因此，它是人向自身、向社会的（即人的）人的复归，这种复归是完全的、自觉的，而且保存了以往发展的全部财富的。"①

从《论犹太人问题》中将市民阶层从金钱的异化中解放出来②，到《手稿》对异化劳动的批判，再到《资本论》对大机器生产的反思，马克思始终关注普通劳动者与底层民众。与但丁将希望寄予上层贵族不同，马克思更为信赖人民大众，其解放全人类的理想也贯穿一生。

但丁与马克思都被迫客居他乡数十年，不过，马克思的流亡生涯更为艰辛③。但丁的批判精神、理想主义与人本思想，无疑对熟读但丁的马克思具有某种启发。不过，囿于时代束缚与历史局限，但丁的人文主义充满神学意味，其对人的关注也限于上层社会。马克思则彻底突破宗教束缚，将眼光投向普通劳动者。此外，晚年但丁的理想主义有所减退，马克思则毕生为实现共产主义理想而奋斗。总体而言，马克思的批判精神更为彻底，理想信念更为坚定，关注对象更为广泛，可谓实现了对但丁人文主义的全面超越。

但丁结合基督教传说与古希腊文化传统，在《神曲·地狱篇》中塑造出对各种罪恶施以惩戒的地狱，揭示了佛罗伦萨的乱象，表达出赞美理性、尊重人性、崇尚和平的人文主义思想。马克思以地狱形容

---

① 〔德〕马克思：《1844 年经济学哲学手稿》，《马克思恩格斯全集》（第 42 卷），中央编译局译，北京：人民出版社，1979 年版，第 120 页。

② 马克思指出犹太人的解放，需要从现实中人与金钱的关系进行考量，打破金钱对人的异化："犹太人的世俗偶像是什么呢？做生意。他们的世俗上帝是什么呢？金钱。""钱是以色列人的妒忌之神；……钱是从人异化出来的人的劳动和存在的本质；这个外在本质却统治了人，人却向它膜拜。""从做生意和金钱中获得解放——因而也是从实际的、现实的犹太中获得解放——也就是现代的自我解放。"（见《马克思恩格斯全集》第 1 卷，第 446—448 页。）

③ 但丁被判流放后游历比萨、迦生丁、维罗纳、马格拉谷等地，除思念故乡、亲人，以及政治理想不得实现的精神苦痛外，其物质生活可谓优裕。例如他在维罗纳时，就寄寓在斯卡拉家族的宫廷里，备受尊敬。而马克思则多年贫病交加，终生依靠恩格斯等友人资助，还先后丧失四个孩子。

资本主义工厂，揭穿了资本吸血鬼的真实面目，表明对底层无产者的人文关怀。与但丁的地狱相比，工厂"地狱"中的资本吸血鬼更残忍，苦役更残酷；受罪者人数更多，并且都是无辜者；工人的身体畸形与智力退化，更是超出了但丁的想象，马克思以地狱喻指资本主义大工业生产绝非夸张。但丁的地狱之旅只有一天，马克思却"下地狱"研究政治经济学数十年，其"下地狱"经历也表明人文精神的坚定。

但丁的人文主义思想主要表现为强烈的批判精神、积极的理想主义以及丰富的人本思想。但丁终生对意大利乃至西欧的社会变化与市民思想行为进行尖锐评判，并强烈批判教会腐败，愤怒谴责贵族的堕落与政治纷争；在早年从政与后期流亡途中，但丁通过系列著述与勇敢斗争，展示了追求和平统一的理想；但丁将人们关注的重点从对上帝和天堂的盲目崇拜转向对世俗生活的赞美，充分肯定人的情感、理性与尊严，其人本主义思想明显超越了中世纪晚期的宗教神学。马克思最喜爱但丁，终生以"下地狱"决心投身政治经济学研究。不过，马克思更关注普通劳动者，其共产主义理想以解放全人类为目标，超越了但丁仅关注社会上层的狭隘性；与但丁晚年的消沉保守相比，马克思的理想更为坚定；马克思对资本主义生产方式的批判持续终生，整体上突破了但丁人文主义思想的宗教束缚与神学局限，表现出更为全面彻底的人文精神。

第三章 马克思著述中的莎士比亚

马克思在《政治经济学批判·导言》（1857—1858）中分析艺术与社会发展的不平衡问题时指出：

"关于艺术，大家知道，它的一定的繁盛时期绝不是同社会的一般发展成比例的，因而也绝不是同仿佛是社会组织的骨骼的物质基础的一般发展成比例的。例如，拿希腊人或莎士比亚同现代人相比。"①

在马克思看来，人类历史上艺术的"划时代的"代表作品、不可企及的典范往往并非出现在人类经济社会发达时期，其代表之一即是莎士比亚剧作，由此可见马克思对莎士比亚艺术成就的高度推崇。

作为马克思最喜爱的作家之一，莎士比亚是马克思人文理想的重要精神资源，莎剧人物在马克思政治经济学论著中也多次出现。

莎剧人物有时作为马克思古典经济学历史背景的印证。《资本论》

---

① 〔德〕马克思：《政治经济学批判·导言》，《马克思恩格斯全集》，（第12卷），中央编译局译，北京：人民出版社1962年版，第760—761页。

又名《政治经济学批判》，马克思在这里所批判的正是庸俗政治经济学①，因为后者赞美技术进步带来的经济繁荣，认可资本主义经济发展带来的贫富不均，甚至将充满巨大人文危机的工业化进程妆点成田园诗式的浪漫情调；他们还将"阶级利益的对立、工资和利润的对立、利润和地租的对立……看作社会的自然规律"②，致使"公正无私的科学探讨让位于辩护士的坏心恶意"③。

为了厘清以往政治经济学的谬误，马克思从整个资本主义经济的源头——商品展开研究。他先后考察了商品的生成交换、货币流通、剩余价值产生等环节，继而对私有财产等问题进行了深入分析，特别是经过对英国现代工业发展史的回顾，马克思最终揭开田园诗的帷幕④，使得"传统经济学中所有论点背后残酷的人际关系之现实面目立即显露无遗"⑤。

《资本论》表明，资本主义社会的私有财产与原始积累皆源于剩余价值，其来源是资本家对工人的剥削。巨量剩余价值的产生自然离不开工人的劳动，而近代英国工业发展所需要的雇佣工人的重要来源之

---

① 马克思曾对英、法、德的庸俗政治经济学进行尖锐批评："政治经济学在我国缺乏生存的基础。……别国的现实在理论上的表现，在他们手中变成了教条集成……被曲解了。""从1820年到1830年，在英国，政治经济学方面……是李嘉图的理论庸俗化和传播的时期。""法国和英国资产阶级夺得了政权。……敲响了科学的资产阶级经济学的丧钟。现在问题不再是这个或那个原理是否正确，而是它对资本有利还是有害"，"资产阶级政治经济学的代表人物分成了两派。一派是精明的、贪利的实践家，他们聚焦在庸俗经济学辩护论的最浅薄因而也是最成功的代表巴师夏的旗帜下。"参见〔德〕马克思：《马克思恩格斯全集》，（第23卷），中央编译局译，北京：人民出版社1972年版，第15—18页。
② 〔德〕马克思：《资本论》，《马克思恩格斯全集》（第23卷），中央编译局译，北京：人民出版社1972年版，第16页。
③ 〔德〕马克思：《资本论》，《马克思恩格斯全集》（第23卷），中央编译局译，北京：人民出版社1972年版，第17页。
④ 马克思在《资本论》第24章分析了资本主义生产方式兴起过程中底层贫民遭受的各种剥削，详细阐述了"原始积累的方法绝不是田园诗式的东西"。（见《资本论》第24章《所谓原始积累》，《马克思恩格斯全集》（第23卷），第781—832页。）
⑤ 〔美〕埃德蒙·威尔逊：《到芬兰车站——历史写作及行动研究》，刘森尧译．桂林：广西师范大学出版社2014年版，第256页。

一即是莎士比亚笔下"骄傲的自耕农"①。英国自耕农从 15 世纪到 18 世纪的历史变迁，就构成了古典经济学研究的重要背景。

莎剧人物也用以说明货币拜物教与资本相关原理，使枯燥的理论形象化，复杂的理论简单化，这主要体现在货币异化理论与高利贷资本的分析上。在《政治经济学批判（1857—1858 年草稿)》中，马克思指出货币对人际关系的异化：

"货币作为纯抽象财富——在这种财富形式上，任何特殊的使用价值都消失了，因而所有者和商品之间的任何个人关系也消失了——同样成为作为抽象人格的个人的权力，同他的个性发生完全异己的和外在的关系。但是货币同时赋予他作为他的私人权力的普遍权力。"②

可见，作为一般等价物的货币在面对所有者（人）与商品时，两者的属性同时发生了改变，前者失去了人的丰富性，后者失去了使用价值的一般性。虽然人凭借货币的交换可以获得原来并不具备的特性，进而拥有额外的能力。但是这种能力有时和人的本性相悖，这表明人际关系在一定程度上可能偏离原有轨道。为了更好说明货币引发的这一危机，马克思引入了泰门的诅咒：

"金子！黄黄的，发光的，宝贵的金子！

只这一点点儿，就可以使黑的变成白的，丑的变成美的，

错的变成对的，卑贱变成尊贵，老人变成少年，懦夫变成勇士。

吓！你们这些天神们啊，为什么要给我这东西呢？

嘿，这东西会把你们的祭司和仆人从你们的身旁拉走；

把健汉头底下的枕垫抽去；

① 〔德〕马克思：《工资、价格和利润》，《马克思恩格斯全集》（第 16 卷），中央编译局译，北京：人民出版社 1964 年版，第 165 页。
② 〔德〕马克思：《〈政治经济学批判〉第一分册第二章初稿片断和第三章开头部分》，《马克思恩格斯全集》，第 46 卷（下），中央编译局译，北京：人民出版社 1980 年版，第 453—454 页。

这黄色的奴隶可以使异教联盟，同宗分裂；

它可以使受咒诅的人得福，使害着灰白色的癞病的人为众人所敬爱；

它可以使窃贼得到高爵显位，和元老们分庭抗礼；

它可以使鸡皮黄脸的寡妇重做新娘……

来，该死的土块，你这人尽可夫的娼妇……"①

货币引发的黑白颠倒、人性错乱的异化图景在《雅典的泰门》中展现得淋漓尽致：雅典贵族泰门资产丰厚、乐善好施，许多达官贵人觊觎其钱财而纷纷登门；而当泰门家财耗尽之时，昔日"朋友"竟无一相助。泰门终于明白，昔日"朋友"只是贪图钱财的小人，于是愤怒地隐居山野，却又颇具讽刺性地得到许多黄金，饱经沧桑的泰门当即对它们大加诅咒。黄金改变了人们待人的标准，在泰门的"朋友"们看来，黄金高于友情、道义，当泰门拥有黄金时，就是可亲可敬的君子；当他破产时，就是一文不值的流浪汉。莎士比亚借泰门之口，深刻指出货币"使不同的东西等同起来"② 这一异化力量，受到马克思的充分肯定。

莎剧的大量引用也直接影响了马克思的文字风格。马克思终生喜爱文学，对西方古典文学和同时代作品都十分熟悉，在他笔下经常出现文学典故和知识。例如《资本论》中对莎士比亚作品的引用就超过百处，这些引用内容篇幅并不算多，但其比较均匀地分布于各个章节，

---

① 〔德〕马克思：《〈政治经济学批判〉第一分册第二章初稿片断和第三章开头部分》，《马克思恩格斯全集》，第46卷（下），中央编译局译，北京：人民出版社1980年版，第454页。此处莎剧引文参见《莎士比亚全集·悲剧卷（下）》：朱生豪、孙法理、索天章译，南京：译林出版社，1998年版第464页。

② 〔德〕马克思：《〈政治经济学批判〉（1857—1858年草稿）》，《马克思恩格斯全集》，第46卷（上），中央编译局译，北京：人民出版社1979年版，第109页。

给人较为强烈的文学冲击力①。在众多作家中，马克思尤其喜爱莎士比亚，"经常长篇大段地朗读莎士比亚的作品"②，对于莎剧经典形象如福斯泰夫、夏洛克、哈姆雷特等，马克思是信手拈来、如数家珍。莎士比亚作为马克思庞大知识储备的重要部分，不仅对其政治经济学研究功用巨大，而且美化了马克思的文字风格，使其论著幽默风趣、犀利生动，在一定程度上具备艺术美感。

莎士比亚为马克思提供了丰富的精神资源，其中当然包括人文精神的滋养。在对莎剧的大量引用中，马克思最终把目标指向对资本主义不合理生产方式的批判。在揭示资本家剥削本质与剩余价值的秘密时，马克思回溯雇佣工人的前身，注意到莎士比亚笔下骄傲的"自耕农"的可悲结局；在对 19 世纪西方政治社会进行考察时，马克思又注意到社会普遍存在的无良政客，并以莎剧经典人物福斯泰夫为其命名，这也折射出贵族人文精神在新时期的沦落。

第一节　从"骄傲的英国自耕农"到"农业短工"
——马克思关注莎士比亚的一个视角

莎士比亚一生共创作 37 个剧本，塑造了王公贵族、痴男怨女、商人将军等多种人物形象，却极少涉及农民，在迄今数量繁多的莎学论

---

① 这些文学引用来源包括贺拉斯、但丁、莎士比亚、《圣经》、荷马、歌德、巴尔扎克、维吉尔、席勒等，有宗教经典，又有通俗小说，还有寓言、诗歌与流行故事等。具体分布如下：《资本论》（第一卷）带序言共 837 页，约 50 万字，其中文学引言相关内容约 1.2 万字。文学内容引用分布如下：1—100 页，17 处；101—200 页，9 处；201—300 页，11 处；301—400 页，12 处；401—500 页，13 处；501—600 页，4 处；601—700 页，13 处；701—800 页，10 处；801—843 页，9 处。可参考《资本论》"人名索引：文学作品和神话中的人物"，《马克思恩格斯全集》（第 23 卷）第 908—910 页。

② 〔英〕柏拉威尔：《马克思和世界文学》，梅绍武等译，北京：三联书店，1982 年版，第 282 页。

著中，亦鲜见探讨"农民"形象。然而"农民"问题却是马克思阅读莎士比亚作品所格外关注的焦点，马克思在描述农业工人的受压迫状况时，曾指出资本主义生产方式是"把莎士比亚的骄傲自由民变成贫民的一种高明手法"①，"莎士比亚所描写的'骄傲的英国自耕农'和英国农业短工之间存在着多么大的差别"②。作为政治经济学家的马克思对莎剧农民形象的关注，与其政治经济学研究的人文关怀密切相关。因此，不了解莎士比亚笔下"农民"之特征，就难以充分理解马克思政治经济学问题视域的缘由所在。此外，考察分析马克思这一独特视角，也可能丰富我们今天的莎士比亚观。

一、莎士比亚笔下"骄傲的自耕农"

莎士比亚的剧本涉及乡土人物并不多，除了《皆大欢喜》中的牧民，还有《理查三世》《亨利五世》③中的自耕农。《理查三世》中与自耕农相关的描述集中在第五幕第三场，理查王倒行逆施，终于引起臣民不满，面对来势汹汹的理士满大军，理查做了一番阵前动员：

"我还能有什么更多的话可说？记住你们的对手是谁：一帮流氓、痞子、逃兵，一群布列塔尼的渣滓……你们在安安稳稳地睡觉，他们却要来骚扰。你们有土地和漂亮的老婆，他们却来争夺田产、强奸妇女……让咱们拿起鞭子把这些流氓无赖赶过海去吧！狠抽这些傲慢的

---

① 〔德〕马克思：《工资、价格和利润》，《马克思恩格斯全集》（第16卷），中央编译局译，北京：人民出版社，1964年版第165页。

② 〔德〕马克思：《经济学手稿（1861—1863年）》，《马克思恩格斯全集》（第48卷），中央编译局译，北京：人民出版社，1985年版第12页。

③ 一般认为，莎士比亚中文版以朱生豪译本为佳，然其未译《理查三世》《亨利五世》等剧。现通行译本为：朱生豪、方重等译，《莎士比亚全集》，北京：人民文学出版社，1994年版；朱生豪、孙法理、索天章译，《莎士比亚全集》，南京：译林出版社，1998年版；梁实秋译，《莎士比亚全集》（中英文对照本），北京：中国广播电视出版社，2001年版。笔者发现，译林版在"自耕农""雇佣军"等与本书相关之词语翻译上更为准确，因此本书莎剧引文多据译林版，某些地方参照梁译英文版。此外，本节还有个别篇目引用中国青年出版社2014年版原本朱生豪译本。

法国破烂货！狠抽这些活得不耐烦的饿鬼、叫花子！……即使要败，我们也得败在堂堂的男子汉手里，哪能做这帮布列塔尼兔崽子的手下败将。当年我们的父辈就在法国打得他们落花流水，让他们在历史上继承了臭名。现在我们能让这种家伙来侵占我们的土地、欺负我们的老婆、奸淫我们的女儿吗？啊！我听见了他们的鼓声！战斗吧，英格兰的先生们！战斗吧，勇敢的自由民！弓箭手，拉满弓，直拉到箭镞！骑兵们，狠踢你们骄傲的战马！杀开血路，前进！即使用折断的矛杆也要杀得天公心惊胆战！"[①]

　　这里我们需注意"战斗吧，英格兰的先生们！战斗吧，勇敢的自由民！"两句，英文原文为："Fight, gentlemen of England! fight, bold yeomen!"[②]前者"gentlemen"是指英格兰的贵族绅士[③]，后者"yeomen"所指的为拥有自己"土地"或"田产"的农民，即经济学意义上的"自耕农"[④]。

　　一般认为，莎士比亚所著历史剧，多有史料支撑，比较接近历史真实[⑤]，因此，从理查的战前动员中可以看出莎士比亚笔下"农民"

---

① 〔英〕莎士比亚：《理查三世》，《莎士比亚全集·史剧卷（上）》，朱生豪、孙法理、索天章译，南京：译林出版社，1998 年版，第 374—375 页。

② 〔英〕莎士比亚：《利查三世》，《莎士比亚全集》（第 23 卷），梁实秋译，北京：中国广播电视出版社，2001 年版，第 272 页。

③ 此句在人民文学版译为："战吧，英国人！战吧，英勇的士兵们！"（见朱生豪、方重等译《莎士比亚全集》第 4 卷第 126 页。）梁实秋本为"作战，英格兰的贵族们！作战，勇敢的乡绅们！"（见梁实秋译《莎士比亚全集》第 23 卷第 273 页。）

④ Yeomen 为 yeoman 的复数形式，据《牛津高阶英汉双解词典》（商务印书馆，牛津大学出版社，2009 年，第 7 版第 2339 页）（以下简称《牛津高阶》），yeoman 有"自耕农"，"自由民"等义。有研究表明，自耕农有广义与狭义之分，前者囊括所有未被剥夺的封建农民，后者仅指人数较少的自由持有农，两者独立耕作的自用地约在 30—200 英亩之间，也即自由持有农和公簿持有农（可理解为世袭地领有农和注册佃户）之区分。革命年代，自耕农届于绅士与雇工之间，服兵役，有财产权与选举权，被视为英国社会的主要支柱和维护民族独立自由的功臣。（参见李一新《英国史上"自耕农"一词范畴论》，《世界历史》，1987 年第 3 期；陈紫华《关于英国自耕农消失问题》，《世界历史》，1997 年第 1 期；徐奉臻《关于英国"自耕农"的再研究》，《世界历史》，2000 年第 3 期。）

⑤ 见李艳梅：《20 世纪国外莎士比亚历史剧评论综述》，《沈阳师范大学学报（社会科学版）》，2007 年第 2 期。

形象乃至理查三世（1452—1485）时期自耕农的某些特色：

1. 拥有土地："你们有土地"；

2. 注重荣誉："即使要败，我们也得败在堂堂的男子汉手里，哪能做这帮布列塔尼兔崽子的手下败将"；

3. 具有光荣传统："当年我们的父辈就在法国打得他们落花流水，让他们在历史上继承了臭名"；

4. 作战勇敢："勇敢的自由民"；

5. 具备良好战斗技能："弓箭手，拉满弓，直拉到箭镞！骑兵们，狠踢你们骄傲的战马！杀开血路，前进"。

当然，理查将自己打扮成正义的形象，并不能改变其篡位的实质，在众叛亲离的情况下，纵然作战勇猛也不免失败。但这并不影响我们对莎士比亚的"农民"形象及理查时代自耕农特征的认识：拥有田产，家庭安稳，具备某些优良品质。

在《亨利五世》第三幕第一场中，亨利王进攻哈弗娄城之前，也有一段战前动员：

"向前，向前，最高贵的英国人，你们的热血都是从久经战争考验的祖先们身上遗传下来的。你们的祖先，一个个都像亚历山大，曾在这一带从早到晚征战，直到没有了敌手，才收剑入鞘。不要让你们的母亲们丢脸，现在要拿出勇气来证明，你们的确是你们称为父亲的那些人生下来的。你们要给那些出身低微的人们做榜样，教导他们怎样打仗。还有你们，健壮的自耕农，你们的胳膊腿儿都是英格兰所养育出来的，也在这里显示出你们土生土长的素质吧。让我们可以发誓说，你们无愧于自己所受到的培育。我对这一点毫不怀疑，因为你们当中没有哪一个是卑鄙下作的，你们个个眼睛里全都闪出尊严的光芒。"①

---

① 〔英〕莎士比亚：《亨利五世》，《莎士比亚全集·史剧卷（下）》，朱生豪、孙法理、索天章译，南京：译林出版社，1998 年版，第245—246 页。

　　"还有你们，健壮的自耕农"一句，英文为"And you，good yeo-men"①，人民文学版译为"好农民们"②，梁译版为"健壮的庄稼汉"③，上文已经分析，"yeomen"可以译为"自耕农"，则此句明确指出亨利五世时期自耕农是英军的重要组成部分；这些自耕农作战时的勇敢品质可以信赖，他们"当中没有哪一个是卑鄙下作的"；他们是注重荣誉、尊重自己的，"个个眼睛里全都闪出尊严的光芒"，他们作战勇猛，像猎犬一样，遇到敌人就会"勇往直前"地冲锋。莎士比亚未交代"最高贵的英国人"所指何人，但从"要给那些出身低微的人们做榜样"一句可推测其为贵族士绅阶层，自耕农的出身虽然不高，但能与最高贵的人并肩作战，表明他们在关键时刻足以成为拯救英国的中坚力量。

　　在第四幕第六场，亨利继续鼓动士兵们作战：

　　"非常勇敢的同胞们，我们打得很好，但是仗还没有打完，法国人还待在战场上"④。

　　英文版与"同胞"对应的单词为"countrymen"⑤，由于军队的主要组成为"自耕农"，此处译为"乡亲"也可。但无论是"乡亲"还是"同胞"，都表明王室对包括自耕农在内的军队的倚重与亲密感情。"我们打得很好"则表明以自耕农为主力的英军在战场上取得了不小的胜利。

---

① 〔英〕莎士比亚：《亨利五世》，《莎士比亚全集》（第 19 卷），梁实秋译，北京：中国广播电视出版社，2001 年版，第 88 页。

② 〔英〕莎士比亚：《亨利五世》，《莎士比亚全集》（第 3 卷），朱生豪、方重等译，北京：人民文学出版，1994 年版，第 382 页。

③ 〔英〕莎士比亚：《亨利五世》，《莎士比亚全集》（第 19 卷），梁实秋译，北京：中国广播电视出版社，2001 年版，第 89 页。

④ 〔英〕莎士比亚：《亨利五世》，《莎士比亚全集·史剧卷（下）》，朱生豪．孙法理．索天章译，南京：译林出版社，1998 年版，第 288 页。

⑤ 此处"非常勇敢的同胞们"英文版为"Well have we done，thrice－valiant countrymen"，所据为梁译版第 19 卷 176 页，"countrymen"是"countryman"的复数形式，原意为"同胞""同乡"，（牛津高阶：456）梁译版此处也译为"同胞们"，（见梁译《莎士比亚全集》第 19 卷第 177 页）人民文学版则译为"乡亲"。（见朱生豪、方重等译《莎士比亚全集》第 3 卷第 431 页。）

二、《资本论》中的"农业短工"

莎士比亚英文原著中的这个"yeomen"（或"yeoman"）之所指，也是马克思《资本论》视域的关注焦点，后者的汉译主要为"自耕农"：

"在英国，农奴制实际上在十四世纪末期已经不存在了。当时，尤其是十五世纪，绝大多数人口是自由的自耕农，尽管他们的所有权还隐藏在封建的招牌后面。"①

"在十七世纪最后几十年，自耕农即独立农民还比租地农民阶级的人数多。他们曾经是克伦威尔的主要力量，甚至马考莱也承认，他们同酗酒的劣绅及其奴仆，即不得不娶主人的弃妾的乡村牧师相比，处于有利的地位。甚至农业雇佣工人也仍然是公有地的共有者。大约在1750年，自耕农消灭了，而在十八世纪最后几十年，农民公有地的最后痕迹也消灭了。"②

马克思"绝大多数人口是自由的自耕农"这一论断源于麦考莱《英国史》：

"用自己双手耕种自己的田地并满足于小康生活的小土地所有者……当时在国民中所占的部分比现在重要得多……至少有 16 万个土

---

① 〔德〕马克思：《资本论》，《马克思恩格斯全集》（第23卷），中央编译局译，北京：人民出版社，1972年版，第784—785页。该段文字与自耕农相关句子英文版为：The immense majority of the population consisted of them, and to a still larger extent, in the 15th century, of free peasant proprietors, whatever was the feudal title under which their right of property was hidden.

② 〔德〕马克思：《资本论》，《马克思恩格斯全集》（第23卷），中央编译局译，北京：人民出版社，1972年版，第790—791页。本段与自耕农相关句英文为：Even in the last decade of the 17th century, the yeomanry, the class of independent peasants, were more numerous than the class of farmers. About 1750, the yeomanry had disappeared, and so had, in the last decade of the 18th century, the last trace of the common land of the agricultural laborer. 需要指出：1、"yeomanry"与"yeoman"词义一致，后者指单个的"自耕农"，前者统称该阶层。［《牛津高阶》第2339页。］2、"peasant"指租地或拥有很少量土地的农民，（见《牛津高阶》第1465页。）引文表明"yeomanry"为高级别的"peasant"，如"free peasants"或"independent peasants"。

地所有者靠耕种自己的小块自由地为生，他们连同家属在内要占总人口的1/7以上。这些小土地占有者的平均收入估计为60—70镑。在十七世纪最后三十多年，还有4/5的英国人是务农的。"①

这些自耕农占据英国当时人口的大多数，除了拥有耕地的农户外，再加上其他务农人口，总数已近人口的八成。联系到英国当时战争的频繁与残酷，对兵源的大量需求也可推断出自耕农不能只包括上层，即人口较少的自由持有农。可以认为，自耕农的首要标志是占有一定量土地，它包括世袭地领有农和注册佃户两部分，也包括土地很少，部分靠替农场主做雇工为生的小屋农②。他们自给自足，有一定社会地位，长期以来是英国军队的主要来源。在资本主义生产方式统治之后，他们沦为"农业工人"（agricultural laborer）。因此，莎士比亚剧本中"bold yeoman"译为"勇敢的自耕农"可能更为合适。

马克思多次提到骄傲的自耕农的光辉历史。14世纪末，他们"生活得很富裕并且能积累财富"③；15世纪是"英格兰城乡劳动者的黄金时代"④；他们曾被视为"可敬的阶级"⑤，社会地位高于劣绅与乡村牧师，他们"实际上维持这个国家的独立"⑥，为英国的领土完整与国家尊严做出了巨大贡献。但《资本论》更关注的是"自耕农"的沦落，

① 〔德〕马克思：《资本论》，《马克思恩格斯全集》（第23卷），中央编译局译，北京：人民出版社，1972年版，第784—785页。
② 马克思在《资本论》中指出"王国的大部分土地牢靠地掌握在自耕农，即处于贵族和茅舍贫农、雇农之间的中等地位的人的手里……茅舍贫农，即有栖身之所的乞丐……"，也表明自耕农是占有土地的阶层，与茅舍贫农、雇农的区别也主要在此。茅舍农不等于茅舍贫农，前者拥有少量土地，后者形同乞丐。（参见《马克思恩格斯全集》第23卷，第788页。）
③ 〔德〕马克思：《资本论》，《马克思恩格斯全集》（第23卷），中央编译局译，北京：人民出版社，1972年版，第738页。
④ 〔德〕马克思：《资本论》，《马克思恩格斯全集》（第23卷），中央编译局译，北京：人民出版社，1972年版，第738页。
⑤ 〔德〕马克思：《资本论》，《马克思恩格斯全集》（第23卷），中央编译局译，北京：人民出版社，1972年版，第661页。
⑥ 〔德〕马克思：《资本论》，《马克思恩格斯全集》（第23卷），中央编译局译，北京：人民出版社，1972年版，第791页。

例如在《工资、价格和利润》一章中，"骄傲的自由民"已经沦为"贫民"：

"在反雅各宾战争时期，仁慈的英国农场主，竟把农业工人的工资甚至降低到这种纯粹生理上的最低界限以下；而对于为保持工人的肉体生存并延续其种族所必需的生活资料方面的缺额，他们则根据济贫法用救济金来填补。这是把雇佣工人变成奴隶，把莎士比亚的骄傲自由民变成贫民的一种高明手法。"①

骄傲的自由民在力量悬殊的斗争中变成了贫民，他们只是在与奴隶相比时才具有有限的优势：

"工人和需要主人的奴隶不同，他要学会自己管自己。当然，这一点只有当考察农奴或奴隶转化为自由雇佣工人时才有意义。资本主义关系在这里表现为提高到较高的社会阶段。在独立农民或手工业者转为雇佣工人的地方，情况正好相反。在莎士比亚所描写的'骄傲的英国自耕农'和英国农业短工之间存在着多么大的差别呀！"②

当奴隶转化为雇佣工人时，他有在一定范围内选择主人的自由，可以流动到较繁荣的劳动部门去谋求更多的收入。但是当自给自足的自耕农失去赖以生存的土地，被迫为资本家做工时，他已不能像莎剧描写的那样"安安稳稳地睡觉"，享受家庭的欢乐，他只是为了获得交换价值而工作，这种消除一切个体特殊性的劳动使得农业工人日益趋同，沦为换取收入的工具，而且有限的收入迫使他不得不放弃温饱之外的许多乐趣。自耕农事实上在物质与精神两方面都被剥夺了。在《资本论》关于"自耕农"的注释中，再现了这个阶层的光荣历史：

"自耕农是英国独立〔自由〕农民……曾是熟练的弓箭手，直到枪

---

① 〔德〕马克思：《工资、价格和利润》，《马克思恩格斯全集》（第16卷），中央编译局译，北京：人民出版社，1964年版第164—165页。

② 〔德〕马克思：《经济学手稿（1861—1863年）》，《马克思恩格斯全集》（第48卷），中央编译局译，北京：人民出版社，1985年版第12页。

炮广泛传播之前，他们通常是英国军队的基本力量；他们以自己在战斗中坚定勇敢而著称。……在英国的文艺作品和科学文献中都反映了自耕农个人的勇敢精神、他们的作战艺术以及他们作为'英国民族'独立的真正支柱和捍卫者的作用。"①

该注释进一步指出：

"'骄傲的英国自耕农'（proud yeomanry of England）看来是莎士比亚笔下的'好农民''战吧，英国人！勇敢战吧，农民们！'（'good yeomen''fight gentlemen of England''fight boldly yeomen'）的代用语。见莎士比亚《亨利五世》（第三幕第一场）和《理查三世》（第五幕第三场）。"②

可见"反映自耕农个人的勇敢精神"的"英国文艺作品"，主要是指莎士比亚戏剧，而《全集》48 卷译者也将"yeomanry"译为"自耕农"。

马克思的关注焦点在于莎士比亚笔下的"骄傲的英国自耕农"与英国农业短工之间"存在着多么大的差别呀！"③ 个中差别在《资本论》中有多侧面的详细具体的描述。至少包括如下数端：

1. 每天长达"14 小时"的高强度劳动

1866 年的调查显示，苏格兰的农业工人"在最寒冷的天气里，每天要劳动 13—14 小时，星期日还要从事 4 小时的额外劳动"④。计件工资的广泛采用，也加重了工人的工作负担，因为当绝大部分农活采用按日或按件来完成时，农业短工由于其他时间的失业而造成的损失使

---

① 〔德〕马克思、恩格斯：《马克思恩格斯全集》（第 48 卷）"注释"，中央编译局译，北京：人民出版社，1985 年版第 585 页。
② 〔德〕马克思、恩格斯：《马克思恩格斯全集》（第 48 卷）"注释"，中央编译局译，北京：人民出版社，1985 年版第 585 页。
③ 〔德〕马克思：《经济学手稿（1861—1863 年）》，《马克思恩格斯全集》（第 48 卷），中央编译局译，北京：人民出版社，1985 年版第 12 页。
④ 〔德〕马克思：《资本论》，《马克思恩格斯全集》（第 23 卷），中央编译局译，北京：人民出版社，1972 年版，第 282 页。

总收入降低了，而劳动强度与劳动时间却增加了。这种不人道的情况甚至引起了资产阶级经济学家马尔萨斯的批评："我承认，我看到计件工资的广泛采用，感到不愉快。在较长的时期内每天从事 12 或 14 小时实在繁重的劳动，对一个人来说是太多了。"① 而且，高强度的农业劳动的主体有时竟然是未成年人："儿童和青少年要从事过度劳动，他们每天要到 5、6 哩有时甚至 7 哩以外的庄园去劳动，往返时要长途跋涉。"②

2. 工资"只够满足绝对必要的生活需要"

根据爱尔兰济贫法视察员的报告（1870），农业短工工资的提高未能与同一时期必要生活资料的涨价保持平衡③，这种普遍的低收入使政府不得不出面干预："农业工人的工资在 1765—1780 年之间开始降到最低限度以下，因此必须由官方的济贫费来补助。他们的工资'只够满足绝对必要的生活需要'。"④ 农业工人收入持续减少的状况在 18 世纪末即已存在："十八世纪末和十九世纪的最初几十年间，英国的租地农场主和地主把工资强行降低到绝对的最低限度，他们以工资形式付给农业短工的钱比最低限度还要低，而以教区救济金的形式付给不足的部分。"⑤ 当时一份律师证词也说明了工人收入实际降低的情况："1795 年，当地主们在规定斯皮纳姆兰地方的工资的时候，他们已用过午餐，但是他们显然认为工人是无须用午餐的……他们决定：当一

---

① 〔德〕马克思：《资本论》，《马克思恩格斯全集》（第 23 卷），中央编译局译，北京：人民出版社，1972 年版，第 610 页。

② 〔德〕马克思：《资本论》，《马克思恩格斯全集》（第 23 卷），中央编译局译，北京：人民出版社，1972 年版，第 762 页。

③ 〔德〕马克思：《资本论》，《马克思恩格斯全集》（第 23 卷），中央编译局译，北京：人民出版社，1972 年版，第 772—773 页。

④ 〔德〕马克思：《资本论》，《马克思恩格斯全集》（第 23 卷），中央编译局译，北京：人民出版社，1972 年版，第 795 页。

⑤ 〔德〕马克思：《资本论》，《马克思恩格斯全集》（第 23 卷），中央编译局译，北京：人民出版社，1972 年版，第 660 页。

个 8 磅 11 盎司的面包卖 1 先令的时候，每人每周的工资应为 3 先令，在这种面包价格上涨，而没有达到 1 先令 5 便士之前，工资可以适当增加。一旦超过了这一价格，工资则应按比例地减少，直到这种面包的价格达到 2 先令为止，这时每人的食量应比以前减少 1/5。"①

3. 居住条件糟得"骇人听闻"

阿·杨格的《爱尔兰游记》让我们身临其境地感受到工人那臭气熏天、潮湿泥泞的住所："工人就是在这种充满恶臭的空气里，在泥泞的地上同他的老婆孩子一起吃晚饭，往往披着仅有的一套湿衣服让它在身上暖干……他们曾经不得不在墙上挖一个小洞来吸点新鲜空气。"② 医务调查委员西蒙医生的官方卫生报告则更令人触目惊心："现在农业工人更难找到栖身之所了，即使能够找到，也远不能适应他们的需要，这种情况也许比几世纪以来的任何时候都更糟。"③ 土地上仅存的栖身之所经过农场主多次驱逐与清扫后，可供工人租住的小屋已经很少了，而且它们"从来不加修缮"，"正处在自然倒塌的各个阶段"，这样的小屋不仅危险，而且完全不适合人类居住，它们往往"只有一间卧室，没有火炉，没有厕所，没有可以开关的窗户，除了水沟而外没有任何供水设备"，西蒙先生愤怒地表示，"现在的居住情况已经糟到了骇人听闻的地步"④。另一位委员汉特医生调查了近六千户农业工人的居住状况后指出，这种很差的住宿条件普遍存在，工人经常全家人挤在狭小而肮脏的屋子里，连呼吸都显得困难，却还要承担昂贵的房租⑤。这

---

① 〔德〕马克思：《资本论》，《马克思恩格斯全集》（第 23 卷），中央编译局译，北京：人民出版社，1972 年版，第 660 页。

② 〔德〕马克思：《资本论》，《马克思恩格斯全集》（第 23 卷），中央编译局译，北京：人民出版社，第 747 页。

③ 〔德〕马克思：《资本论》，《马克思恩格斯全集》（第 23 卷），中央编译局译，北京：人民出版社，1972 年版，747 页。

④ 〔德〕马克思：《资本论》，《马克思恩格斯全集》（第 23 卷），中央编译局译，北京：人民出版社，1972 年版，第 749—750 页。

⑤ 汉特医生这方面的调查报告详见《马克思恩格斯全集》（第 23 卷）第 752—759 页论述。

样的居住状况被一位视察员称为"对宗教和我国文明的侮辱"①。

4. 饮食营养劣于"监狱中犯人"

1863 年的一项调查表明，农业工人的饮食状况比不上监狱中的犯人："英格兰监狱中犯人的饮食同这个国家贫民习艺所中需要救济的贫民以及自由农业工人的饮食的详细对比，无可辩驳地表明，前者的饮食比后二者都要好得多"。典狱官约翰·斯密斯对此充满担忧，他认为这可能会增加监狱对工人的吸引力："英格兰监狱中的饮食比普通农业工人要好得多"。"农业工人会说：我干的活很重但是吃不饱……因此我觉得释放出来还不如关在监狱里好。"② 同年的一项国民营养状况调查表明，"大部分农业工人家庭的饮食都低于'防止饥饿病'所必需的最低限度"③。

5. 身体瘦弱而"常常患传染病"

上述居住环境与饮食状况必然危害农业工人的健康水平，《公共卫生。枢密院卫生视察员的第 6 号报告。1863 年》指出："农业工人……尽管在他们中间自然选择的规律（按照这个规律，只有最强壮的人才能生存）起着无限的作用，也已经开始衰退了"。这个报告特别谈到萨特伦德郡："在这个曾经以出美男子和勇敢士兵而闻名的地方，居民已退化成瘦弱的种族了……儿童的面容异常消瘦苍白，竟同在伦敦小巷的污秽空气中才能遇到的那种面容一样。"④ 疾病昭示生存的残

---

① 〔德〕马克思：《资本论》，《马克思恩格斯全集》（第 23 卷），中央编译局译，北京：人民出版社，1972 年版，第 774 页。
② 〔德〕马克思：《资本论》，《马克思恩格斯全集》（第 23 卷），中央编译局译，北京：人民出版社，1972 年版，第 744—745 页。
③ 〔德〕马克思：《资本论》，《马克思恩格斯全集》（第 23 卷），中央编译局译，北京：人民出版社，1972 年版，第 745 页。
④ 〔德〕马克思：《资本论》，《马克思恩格斯全集》（第 23 卷），中央编译局译，北京：人民出版社，1972 年版，第 299 页。

酷：农业工人多"身体羸弱，常常患瘰病病"①，居住环境的恶劣导致"传染病蔓延得很快，非传染性疾病也很容易发生"②，基于各方面的不良因素，农业工人"特别容易感染伤寒和肺结核"③。

6. "普遍淫乱"而好吸鸦片

贫穷衍生出一系列问题。远离故土（他们的土地已被剥夺）的工人，失去了乡村文明的教化，成为资本家赚取剩余价值的工具，长年的高强度劳动却只带来了贫困，一切都让他们茫然而痛苦，只能吸食鸦片来缓解精神压力，或者放纵肉体来获取廉价的欢乐：妇女们"由于放荡成性而败坏了……在英国的农业区，和在工厂区一样，成年男工和女工的鸦片消费量也日益增加"④。林肯等郡的农业帮伙制度则催生出大量流氓无产者。帮伙首领一般是流氓农业工人，他与农场主商量好价钱后，指挥手下帮伙成员做工，这种拉帮结伙的做工制度为农民带来一些收入，也导致了他们的堕落。帮伙成员经常酗酒放纵，伤风败俗，青年男女普遍淫乱，非婚生子很多，"帮伙所在的开放村庄变成了所多玛和蛾摩拉"⑤。在多重压力之下，整个农业短工阶级"留恋过去，厌恶现在，绝望于将来"，他们被阴郁的不满情绪所笼罩，只想逃离家园，"移居美洲"⑥。罗杰斯教授对此做了无奈的总结：

"今天的英格兰农业工人，不要说同他们十四世纪下半叶和十五世

① 〔德〕马克思：《资本论》，《马克思恩格斯全集》（第23卷），中央编译局译，北京：人民出版社，1972年版，第747页。
② 〔德〕马克思：《资本论》，《马克思恩格斯全集》（第23卷），中央编译局译，北京：人民出版社，1972年版，第751页。
③ 〔德〕马克思：《资本论》，《马克思恩格斯全集》（第23卷），中央编译局译，北京：人民出版社，1972年版，第776页。
④ 〔德〕马克思：《资本论》，《马克思恩格斯全集》（第23卷），中央编译局译，北京：人民出版社，1972年版，第438页。
⑤ 〔德〕马克思：《资本论》，《马克思恩格斯全集》（第23卷），中央编译局译，北京：人民出版社，1972年版，第762页。
⑥ 〔德〕马克思：《资本论》，《马克思恩格斯全集》（第23卷），中央编译局译，北京：人民出版社，1972年版，第776页。

纪的先人相比，就是同他们 1770 年到 1780 年时期的先人相比，他们的状况也是极端恶化了，'他们又成了农奴'，而且是食宿都很坏的农奴。"①

可见，莎士比亚剧作中的"自耕农"形象与《资本论》所见的"农业工人"之间，确实存在着"多么大的差异啊"。

三、莎士比亚与马克思的人文理想

作为文艺复兴时期的重要代表，莎士比亚的作品在漫长的人文主义传统中牢固地居于中心地位。这首先表现在对人的赞美上。如果说文艺复兴是"人的发现"的时代②，那么，在莎士比亚的剧作中，这个"人"得到了最全面、最生动、最丰富、最深刻的发现：人类内心具有"高贵的理性"与"伟大的力量"，外在表现为"优美的仪表"与"文雅的举动"，二者结合起来后，人类"在行为上多么像一个天使！在智慧上多么像一个天神！"人类是"宇宙的精华！万物的灵长！"③虽然莎士比亚前后期思想有所变化，但他对人类的赞美与信心基本上是一致的，其剧作总体来说可看成追求自由和幸福的旅行，正义与邪恶交锋的战场，人类伟大精神的礼赞。在莎士比亚笔下，爱情带给年轻人自信与甜蜜（《仲夏夜之梦》《第十二夜》），亲情给家庭成员以温暖和慰藉（（《错误的喜剧》《李尔王》），友情让朋友支撑前行并学会宽恕（《无事生非》《维洛那二绅士》），人类用心体验着各种感情。在莎士比亚笔下，正义战胜邪恶（《理查三世》等历史剧），冤屈得以洗刷（《冬天的故事》），干戈终化玉帛（《罗密欧与朱丽叶》），世

---

① 〔德〕马克思：《资本论》，《马克思恩格斯全集》（第 23 卷），中央编译局译，北京：人民出版社，1972 年版，第 743—744 页。

② 〔瑞士〕雅各布·布克哈特：《意大利文艺复兴时代的文化》，何新译，北京：商务印书馆，1981 年版，第 302 页。

③ 莎士比亚：《哈姆莱特》，《莎士比亚全集·悲剧卷（上）》，朱生豪、孙法理、索天章译，南京：译林出版社，1998 年版，第 303 页。

界最终实现和谐。莎士比亚还从宗教的手中夺回了人的自尊。在基督教禁锢欧洲人精神的中世纪，人在对神的顶礼膜拜中失去了自我，丧失了自尊，人的尊严让位给神的威严。莎士比亚"全面地表现了人的状态"①，人终于取代神成为宇宙的中心。人的尊严也随之建立起来。《科利奥兰纳斯》中的凯易斯·玛歇斯，因为骄傲的自尊而不愿裸露伤口去迎合群众；《终成眷属》中的穷姑娘海伦在自尊心的支撑下最终赢得爱情；《温莎的风流娘儿们》中可敬的妇女们巧妙惩罚图谋不轨的福斯泰夫，体现了城市平民对尊严的捍卫；《皆大欢喜》借小丑之口充分肯定了牧羊人的生活价值与尊严。在莎士比亚笔下，那些压迫人、贬低人、扭曲人的现象都受到严厉批判，相关故事也多以悲剧形式给人警醒与启迪，如《雅典的泰门》对"人尽可夫"的黄金的痛斥，《哈姆雷特》对僭越与乱伦的谴责，《李尔王》对忘恩负义的诅咒等。前文述及的自耕农，在战场上也闪耀着尊严的目光，人类尽显高贵本性。最终，莎士比亚描绘了一幅理想的人文主义景观：乐观自信、积极进取、骄傲自尊的人类"完整"、高贵、和谐。

　　马克思阅读莎士比亚时十分重视"自耕农"形象，并密切关注其在大工业时代的新形态——农业工人，进而在《资本论》中以很大篇幅来描述其悲惨现状，这在经济学著作是极为罕见的。马克思同情贫困工人并非偶然，这源自他由来已久的人文主义思想。韦尔默指出，马克思主义人道主义有两种基本形式，一是《1844年经济学哲学手稿》（以下简称《手稿》），它"着重讨论的范畴是劳动、私有财产、（工人在他的产品和他的活动中的）外化，以及那些已经在人的劳动中被异化的人的'本质力量'的'通过人并且为人的'恢复"。二是在《论犹太人问题》中"对资产阶级国家的批判，也即对现代社会的个体

---

① 〔英〕阿伦·布洛克：《西方人文主义传统》，董乐山译，北京：三联书店，1997年版，第60页。

成员分裂成自利的资产者和抽象的公民的批判"①。私有财产是马克思政治经济学研究重点关注的问题，正是私有财产的存在构成了贫富分化与异化劳动的前提，现代资产阶级国家也因之分裂为两个对立的阶级。随着马克思对私有财产及相关问题的深入思考，"传统经济学中所有论点背后残酷的人际关系之现实面目立即显露无遗"，这种揭露说明马克思政治经济学研究对人的格外关注。

1844 年，马克思开始真正研究政治经济学本身。当时的经济现实是资本主义工业在科学技术推动下飞速发展，传统工场手工业与落后的农业生产都纳入了资本主义生产体系之中，"大工业在农业领域内所起的最革命的作用，是消灭旧社会的堡垒——'农民'，并代之以雇佣工人……最陈旧和最不合理的经营，被科学在工艺上的自觉应用代替了"②。具有讽刺意味的是，伴随着农业、工业的进步以及社会生产力的极大发展，"骄傲的自耕农"逐渐消失和转变为"农业短工"乃至一无所有的雇佣劳动者，他们不断遭受盘剥，收入日益减少，身心都受到损害。更为重要的是，自耕农所具有的相对完整坚强独立的性格，也衰竭沦丧了，这正是马克思经济学关注问题的核心价值特征之所在。莎士比亚戏剧是欧洲人文主义的典范，虽然"自耕农"形象在莎士比亚戏剧中并未被作为主人公而表现，但是在《资本论》时代，由"自耕农"演变而来的"农业短工"却是最普遍现象，并且足以成为莎士比亚时代"人文主义"沦丧的最触目惊心的表征。

这种"沦丧"至少体现在三个方面。首先是"完整的人"的消失。我们知道，"完整的人"是马克思主义哲学一个十分重要的概念，马克思理想中的人应当"以一种全面的方式，也就是说，作为一个完

---

① 〔德〕韦尔默：《后形而上学现代性》，应奇等编译，上海：上海译文出版社，2007 年版，第 250—251 页。
② 〔德〕马克思：《资本论》，《马克思恩格斯全集》（第 23 卷），中央编译局译，北京：人民出版社，1972 年版，第 551 页。

整的人，占有自己的全面的本质"①，他们同世界的关系是"他的个体的一切器官，正象在形式上直接是社会的器官的那些器官一样，通过自己的对象性关系，即通过自己同对象的关系而占有对象"②。可见，"完整的人"即是实现了自我全面发展的人，在文艺复兴时期，达·芬奇、但丁等许多人文主义者多才多艺，探索了当时几乎所有的学科，他们"占有自己的全面的本质"，是出类拔萃的全才。当时的历史学家布鲁尼对人文学的定义即是"使人成为一个完整的人的手段"③。布克哈特也在《意大利文艺复兴时期的文化》中指出，"十五世纪特别是一个多才多艺的人的世纪"④。然而在马克思笔下，工人却沦为机器的补充，工人变得畸形与愚钝，像动物一样片面地生产，人不再完整。

其次是"高贵的人"的消失。莎士比亚笔下塑造了大量高贵的人，他们为捍卫尊严甚至愿意牺牲生命，这不仅包括社会上层贵族，即使是身居社会中下层的自耕农亦如此。前面我们看到，自耕农具有骄傲的品质与可贵的自尊，和平年代他们耕地生产，享受自给自足的田园生活；战争年代他们为国出征，用鲜血与勇敢证明自己的价值。在资本主义时代，人的尊严成为可供交换的商品，上层文化人沦为资本的高级雇佣工人；底层农业工人则为生存挣扎，在某些方面甚至沦为奴隶，"农业工人的天赋职业甚至使他的地位显得尊严。他不是奴隶，而是和平的士兵，他理应得到必须由地主提供的适合已婚人居住的房

---

① 〔德〕马克思：《1844 年经济学哲学手稿》，《马克思恩格斯全集》（第 42 卷），中央编译局译，北京：人民出版社，1979 年版，第 123 页。
② 〔德〕马克思：《1844 年经济学哲学手稿》，《马克思恩格斯全集》（第 42 卷），中央编译局译，北京：人民出版社，1979 年版，第 124 页。
③ 张椿年：《从信仰到理性——意大利人文主义研究》，杭州：浙江人民出版社，1993 年版，第 146 页。
④ 〔瑞士〕雅各布·布克哈特：《意大利文艺复兴时代的文化》，何新译，北京：商务印书馆，1981 年版，第 130 页。

屋。"① 贫困夺去他们的生活信念，不少人道德败坏，尊严无从谈起。

最后是"和谐的人"的消失。莎士比亚笔下人物多能达到人与人、人与自然、人与社会的和谐共存（其悲剧也多以不可抗拒的命运的故事，昭示违背和谐精神的后果），社会底层也不例外。《皆大欢喜》中牧羊人库林的生活哲学即洋溢着和谐共生的智慧：他经济上自食其力，"用自己的力量换饭吃换衣服穿"，生活中与人为善，"不跟别人结怨，也不妒羡别人的福气"；他心态平和，"瞧着人家得意我也高兴，自己倒了霉就算宽自解"，知足常乐，"最大的骄傲就是瞧我的母羊吃草，我的羔羊啜奶"②。至于经济条件与社会地位相对较高的自耕农，无论是和平时期，还是战争年代，都呈现出比较和谐的面貌。而马克思笔下的农业工人则"同劳动相对立"，劳动产品成为"异己的存在物"，他们在劳动中"失去现实性"③，这种难以掌控劳动进程，无法把握劳动对象，不断失去自我价值的境况显然远离了"和谐"。

骄傲的英国自耕农，创造出战争神话的优秀步兵，最终在资本的威力下逐渐消失。这在当时引起不小震动，被马克思认为是大租地制度"狂热维护者"的约·阿伯思诺特也感慨道：

"我最感痛心的是，我们的自耕农，即那群实际上维持这个国家的独立的人消失了；我惋惜的是，看见他们的土地现在都掌握在垄断的地主的手里，并被分租给小租地农民，而小租地农民承租的条件并不比必须随时听从召唤的隶农好多少。"④

从马克思早年《1844 年经济学哲学手稿》到晚期《资本论》，其

---

① 〔德〕马克思：《资本论》，《马克思恩格斯全集》（第 23 卷），中央编译局译，北京：人民出版社，1972 年版，第 759 页。

② 〔英〕莎士比亚：《皆大欢喜》，《莎士比亚戏剧朱生豪原译本全集》（第 6 卷），朱生豪译，北京：中国青年出版社，2014 年版，第 66 页。

③ 〔德〕马克思：《马克思恩格斯全集》（第 42 卷），中央编译局译，北京：人民出版社，1979 年版，第 91 页。

④ 〔德〕马克思：《资本论》，《马克思恩格斯全集》（第 23 卷），中央编译局译，北京：人民出版社，1972 年版，第 791 页。

人文主义精神是一以贯之的。马克思在经济学研究中，为英国农业工人的现状深感忧虑，于是回首文艺复兴，与莎士比亚就"自耕农"问题展开对话，从"骄傲的英国自耕农"到"农业短工"的历史变迁与鲜明反差中，我们发现文艺复兴以来欧洲人文主义传统在"自耕农"这一阶层的不断衰落。马克思对"农业工人"的相关分析，借鉴了前资本主义时期的莎士比亚戏剧资源，这一独特视角，也鲜明表征了马克思经济学中的人文理想与莎士比亚时代"人文主义"的某种连续性。换言之，《资本论》对莎士比亚的这一独特视角，相对于后人的莎学研究不但依然新颖，而且不乏启示意义。

第二节 莎士比亚与马克思之间的"福斯泰夫"

——从荒唐爵士到恶的代表[1]

作为莎剧最著名的角色之一，福斯泰夫虽然只在《亨利四世》（上、下篇）与《温莎的风流娘们儿》中出现，却以其独特的艺术魅力征服了观众[2]。他出身高贵，却吹牛撒谎、酗酒好色、坑蒙拐骗，以荒唐爵士形象示人，在荒唐胡闹的同时给观众带来无穷的欢乐，因而通常被视为喜剧式人物。马克思十分关注福斯泰夫，曾指出："福斯泰

---

[1] 在《马克思恩格斯全集》与《莎士比亚全集》中有"福斯泰夫"与"福斯塔夫"两种译法，本节统一为"福斯泰夫"。笔者调查所据《马恩全集》资料为人民出版社1956年12月至1985年12月版《马克思恩格斯全集》（1—50卷）；本节莎剧资料为〔英〕莎士比亚：《莎士比亚全集》，孙法理、刘炳善译，南京：译林出版社1998—1999年版。

[2] 福斯泰夫被捕引起观众伤心，例如伊丽莎白女王看完《亨利四世》演出，还要求看福斯塔夫的爱情戏，于是有了《温莎的风流娘儿们》。（见〔英〕莎士比亚：《亨利四世》（上篇），《莎士比亚全集·史剧卷（下）》，孙法理、刘炳善译，南京：译林出版社，1998年版，第4页。）福斯泰夫角色也引起著名学者王元化先生的兴趣，并促其思考福斯泰夫的艺术魅力问题。（见王元化：《莎剧解读》，《王元化集》（卷三），武汉：湖北教育出版社2007年版，第34—35页。）

夫式的人物的特征是，不仅他们本身是被吹起来的，而且又全都进行吹嘘"①。其笔下的"现代福斯泰夫"多为无良政客②，他们恃强凌弱、欺骗公众，是邪恶的化身。近年来，福斯泰夫研究集中于性格特征，艺术魅力，以及"福斯泰夫背景"与现实主义关系等方面③，鲜有将马克思笔下福斯泰夫式人物与莎剧中福斯泰夫比较研究者，本节从二者形象演变入手，以期深化对"福斯泰夫"形象的认识，并促进马克思人文主义理想的研究。

一、莎剧中的荒唐爵士福斯泰夫

莎士比亚剧中的不少角色反映出资本主义上升时期五光十色的时

---

① 〔德〕马克思：《福格特先生》，《马克思恩格斯全集》（第14卷），北京：人民出版社，1964年版，第441页。

② 见《马克思恩格斯全集》第4卷第338页；第5卷第500页；第9卷第422、435页；第11卷第66、549—550页；第13卷第508页；第14卷第405、411、416、419、426、427（2处）、439、441（2处）、453、455（2处）、458、489、520、544、595、609、613、620、666、674、697页；第18卷第387页；第19卷第166页；第27卷第405页；第29卷第48页；第30卷第76页；第32卷第484、578页；第40卷第303、347页。增加通信与闲谈间的叙述趣味（用于对朋友之类的轻微讽刺或自嘲）的有：第11卷第549—550页："没有必要详细地说明泰特先生的特点。因为莎士比亚已经做到了这一点，他创造了不朽的夏禄的形象；福斯泰夫把夏禄比作是一个在饭后吃甜食时用干酪皮刻成的人型。"第32卷第484页："（波克罕）天真地以为，像《哈里·洛雷克尔》这样的书，别人会像采黑莓那样替他整打整打地弄来！""采黑莓"是福斯泰夫的话。第32卷第578页："你们知道福斯泰夫对老年人的评价是，他们全都是老奸巨猾的人。因此我避而不谈我长期没有写信这一确凿的事实，就不会使你们感到奇怪了。"第一处为讽刺泰特长相，第二处讽刺波克罕的想法，最后为自嘲。未直接提及福斯泰夫，但以其言论事迹讽刺对手的有第14卷第426页："即令恐吓信贱得像乌莓子，福格特仍然会赌咒发誓说：我们连一封信也不应当看见。""像乌莓子"见本节第二部分注释。第14卷第441页："又是麻布'衣服''换成'草绿色衣服的老故事！"第19卷第166页："豪威耳本人不就是一个以自己的'巧妙的'干涉居然拯救了不列颠帝国和欧洲免于普遍震荡的穿硬麻衣服的好汉吗？"福谎称自己与许多强盗英勇作战，但在向亲王汇报时总将敌人的服装说错而露馅，此二处讽刺福格特的随从纽金特与豪威耳。第27卷第405页："沙佩尔带了几个侍从……已经收拾好他们的行装，但因为智虑是勇敢的最大要素，所以他们决定等到事情'决定下来'以后再大踏步前进。""智虑是勇敢的最大要素"见本节第二部分注释。第9卷第435页，第14卷第419、427页以"杰克"指代福斯泰夫。则马克思以福斯泰夫讽刺当时各类人物超过37处。

③ 据中国知网数据库，1956年至今，与福斯塔（泰）夫相关论文共523篇，未有展开与马克思笔下福斯泰夫式人物的对比研究。

代特点，福斯泰夫同时具有贵族身份（成为坑蒙拐骗的工具）①与资产阶级气质（注重实际利益）②，正是其中的鲜明代表。在《亨利四世》与《温莎的风流娘儿们》中，福斯泰夫言语粗俗、吹牛撒谎、贪财好色、愚蠢可笑。然而，福斯泰夫在受到惩戒时也获得了谅解。亨利亲王登基后最终下令逮捕他，却又宣布"我可以给你点抚养费，使你不致因生活无着而为非作歹。等朕听说你已改邪归正之后，也将按你的才能和德行升擢录用"③。温莎的平民们捉弄、报复福斯泰夫后对其仍以爵士相待④，这是因为福斯泰夫虽有恶行，却也不全是性格缺陷所致，还有诸多社会原因。莎剧中的福斯泰夫形象丑而不恶，可笑而不可憎，其荒唐行为充满喜剧色彩。

福斯泰夫的喜剧性表现之一是吹牛撒谎。福斯泰夫在吹牛撒谎中将幻想当作现实，用尽力气来打扮美化自己，牛皮与现实的反差构成了强烈的喜剧效果。而且其吹牛与撒谎蹩脚拙劣，易于识破。为了圆谎，他拆东补西、手忙脚乱，十分滑稽。

福斯泰夫经常将自己吹嘘成英勇的骑士。在《亨利四世》（上篇）中，亨利亲王与波因斯让福斯泰夫前去打劫，二人却夺其财物，坐收渔利。福斯泰夫逃回来时谎称自己遭到了一百余人的拦截，"跟十多个人杀了起来，杀了两个小时"，"上衣戳了八个窟窿，裤子刺穿了四次，

---

① "贵族"一词有不同解释，见阎照祥《英国贵族阶级属性和等级制的演变》，《史学月刊》，2000年第5期；候建新《英国的骑士、乡绅和绅士都不是贵族》，《历史教学》1988年第3期。前者否认骑士属贵族阶层，后者认为骑士与绅士可算作小贵族或低级贵族。福斯泰夫在剧中有"绅士""骑士""爵士"三种称呼，基于其长期跟随亲王，有一定社会地位，其可能为"准男爵"或更高级的"男爵"，有爵位，至少属于低层贵族。福斯泰夫在剧中以贵族身份骗取野猪头酒店老板娘快嫂的钱财与身体，利用与亲王的关系骗取法官狭陋一千镑，利用贵族身份赖账。
② 福斯泰夫不注重所谓贵族式虚伪荣誉，唯利是图，不择手段，做出拦路抢劫，敲诈夏禄，勾引妇女勾当。
③ 〔英〕莎士比亚：《亨利四世》（下篇），《莎士比亚全集·史剧卷（下）》，孙法理、刘炳善译，南京：译林出版社，1998年版，第200页。
④ 〔英〕莎士比亚：《温莎的风流娘儿们》，《莎士比亚全集·喜剧卷（上）》，朱生豪译，南京：译林出版社，1999年版，第546页。

宝剑砍成了手锯"①，迫不得已才丢失了财物。但福斯泰夫口中的强盗装扮与数目不断变换，前后矛盾，亲王当即斥其"牛皮吹得多响，跟它们的爸爸一样，其大如山，没遮没拦，活灵活现"②。

福斯泰夫得知真相后，马上吹嘘自己其实早已知晓：

"上帝作证，我跟那创造了你们的造物主一样早就认出你们俩了。唉，你们听我说，我难道能杀死法定的王位继承人吗？我能进攻地地道道的王太子吗？当然，你们都知道我勇敢得像赫拉克勒斯，可是，你们要明白本能的作用——就是雄狮也是不愿意伤害真正的王太子的。"③

福斯泰夫在战场上也不改吹牛本色，向亲王汇报战况时，他竟然吹嘘自己杀死了敌方主帅，"哈尔，求你给我点时间喘喘气。就是土耳其人格利高里怕也没有我今天这么多斩获。我跟珀西算了总账，把他解决了"④。而当他得知烈火骑士正在发动进攻时，马上辩解说，"若是珀西还活着，我就一剑捅穿他。若是他落到了我手里，我可以这么办"⑤。福斯泰夫在战场上装死保命，却仍有一番宏论，"死才是装假，因为死人没有了活人的生命，却还装出活人的样子。但是装了死却因此而不死，就不是装假，而是表现了地道的完美的生命。俗话说，谨慎是勇敢的更佳部分，正是靠这更佳部分我保住了性命"⑥。战争结束

---

① 〔英〕莎士比亚：《亨利四世》（上篇），《莎士比亚全集·史剧卷（下）》，孙法理、刘炳善译，南京：译林出版社，1998 年版，第 39 页。

② 〔英〕莎士比亚：《亨利四世》（上篇），《莎士比亚全集·史剧卷（下）》，孙法理、刘炳善译，南京：译林出版社，1998 年版，第 40—41 页。

③ 〔英〕莎士比亚：《亨利四世》（上篇），《莎士比亚全集·史剧卷（下）》，孙法理、刘炳善译，南京：译林出版社，1998 年版，第 42 页。

④ 〔英〕莎士比亚：《亨利四世》（上篇），《莎士比亚全集·史剧卷（下）》，孙法理、刘炳善译，南京：译林出版社，1998 年版，第 90 页。

⑤ 〔英〕莎士比亚：《亨利四世》（上篇），《莎士比亚全集·史剧卷（下）》，孙法理、刘炳善译，南京：译林出版社，1998 年版，第 90 页。

⑥ 〔英〕莎士比亚：《亨利四世》（上篇），《莎士比亚全集·史剧卷（下）》，孙法理、刘炳善译，南京：译林出版社，1998 年版，第 94 页。

后，他背着珀西的尸体去冒领军功却被揭穿，他接着吹嘘自己的战绩："主啊主啊，世上的人怎么就这么偏爱撒谎？我承认我确实倒了地上没出气，可他也是一样的。后来，我们俩又同时站了起来……足足战斗了一个小时。"① 然而现实中的福斯泰夫是个胆小怕死、贪财好色之徒，他对十分熟悉自己为人的亲王等人大肆吹嘘自己的英勇无敌，只能遭到他们一次次嘲笑。

　　福斯泰夫也喜欢吹嘘自己的外表。在《亨利四世》中，福斯泰夫主要吹嘘自己的内在英勇品质，到了《温莎的风流娘们儿》中，福斯泰夫又开始吹嘘自己的外表。剧中提到，福斯泰夫体态胖硕，是一座"庞大的肉山"②，看不见自己的膝盖，走路十分费力，"八码坑坑洼洼的山路，走起来就跟七十英里的长途一样"③，"沉下水里，是比别人格外快的，即使河底深得像地狱一样，也会一下子就沉下去"④。福斯泰夫不但胖，而且肥得流油，亨利亲王嘲笑他"胖得像块牛油"⑤，又像"眼泪汪汪的奶油"⑥，当福斯泰夫遇到惊吓落荒而逃时，"大汗直流，一路走一路给这瘦瘠的土地施肥"⑦。即使如此，福斯泰夫仍沉迷于"尝萨克葡萄酒和喝萨克葡萄酒"，"切阉鸡和吃阉鸡"⑧ 的生活。

---

① 〔英〕莎士比亚：《亨利四世》（上篇），《莎士比亚全集·史剧卷（下）》，孙法理、刘炳善译，南京：译林出版社，1998 年版，第 95 页。
② 〔英〕莎士比亚：《亨利四世》（上篇），《莎士比亚全集·史剧卷（下）》，孙法理、刘炳善译，南京：译林出版社，1998 年版，第 41 页。
③ 〔英〕莎士比亚：《亨利四世》（上篇），《莎士比亚全集·史剧卷（下）》，孙法理、刘炳善译，南京：译林出版社，1998 年版，第 28 页。
④ 〔英〕莎士比亚：《亨利四世》（上篇），《莎士比亚全集·史剧卷（下）》，孙法理、刘炳善译，南京：译林出版社，1998 年版，第 514 页。
⑤ 〔英〕莎士比亚：《亨利四世》（上篇），《莎士比亚全集·史剧卷（下）》，孙法理、刘炳善译，南京：译林出版社，1998 年版，第 50 页。
⑥ 〔英〕莎士比亚：《亨利四世》（上篇），《莎士比亚全集·史剧卷（下）》，孙法理、刘炳善译，南京：译林出版社，1998 年版，第 38 页。
⑦ 〔英〕莎士比亚：《亨利四世》（上篇），《莎士比亚全集·史剧卷（下）》，孙法理、刘炳善译，南京：译林出版社，1998 年版，第 31 页。
⑧ 〔英〕莎士比亚：《亨利四世》（上篇），《莎士比亚全集·史剧卷（下）》，孙法理、刘炳善译，南京：译林出版社，1998 年版，第 48 页。

生就如此容貌的福斯泰夫却自认为俊美潇洒，以至于福德太太对他"很有几分意思"，"说话时的那种口气，切肉的那种姿势，还有她那一瞟一瞟的脉脉含情的眼光，都好像在说，'我的心是福斯塔夫爵士的'"①；培琪太太则向他"眉目传情"，"用贪馋的神气"打量着他的全身，"眼睛里简直要喷出火来"②，如此自恋甚至引起其随从的嘲笑，但福斯泰夫仍坚持认为自己"有些出色的资质"③。如果说英勇品质尚需时日才能为人知晓，还有吹牛的余地，那么福斯泰夫对其丑陋外表进行吹嘘，本身就充满喜剧色彩，最终换来温莎市民们的再三捉弄。

福斯泰夫的喜剧性的又一表现是满嘴歪理。福斯泰夫经常发表对各种事物的看法，最喜欢总结自己的一套歪理，但其言语逻辑混乱，颠三倒四，令人喷饭。福斯泰夫经常酗酒闹事，曾被亨利亲王斥为"一个庞大的酒桶""一个硕大无朋的酒皮囊"④。但福斯泰夫自有一番饮酒有益的道理，例如饮酒可以使人聪明：

"上好的白葡萄酒能起两种作用。它一进到肚里就升向脑袋，把围绕在那儿的一切愚蠢、迟钝、顽固的湿气烘干，使得头脑聪明、敏锐、富于创造性，充满灵巧的、火一样的、欢乐的形象。这种形象传到舌头，发而为声，变作语言，便是过人的才智。"⑤

饮酒还能帮助人做出英勇业绩：

"葡萄酒却使血液温暖，驱使它从内脏往各处流动，使颜面发出红

---

① 〔英〕莎士比亚：《温莎的风流娘儿们》，《莎士比亚全集·喜剧卷（上）》，朱生豪译，南京：译林出版社，1999年版，第471—472页。
② 〔英〕莎士比亚：《温莎的风流娘儿们》，《莎士比亚全集·喜剧卷（上）》，朱生豪译，南京：译林出版社，1999年版，第472页。
③ 〔英〕莎士比亚：《温莎的风流娘儿们》，《莎士比亚全集·喜剧卷（上）》，朱生豪译，南京：译林出版社，1999年版，第488页。
④ 〔英〕莎士比亚：《亨利四世》（上篇），《莎士比亚全集·史剧卷（下）》，孙法理、刘炳善译，南京：译林出版社，1998年版，第48页。
⑤ 〔英〕莎士比亚：《亨利四世》（下篇），《莎士比亚全集·史剧卷（下）》，孙法理、刘炳善译，南京：译林出版社1998年版，第175页。

光，有如为我这小小王国的其余部分竖起了一座灯塔，发出信号，要它们武装起来。于是我身上那些举足轻重的'平民'和无足轻重的'内地人'，都往他们的司令官心脏集中，使它因人多势众而膨胀壮大，能做出种种英勇的业绩。"[①]

福斯泰夫还将酒的作用提升到人生所求之关键的高度：

"纵有浑身武艺，若没有萨克葡萄酒刺激也只是白搭！纵有满腹经纶，若没有萨克葡萄酒促进，也如被魔鬼守住的黄金，不能行动，起不了作用。"[②] 这可算是福斯泰夫在长期的酗酒生涯中的心得体会了。

福斯泰夫的喜剧性表现之三在于交谈中经常乱用词语，导致庄谐错置、荒诞突兀、十分可笑。例如福斯泰夫准备去打劫商队时，面对亲王"刚才还祈祷，现在又要打劫了"的讥讽，立即答道："打劫可是我的职业"，"一个人有点敬业精神总不是罪过吧！"[③] 将打劫作为职业，而且与敬业精神相联系，实在是不伦不类。福斯泰夫怂恿波因斯前去劝说亲王参加打劫时说："愿你能循循善诱，愿他那耳朵能察纳忠言；愿你的话能动人心弦，愿他听了能心悦诚服……"[④] 劝人"心悦诚服"地作恶，这种荒诞的逻辑也许只有在福斯泰夫那里才通行。当亲王嘲笑福斯泰夫因胡吃海喝而肥胖时，后者竟感慨自己是由于"多愁善感，给忧伤弄成了个大尿脬"[⑤]。有一次，正直的法官劝福斯泰夫不要荒唐胡闹，要培养良好品性："你脸上的白胡子，没有一根不应当

---

① 〔英〕莎士比亚：《亨利四世》（下篇），《莎士比亚全集·史剧卷（下）》，孙法理、刘炳善译，南京：译林出版社1998年版，第175页。

② 〔英〕莎士比亚：《亨利四世》（下篇），《莎士比亚全集·史剧卷（下）》，孙法理、刘炳善译，南京：译林出版社1998年版，第175页。

③ 〔英〕莎士比亚：《亨利四世》（上篇），《莎士比亚全集·史剧卷（下）》，孙法理、刘炳善译，南京：译林出版社，1998年版，第13页。

④ 〔英〕莎士比亚：《亨利四世》（上篇），《莎士比亚全集·史剧卷（下）》，孙法理、刘炳善译，南京：译林出版社，1998年版，第14页。

⑤ 〔英〕莎士比亚：《亨利四世》（上篇），《莎士比亚全集·史剧卷（下）》，孙法理、刘炳善译，南京：译林出版社，1998年版，第44页。

流露出老成持重的样子"。福斯泰夫竟接口道:"这不流露了嘛,又老,又沉,又重。"① 在与酒店老板娘快嫂的交往中,劣迹斑斑的福斯泰夫的口头禅是"我是个绅士"②,但他与毕斯托打架、调戏陶嫂、讹诈钱财等行径正是在酒店中进行的,福斯泰夫在快嫂面前还敢于以注重风度的绅士自居,实在十分滑稽。

福斯泰夫的喜剧性还表现在"不道德行为动机的模糊性,方式的随意性和结果的无害性"③。福斯泰夫"五十上下","满头白发"④,却言行天真,缺少城府,其抢劫等并未造成伤害,而化为顽童式的恶作剧;他满口谎言,却因蹩脚拙劣而常被拆穿,谎言也丧失欺骗性与伤害性,变成一连串的笑话;其诈骗行为多临时起意,随心所欲,更像一场闹剧。有趣的是,福斯泰夫对自己荒唐、可笑的行为也有一番理论:"各种各样的人都以嘲笑我为骄傲。人是愚蠢的泥土,除了我所发明的笑料和拿我做成的笑料之外,就再也发明不出什么笑料来了。我不但自己风趣,而且为别人的风趣提供材料。"⑤ 诚然,福斯泰夫也有厚颜无耻、贪财好色等特点,但他总体呈现出一种荒唐可笑、极不和谐的喜剧面目。

福斯泰夫劣迹斑斑,终受惩罚。但我们注意到,福斯泰夫的堕落不仅是性格的悲剧,也有相当一部分的社会原因。当亲王训斥福斯泰夫不守信用、满嘴谎话时,福斯泰夫辩解道:"亚当在那样纯朴的环境

---

① 〔英〕莎士比亚:《亨利四世》(下篇),《莎士比亚全集·史剧卷(下)》,孙法理、刘炳善译,南京:译林出版社 1998 年版,第 116 页。

② 〔英〕莎士比亚:《亨利四世》(下篇),《莎士比亚全集·史剧卷(下)》,孙法理、刘炳善译,南京:译林出版社 1998 年版,第 126 页。

③ 刘武和:《接受的困惑——不道德的福斯塔夫为什么令人喜爱》,《云南师范大学学报》(哲学社会科学版),1994 年第 2 期。

④ 〔英〕莎士比亚:《亨利四世》(上篇),《莎士比亚全集·史剧卷(下)》,孙法理、刘炳善译,南京:译林出版社,1998 年版,第 47—48 页。

⑤ 〔英〕莎士比亚:《亨利四世》(上篇),《莎士比亚全集·史剧卷(下)》,孙法理、刘炳善译,南京:译林出版社,1998 年版,第 111 页。

里尚且堕落，何况可怜的杰克·福斯塔夫在这个罪恶累累的世界里呢？你看见的，我的肉比别人多，因此也就更容易受到诱惑。"① 甚至小市民培琪太太也指责当时的世道是"万恶的万恶的世界"②。我们在《温莎的风流娘儿们》中看到，几个冒充公爵朋友的诈骗惯犯，一路行骗竟然畅通无阻。《温》中的其他绅士，也绝非贤明之辈，乡村法官夏禄"从前是一名打架好手"③；卡厄斯大夫与爱文斯神父，终日为鸡毛蒜皮小事叫嚷着决斗；安·培琪的父母身为地方乡绅，却在择婿时只认钱财，对女儿的自由恋爱横加干涉。目光转向宫廷，我们看到亨利王子整天带领福斯泰夫、波因斯等人打架盗窃、酗酒生事、胡作非为，成为英国乃至欧洲社会的笑柄。福斯泰夫曾对大法官说："是年轻的亲王把我带坏了。"④ 他也对亲王说过："你引经据典倒真有些糊涂道理，连圣徒也能叫你勾引坏了。"⑤ 而烈火骑士等叛党为一己之私，发动内战，涂炭生灵。福斯泰夫曾哀叹，"目前是生意人吃香的时代，真正的勇敢也就跟耍狗熊的玩命差不多。德行不受尊重，机智聪明只能用来跑堂，拿去算账"⑥。

　　莎士比亚的历史剧与历史关系密切⑦，我们研究"福斯泰夫式背

① 〔英〕莎士比亚：《亨利四世》（上篇），《莎士比亚全集·史剧卷（下）》，孙法理、刘炳善译，南京：译林出版社，1998年版，第68页。
② 〔英〕莎士比亚：《温莎的风流娘儿们》，《莎士比亚全集·喜剧卷（上）》，朱生豪译，南京：译林出版社，1999年版，第479页。
③ 〔英〕莎士比亚：《温莎的风流娘儿们》，《莎士比亚全集·喜剧卷（上）》，朱生豪译，南京：译林出版社，1999年版，第494—495页。
④ 〔英〕莎士比亚：《亨利四世》（下篇），《莎士比亚全集·史剧卷（下）》，孙法理、刘炳善译，南京：译林出版社1998年版，第111页。
⑤ 〔英〕莎士比亚：《亨利四世》（上篇），《莎士比亚全集·史剧卷（下）》，孙法理、刘炳善译，南京：译林出版社，1998年版，第12页。
⑥ 〔英〕莎士比亚：《亨利四世》（下篇），《莎士比亚全集·史剧卷（下）》，孙法理、刘炳善译，南京：译林出版社1998年版，第116页
⑦ 莎士比亚历史剧反映了当时的大量历史社会现实，某种程度上成为伊丽莎白时代社会的一面镜子，这在近年来国内外研究中已成共识。（参见宁平：《我国近25年莎士比亚历史剧研究述评》，《辽宁师范大学学报（社会科学版）》，2004年第6期；李艳梅：《20世纪国外莎士比亚历史剧评论综述》，《沈阳师范大学学报（社会科学版）》，2007年第2期。）

景"，不可忽略莎士比亚生活时代的社会因素。以《亨利四世》为例，该剧创作于 1596—1597 年，当时的英国正处于封建社会崩溃、资本主义生产关系形成的时期，两种制度激烈碰撞，人民生活水深火热，行乞、抢劫、诈骗屡见不鲜。福斯泰夫正是在此一背景下与贵族二字渐行渐远，最终沦为饱受嘲讽的荒唐爵士。

二、马克思笔下的"现代福斯泰夫"

莎剧中的福斯泰夫作为没落小贵族，为求生存而荒唐胡闹，言行举止充满喜剧色彩。在马克思笔下，福斯泰夫式撒谎吹牛、愚蠢贪婪成为邪恶的象征，福斯泰夫式人物多阴险狡诈、面目可憎。考察《马克思恩格斯全集》，福斯泰夫出现四十多处，除去朋友通信以及增添幽默或表示自嘲外，"现代福斯泰夫"主要指代无良政客，他们为数众多、怙恶不悛，导致谎言政治盛行，社会乌烟瘴气。

马克思笔下的"福斯泰夫"式无良政客有以下几种类型：

第一类是政府高官。

这一类"福斯泰夫"欺骗国民，误导舆论，破坏国内、国际政治文明准则，英国外交大臣帕麦斯顿勋爵就是一例[①]。此人不愿得罪强大的沙俄政府，便拒绝土耳其的求援，致使后者被迫与俄国签订攻守同盟条约；听到条约签订的消息后，他故作惊讶，委派英法联合舰队到达达尼尔海峡向土耳其表达不满，背地却又与俄国暗通款曲。帕麦斯顿此举欺骗了英国乃至欧洲，受到质疑后，他又捏造土耳其向他求援的日期，甚至篡改条约期限，妄图否认事实。莎剧中的福斯泰夫谎话

---

① 帕麦斯顿（1784—1865）是 19 世纪英国著名的外交家、政治家，为保持欧洲均势、开拓海外市场和满足公众舆论，推行强硬的外交特征，任内推动克里木战争和发动两次鸦片战争。（见陆丽云：《试析帕麦斯顿的强硬外交》，《北京行政学院学报》2004 年第 6 期，及孙宝珊：《简评英国近代著名外交家帕麦斯顿》，《烟台大学学报（哲学社会科学版）》，1995 年第 3 期。）

连篇，不惧他人的质疑与攻击；插科打诨，满嘴俏皮话，总能逗得他人一笑，得以从窘境脱身；福斯泰夫在遇到棘手问题时擅于煞有介事地胡诌，总能讲出一番歪理。马克思对帕麦斯顿的总结堪称福斯泰夫的现代白描：

"厚颜无耻使他对任何突如其来的攻击都能处之泰然。""他善于说十分巧妙的俏皮话，因此能博得一切人的欢心。""他即使没有本领搞通某个问题，但是知道怎样东拉西扯；即使缺少总的看法，也随时都可以用一般的词句编出一套漂亮话来。"① 帕麦斯顿一系列两面派的欺骗伎俩，被马克思讥为"就好像福斯泰夫把从他背后袭击他的忽而穿着漆布衣裳忽而穿着肯德镁光草绿衣裳的家伙们的人数改来改去一样"②。帕麦斯顿捏造条约日期被识破后，马克思引用《亨利四世》中亨利亲王质问福斯泰夫的话对其进行嘲讽："现在你还能想出什么诡计，什么花招，什么藏身的窟窿，可以来掩盖你这场公开的众目所见的耻辱吗？杰克③，你现在还能想出什么诡计？"④

如果说帕麦斯顿是"两面三刀"的福斯泰夫，那么英国财政大臣格莱斯顿⑤的主要特点则是信口雌黄。面对英军在克里木战争中的困境："第六十三团全军覆没"，"第四十六团也只剩下30名具有战斗力的人员"，"担任勤务的人中有一半应该送进医院"，英军只剩下"5000—6000名真正具有战斗力的兵士"，他在议会上公然谎报军情，

① 〔德〕马克思：《帕麦斯顿勋爵》，《马克思恩格斯全集》（第9卷），中央编译局译，北京：人民出版社1961年版，第390页。
② 〔德〕马克思：《帕麦斯顿勋爵》，《马克思恩格斯全集》（第9卷），中央编译局译，北京：人民出版社1961年版，第422页。
③ 福斯泰夫在《亨利四世》（上篇）中被人爱称为杰克。见《亨利四世》（上篇）第13页。
④ 〔德〕马克思：《帕麦斯顿勋爵》，《马克思恩格斯全集》（第9卷），中央编译局译，北京：人民出版社1961年版，第435页。
⑤ 格莱斯顿（1809—1898），英国近代著名政治家，1867年起任自由党领袖，曾任英国财政大臣与内阁首相，积极推动工业资产阶级的改革与发展。（见吴瑞：《格莱斯顿与爱尔兰问题》，《史学月刊》1995年第2期，及《马克思恩格斯全集》第11卷，第820—821页。）

对英军的失利避而不谈，谎称当地英军仍有 3 万人。对此，马克思指出："格莱斯顿像福斯泰夫一样，能把 6000 个'穿麻衣的人'变成 3 万人。"①

以上两位政府高官，在涉及国家大事时，以维护民族利益为名，运作谎言政治，在国内欺骗公众，在国际上恃强凌弱，严重危害国家和平与人民福祉，破坏了正常的国际关系秩序。

第二类是马克思的论敌，庸俗伪善学者。

这一类"福斯泰夫"有一定社会地位与才识，在一些政治组织中担任要职，但他们或攻击工人组织与领导，或直接对马克思等人进行政治陷害，撒谎行径与福斯泰夫无异。例如卡尔·海因岑②就在《德意志—布鲁塞尔报》上撰文恶毒攻击共产主义，马克思一针见血地指出此种文章是粗俗文学③之变种，"平淡无味，废话连篇，大言不惭，夸夸其谈，攻击别人狂妄粗暴"，"不断宣扬仁义道德，又不断将它们破坏"，"轻率自满，大发空言，无边无际"，"既不满于反动，又反对进步"④，海因岑对国际经济、政治一知半解，却夸夸其谈，说君主制是"一切灾难和贫困的祸首"，马克思当即指出，在君主制已经废除的地方用这种方法解释显然是不行的。"因此，曾使古代共和国走向灭亡、又将在北美合众国南部各州导致可怕冲突的奴隶制就会用约翰·福斯泰夫的话高声地说：'啊，要是理由能贱得像乌莓子一样有多好

---

① 〔德〕马克思：《议会新闻：格莱斯顿的发言》，《马克思恩格斯全集》（第 11 卷），中央编译局译，北京：人民出版社 1962 年版，第 66 页。
② 卡尔·海因岑（1809—1880），德国激进派理论家，小资产阶级共和主义者。据《马克思恩格斯全集》（第 4 卷）第 655 页。
③ 粗俗文学是宗教改革以前不久和宗教改革期间，德国人创立的一种文学，特点主要是平庸、无聊、反动、低俗等。见《马克思恩格斯全集》第 4 卷第 322—323 页。
④ 〔德〕马克思：《道德化的批评和批评化的道德》，《马克思恩格斯全集》（第 4 卷），中央编译局译，北京：人民出版社 1958 年版，第 322 页。

啊!'"① 这是一个以革命者自居、实则庸俗伪善的学者"福斯泰夫"。

此类人物中最为著名的当数自然科学家福格特②，此人"长得像球儿似的"③，酷似福斯泰夫；而且也以撒谎为生，并更为恶毒。其谎言数量众多，性质恶劣，蒙蔽性强，以至于马克思不得不专门写作《福格特先生》④ 来展开批判。众所周知，波拿巴发动的十二月政变使大革命后的法国陷入反动倒退，而福格特正是波拿巴的忠实拥趸——十二月帮人⑤的活跃分子，马克思多年来对十二月帮展开批判⑥，引起了福格特的疯狂报复。福格特先是诽谤马克思与硫磺帮密谋工人专政，继而指责硫磺帮向德国革命者勒索钱财，福格特还声称马克思领导了一系列秘密联合会，欲将马克思推向警察的虎口。最后，他捏造普鲁士驻巴黎公使的密探舍尔瓦尔与马克思的亲密关系。福格特的谎言被质疑后，立即抛出自己是"流亡的帝国摄政"的谎言，将自己打扮成为国效力的功臣。然而，福格特的言论被当事人证实为"诽谤的谰言"与"流言蜚语"，德国流亡界领导人贝克尔更是批评福格特"完全歪曲所谓硫磺帮的历史和臭名远扬的舍尔瓦尔的历史，而且还非常错误地把它们同经济学家马克思的政治活动搅在一起"。他指出"福格特在这

---

① 〔德〕马克思：《马克思恩格斯全集》（第4卷），中央编译局译，北京：人民出版社1958年版，第338页。

② 卡尔·福格特（1817—1895），瑞士博物学家，对动物学、地理学和生理学等有深入研究，其唯物主义思想有简单化、机械论特点，后拥护路易·波拿巴政府，对马克思等人进行攻击。（见程寿庆、高新民：《重新理解和评价"庸俗唯物主义"》，《福建论坛·人文社会科学版》，2009年第3期，及《马恩全集》第14卷第957页。）

③ 〔德〕马克思：《道德化的批评和批评化的道德》，《马克思恩格斯全集》（第14卷），中央编译局译，北京：人民出版社1964年版，第404页。

④ 福格特于1859年12月出版《我对〈总汇报〉的诉讼》一书，对马克思及无产阶级运动多有诽谤。马克思在1860年联系多与福格特有过接触的活动家，收集大量材料，出版《福格特先生》一书。该书揭露了福格特的谎言，维护了无产阶级利益。（参见《马克思恩格斯全集》第14卷，第845—846页。）

⑤ 十二月帮人，即十二月分子，是指1851年12月2日波拿巴政变的参加者和这种政变行为的拥护者。（参见《马克思恩格斯全集》第17卷，第766页。）

⑥ 〔德〕马克思：《法兰西内战》，《马克思恩格斯全集》第17卷，中央编译局译，北京：人民出版社，第331—390页。

场斗争中表现的轻率和无耻"，"福格特……的所作所为越来越令人感到是心怀叵测的诡计"①。

为了维护波拿巴的反动统治，福格特终于堕落为"骗子和一切谎言之父"②。面对福格特赤裸裸的造谣与陷害，马克思在文中对其展开多方面的批判。当福格特说手头有数百封硫磺帮勒索德国革命者的信时，马克思直接以福斯泰夫的事迹讽刺其胡说八道："即令恐吓信贱得像乌莓子"③，福格特也拿不出来④。《福格特先生》的第二章《制刷匠帮》题记是《亨利四世》（上篇）中亨利王子斥责福斯泰夫的名言："可是，坏蛋，在你的胸膛里，没有信义、忠诚和正直的地位，它只是充满了脏腑和横膈膜。"⑤ 马克思以此讽刺福格特的背信弃义。第三章《警察作风》的第三小节题记为，"这场玩笑的妙处，是在听听这个肥胖的无赖会向我们讲些什么海阔天空的谎言"⑥。在马克思看来，福格特与"肥胖的无赖"无异。马克思指出，福格特的所有行动就是舞台上的福斯泰夫在表演"吹嘘"的谎言，他"需要逃跑并把脑袋藏起来，但是肥大的屁股仍然露在外面挨揍：现代福斯泰夫的通常的巧计和尘

---

① 〔德〕马克思：《福格特先生》，《马克思恩格斯全集》（第14卷），人民出版社，1964年版，第443—447页。

② 〔德〕马克思：《福格特先生》，《马克思恩格斯全集》（第14卷），中央编译局译，北京：人民出版社，1964年版，第430页。

③ 马克思在此以福斯泰夫的话讽刺福格特，在《亨利四世》（上篇）第二幕第四场，福斯泰夫吹嘘自己英勇作战，受到亲王的嘲讽，他装作无辜地说："什么！想屈打成招吗？他娘的，哪怕把我双手反剪，吊了起来，哪怕叫我受尽全世界的百般酷刑，要屈打成招，哼，没门儿！而且，哪怕我的理由多得像黑莓，谁若是逼我，我也是不会讲的。我就是这么个人。"（见《亨利四世》（上篇）第41页。）

④ 〔德〕马克思：《福格特先生》，《马克思恩格斯全集》（第14卷），中央编译局译，北京：人民出版社1964年版，第426页。

⑤ 〔德〕马克思：《福格特先生》，《马克思恩格斯全集》（第14卷），中央编译局译，北京：人民出版社1964年版，第416页。

⑥ 〔德〕马克思：《福格特先生》，《马克思恩格斯全集》（第14卷），中央编译局译，北京：人民出版社1964年版，第437页。

世的命运就是如此"①。

　　像福格特这样的知识分子，趋附波拿巴的反动统治，不择手段造谣生事，混淆视听，加剧了法国的政治危机，终于沦为无良政客。福格特为了维持谎言，不得不把他的荒诞故事写成一本"书"，他在其中详加铺叙，胡吹乱扯，随便发挥，无中生有。"文明同野蛮的区别，用傅立叶的话来说，就在于用复杂的谎言代替简单的谎言。"② 福格特的言行一再表明，他就是"复杂的"帝国的福斯泰夫。最具讽刺意味的是，1859 年 11 月，在日内瓦的罗伯特·勃鲁姆纪念会上，当福格特跟着其庇护人詹姆斯·法济走进会场时，有一个工人喊道："瞧，亨利来了，后面跟着福斯泰夫！"③

　　第三类则是内阁、报社等各种社会机构④。

　　例如军人出身的普富尔⑤组阁后，欺压民众，倒行逆施，却在代替康普豪森内阁后，树起立宪的旗帜，向人民保证要励精图治，马克思当即揭露其福斯泰夫式谎言："如果把这个内阁的罪行，同它的立宪声明、安定人心的保证以及各种折中妥协的论调对照一下，那么可以说只有福斯泰夫的这句话才适用于它：'我们上年纪的人多么容易犯这种说谎的罪恶'！"⑥ 再如奥格斯堡《总汇报》，在与《莱茵报》的辩论中，毫无原则，不断吹嘘，像福斯泰夫一样为求自保而蔑视、诽谤荣

---

① 〔德〕马克思：《福格特先生》，《马克思恩格斯全集》（第 14 卷），中央编译局译，北京：人民出版社 1964 年版，第 609 页。
② 〔德〕马克思：《马克思恩格斯全集》（第 14 卷），中央编译局译，北京：人民出版社 1964 年版，第 416 页。
③ 〔德〕马克思：《福格特先生》，《马克思恩格斯全集》（第 14 卷），中央编译局译，北京：人民出版社 1964 年版，第 459 页。
④ 因为此类组织机构是以造谣诽谤为能事的无良政客的大本营，在此也称其为无良政客。
⑤ 普富尔（1779—1866），普鲁士将军，1848 年 9—10 月任首相和陆军大臣。
⑥ 〔德〕马克思：《普富尔内阁》，《马克思恩格斯全集》（第 5 卷），中央编译局译，北京：人民出版社 1958 年版，第 500 页。

誉①，马克思对其嘲讽道："它那具有男子气的信条，我们得从福斯泰夫那里去找"。② 还有社会主义民主同盟（同盟）这一秘密组织，在夺取国际工人协会（简称国际）的领导权的图谋落空后，它就开始对其进行破坏。马克思敏锐地指出，同盟"戴着最极端的无政府主义的假面具"，③ 在国际中以革命组织自居，而在面对真正的敌人——各国资产阶级政权时，却卑躬屈节，"同福斯泰夫一样，认为'慎重是勇敢的最大要素'"。④

马克思曾指出，"福斯泰夫式的人物的特征是，不仅他们本身是被吹起来的，而且又全都进行吹嘘。"马克思笔下的"现代福斯泰夫"们，或为高官显爵，或为知名学者，或为政府组织，他们本应维护社会正义，构建政治文明，却无一例外以撒谎吹牛为生；他们不仅自我吹嘘，还互相吹嘘，为达到一己目的，粗暴地践踏他人、他国尊严，可憎面目暴露无遗。

三、"福斯泰夫"形象的演变

1859 年 5 月 18 日，恩格斯在致斐·拉萨尔的信中写道：

"我认为，我们不应该为了观念的东西而忘掉现实主义的东西，为了席勒而忘掉莎士比亚，根据我对戏剧的这种看法，介绍那时的五光十色的平民社会，会提供完全不同的材料使剧本生动起来，会给在前

---

① 在《亨利四世》（上篇）第五幕第一场，福斯泰夫不愿在战场上为了荣誉而送命，声称"荣誉不过是送葬时用来装点门面的东西"。见《亨利四世》（上篇）第 85 页。

② 〔德〕马克思：《〈总汇报〉简评》，《马克思恩格斯全集》（第 40 卷），中央编译局译，北京：人民出版社 1982 年版，第 347 页。

③ 〔德〕马克思、恩格斯：《社会主义民主同盟和国际工人协会》，《马克思恩格斯全集》（第 18 卷），中央编译局译，北京：人民出版社 1964 年版，第 371 页。

④ 〔德〕马克思、恩格斯：《社会主义民主同盟和国际工人协会》，《马克思恩格斯全集》（第 18 卷），中央编译局译，北京：人民出版社 1964 年版，第 387 页。此处译文与莎剧稍有不同。《亨利四世》（上篇）第五幕第四场中，福斯泰夫在战场上装死，却自我吹嘘："俗话说，谨慎是勇敢的更佳部分，正是靠这更佳部分我保住了性命。"见《亨利四世》（上篇）第 94 页。

台表演的贵族国民运动提供一幅十分宝贵的背景，只有在这种情况下，才会使这个运动本身显出本来的面目。在这个封建关系解体的时期，我们从那些流浪的叫花子般的国王、无衣无食的雇佣兵和形形色色的冒险家身上，什么惊人的独特的形象不能发现呢！这幅福斯泰夫式的背景在这种类型的历史剧中必然会比在莎士比亚那里有更大的效果。"①

福斯泰夫就是这样一个"流浪的叫花子般的国王、无衣无食的雇佣兵和形形色色的冒险家"。他并非主要人物，却联系着社会各阶层的人物，其活动构成了一幅"福斯泰夫式的背景"，形成了"五光十色的平民社会"的写照，深刻地反映了封建社会没落、资本主义处于原始积累时期金钱万能和残酷掠夺的本质。

众所周知，莎士比亚的许多剧作讴歌爱情、友谊与真理②，鲜明体现其人文主义思想。然而，在福斯泰夫的身上，真善美都遭到了亵渎。前文提及，"福斯泰夫式背景"正是莎士比亚时代的写照。16世纪，英国的封建制度已经难以维系，日渐崛起的资产阶级势力竭力要夺取统治权。从无产阶级到资产阶级，从贵族到平民，英国社会的各种力量之间产生了错综复杂的矛盾。"圈地"运动迫使农民离乡背井，机器大工场的兴起，彻底挤垮了为数众多的中、小手工业者。失地农民与破产手工业者流离失所，沦为雇佣工人。一时间，贵族纷争，平民起义，内争外战，此起彼伏。福斯泰夫正是在此种背景下胡作非为，浑水摸鱼③。

如果说在每一个时代剧变时期，新旧社会制度的交锋都使得历史的阵痛在所难免的话，到了19世纪资本主义制度已经确立之际，马克

---

① 〔德〕恩格斯：《恩格斯致斐·拉萨尔》，《马克思恩格斯全集》（第29卷），中央编译局译，北京：人民出版社1972年版，第585页。
② 如《仲夏夜之梦》讴歌爱情，《错误的喜剧》赞美亲情，《无事生非》歌颂友情，《理查三世》弘扬正义思想等。
③ 莎士比亚的系列历史剧反映了当时的社会现实，福斯泰夫利用征兵的机会勒索了一笔钱财。（见《亨利四世》（上篇）第四幕第二场。）

思仍然痛苦地发现，人文主义的危机在持续加剧，这种加剧在新时期的"福斯泰夫式背景"下表现得尤为明显。从莎士比亚笔下的荒唐爵士到马克思论著中的"现代福斯泰夫"，该形象出现了一些新的变化。

1. 人数众多，已成普遍现象

莎剧中的福斯泰夫虽出身贵族，却如跳梁小丑，行为举止为人不齿，亲王多次批评福斯泰夫，温莎的小市民也拿他取乐，其随从也对其勾引良家妇女的举动表示不满与鄙视。福斯泰夫的爵位只是骗取财色的工具，其从内而外皆无半点贵族气质。在莎士比亚笔下，此类人物数量很少。而在马克思时代，从内阁高官到知识分子和社会活动家，处处都有福斯泰夫的影子，大大小小的"福斯泰夫"们联手作恶，已成气候①。

2. 拥有权势，危害很大

福斯泰夫虽有爵位，却无实权，其拦路打劫、勾引女性等行动都以失败告终，并屡受惩罚，可见 16 世纪的福斯泰夫危害程度尚不严重。马克思笔下的"现代福斯泰夫"们则掌握了比荒唐爵士更多的社会政治资源，他们巧妙利用自己的社会地位与权力，在国内外造谣生事、煽动仇恨、制造阴谋。众所周知，莎士比亚在剧作中鲜明地呈现出同情弱者的人文情怀，他笔下的弱者都有比较圆满的结局。如《暴风雨》中米兰公爵夺回王位，《终成眷属》中出身贫寒的海伦那获取真爱，《哈姆雷特》中王子复仇成功，《李尔王》中的老李尔最终讨回公道，而那些强权人物如麦克白、约翰王以及仗势欺人的福斯泰夫等最终都受到了应有的惩罚。在马克思笔下，无良政客私欲泛滥、吹牛撒谎、胡作非为，危害弱势群体，却逍遥法外。卡因岑与福格特攻击陷害马克思，直接将其与国际工人协会推向虎口；帕麦斯顿与格莱斯顿的谎言政治与强权外交，直接伤害到弱小国家的利益，并给本国人民

---

① 这些"现代福斯泰夫"们至少包括：卡尔·海因岑，帕麦斯顿勋爵，普富尔内阁，格莱斯顿，普鲁士政府，福格特，社会主义民主同盟，沙佩尔，载勒尔，奥格斯堡《总汇报》。

带来隐患。

3. 恃强凌弱，破坏国际秩序

正如福斯泰夫以爵位骗取财色，为非作歹一样，无良政客们也恃强凌弱，破坏国际秩序。帕麦斯顿奉行实力外交与强硬外交，在欧洲实行均势外交，对弱国土耳其则软硬兼施，时机成熟时，他怂恿财政部长格莱斯顿在议会上撒谎，配合英国发动克里木战争。帕麦斯顿的触角还伸向远东地区，他发动两次鸦片战争，强迫清政府签订一系列不平等条约①，在中国制造了无数人道主义危机。马克思对帕麦斯顿这一特点有深刻认识：

"他会在纵容别人的时候装成进攻者，在出卖别人的时候装成保护者；他知道怎样对表面的敌人讨好，怎样使假盟友吃苦头；他会在争执的适当时机站到强者那边去欺压弱者，他也有一边溜走一边说大话的本事。""他出卖别的民族，但是他做得非常有礼貌，因为礼貌是魔鬼用来换取受骗的傻瓜的鲜血的小钱。压迫者永远可以指望得到他的实际帮助，被压迫者从他那里则从来不会得到大量慷慨的词令。""他需要纠纷，因为纠纷使他可以维持自己的活动；如果没有纠纷，他就制造纠纷。"②

1853年，马克思的《帕麦斯顿勋爵》对帕麦斯顿的强权外交有更多客观描述，11年后，在《国际工人协会成立宣言》中，马克思已洞察此种国际关系的秘密。针对西欧强国普遍奉行的"为追求罪恶目的而利用民族偏见并在掠夺战争中洒流人民鲜血和浪费人民财富的对外政策"③，马克思对工人提出了具体要求：

---

① 陆丽云：《试析帕麦斯顿的强硬外交》，《北京行政学院学报》，2004年第6期。
② 〔德〕马克思：《帕麦斯顿勋爵》，《马克思恩格斯全集》（第9卷），中央编译局译，北京：人民出版社1961年版，第390—391页。
③ 〔德〕马克思：《国际工人协会成立宣言》，《马克思恩格斯全集》（第16卷），中央编译局译，北京：人民出版社1964年版，第13页。

"简单的道德和正义的准则。"①

显然，帕麦斯顿式外交蕴含的"国际关系的秘密"就是追求霸权、维护霸权以及为满足本国利益而不顾国际道德，采取联盟、欺骗和战争的手段谋求领土、殖民地和世界市场②，而马克思"简单的道德和正义"的要求在揭露与抵抗此强权外交的同时，也暗示了当时社会道德水平的普遍退化。

从荒唐爵士到"现代福斯泰夫"，这一形象在三百年间跌宕起伏。16世纪以来，西欧各国资本主义生产关系日渐巩固，封建贵族在资本主义经济方式的冲击下节节败退，"资产阶级抹去了一切素被尊崇景仰的职业的庄严光彩。它使医生、律师、牧师、诗人和学者变成了受它雇佣的仆役"③。以英国为例，其贵族成分三百年来发生极大变化，完成了"从封建贵族到资产阶级贵族、再从资产阶级贵族中衍变出工党贵族的基本轨迹"④，欧洲贵族普遍受过良好教育，具有高雅、丰富的才识以及较高的文化品位⑤，相较欧洲大陆贵族而言，英国贵族具有更好的品性，他们在礼仪与修养方面也是新兴资产阶级的模仿对象⑥。总

---

① 〔德〕马克思：《国际工人协会成立宣言》，《马克思恩格斯全集》（第16卷），中央编译局译，北京：人民出版社1964年版，第14页。

② 郭树勇：《"国际政治的秘密"：对马克思国际政治观的政治社会学重读》，《太平洋学报》2007年第11期。

③ 〔德〕马克思、恩格斯：《共产党宣言》，《马克思恩格斯全集》（第4卷），中央编译局译，北京：人民出版社1958年版，第468—469页。

④ 阎照祥：《英国贵族史》，北京：人民出版社2000年版，第5页。

⑤ 欧洲贵族的文化素质与修养问题，（可参见杨春时：《贵族精神与现代性批判》，《厦门大学学报（哲学社会科学版）》，2005年第3期；易红郡：《公学：英国社会精英的摇篮》，《中国地质大学学报（社会科学版）》，2008年第6期。）不能忽略的是，欧洲贵族有赞助艺术的传统，意大利的贵族佛罗伦萨的梅迪齐家族与斐拉的埃斯特家族，对意大利文艺复兴曾起过巨大的推动作用。（见〔英〕阿伦·布洛克：董乐山译，《西方人文主义传统》，北京三联书店1997年版，第16—18页。）16世纪30年代以后，地位日渐巩固的英国贵族也开始积极充当文化活动的庇护人，"在物质上赞助那些献书助兴的作者"。（见姜德福：《英国贵族在近代早期文化生活中的地位》，《文化学刊》，2008年第5期。）

⑥ 参见高艳红、戴卫平：《英国贵族体制及贵族文化刍议》，《广西社会科学》，2007年第9期。英国贵族在欧洲各国贵族中品性最好，与此相关，马克思所批判的无良政客中，英国以外者（如福格特等）更可恶。

120

之，贵族是欧洲人文主义传统的重要组成部分。即便如此，大批中小贵族如福斯泰夫者陷入生存困境后，为谋衣食而不断玷污贵族的威仪与荣誉。与此同时，其他"素被景仰的职业"如医生、学者、律师等也不同程度地堕落为无良政客。我们也必须注意到，仍有为数不少的知识阶层在为社会的公平正义而努力，其代表就是《资本论》中打动马克思的公共卫生医师、学者、牧师、工厂主和贵族等"有教养者队伍"，他们具有人道关怀、公民意识、批评勇气、改良目标，普遍关心下层人民的疾苦，维护他们的利益，推动了英国的改革与进步①。如果说"有教养者队伍"坚守了文艺复兴以来的人文主义传统，那么"现代福斯泰夫"群体则走向了反面。据此，马克思所赞赏的"有教养者队伍"的品质应属于"简单的道德和正义的准则"，这正是人文主义精神的要义。

1843 年 5 月马克思在致卢格的信中写道："既然我们已经沦落到政治动物②世界的水平，那么更进一步的反动也就不可能了。至于要前

---

① 参见陆晓光：《马克思美学视域中的"汉特医师"们》，《社会科学》，2008 年第 4 期。

② 亚里士多德在《政治学》中将希腊城邦的公民（除了妇女、异邦人与奴隶）视为"政治动物"，主张公民积极参与政治活动，遵守法律与道德规范，随时准备保护城邦安全，这在当时有一定合理性。（见〔希腊〕亚里士多德：吴寿彭译，《政治学》，北京：商务印书馆，1965。）但在马克思看来，只知做主人的"忠臣良民，并随时准备效劳"的政治动物就是庸人，当时最完善的庸人世界就是德国，他们没有思想与自由，像动物一样希求生存和繁殖。马克思指出庸人世界的敌人是一切有思想和受苦难的人，"受难的人在思考，在思考的人又横遭压迫，这些人的存在是必然会使那些饱食终日、醉生梦死的庸俗动物世界坐卧不安的"，他们的任务是揭露旧世界、建立新世界。1864 年马克思在《国际工人协会成立宣言》中重申这一目标，号召工人们用"简单的道德和正义的准则"来对抗"国际关系的秘密"。（见《马恩全集》第 1 卷第 409—415 页。）马克思所警惕与反对的正是国家沦为政治动物世界，而"现代福斯泰夫"们运作谎言政治、操纵议会，欺骗公众，正是要扼杀公众的自由与思想，将其重新推向庸人的世界，即政治动物世界。所以，马克思对"现代福斯泰夫"极为反感，在相关论著中一再地对其揭露与批判。

亚里士多德将自然人与政治人合而为一，近代西方学者认为人性中没有政治的本质，人并非天生就是政治动物。随着社会的发展，自由人的概念已从过去的一部分人（如希腊城邦的公民）扩展为全体人。马克思针对"政治动物"概念，用"人是社会动物"来表述人的本质。（参见《马克思恩格斯全集》第 23 卷第 363 页。史文静：《马克思"人天生是社会动物"的思想》，《新闻界》2013 年第 9 期；仲长城：《从自然人性到"政治动物"》，《四川大学学报（哲学社会科学版）》，2009 年第 4 期。）

进，那么只有丢下这个世界的基础，过渡到民主的人类世界。"① 而"现代福斯泰夫"们从未停止将人民变成政治动物的图谋，他们持续强化着国际社会的丛林法则，阻碍人类进入民主世界的进程，为文艺复兴以来的人文主义传统敲响了警钟。

莎士比亚是马克思人文理想的重要精神资源。莎剧人物多次在马克思政治经济学论著中出现，或作为后者古典经济学历史背景的印证，或用以说明货币拜物教与资本相关原理，或直接影响马克思的文字风格与人文精神。

在政治经济学研究中，底层工人的悲惨境遇引起马克思的关注，他随即对工人的历史展开研究。雇佣工人的前身——莎士比亚笔下的自耕农，具备经济独立、自尊勇敢等特点，在历史上长期以来是保卫英国领土完整的力量。在资本主义大工业进程中，该阶层却沦为极端贫困的农业工人，他们超负荷劳动，身体畸形，普遍精神空虚，道德败坏。马克思对自耕农的身份转变表示深切同情，对导致此种悲剧的资本主义工业进程展开激烈批判，显示出丰富的人文情怀。

在资本主义发展大潮中，不仅农民遭受磨难，贵族也遭遇了严重的人文危机。马克思指出，从欧洲传统贵族到 19 世纪的无良政客，传统人文精神日益衰微，莎士比亚笔下的福斯泰夫就恰好为这种转变做了注脚。马克思引用福斯泰夫约四十处，除去朋友通信，增添语言趣味外，福斯泰夫式人物主要指代无良政客。贵族精神是欧洲人文主义传统的重要组成，为推动欧洲文化发展做出重要贡献。然而，大批福斯泰夫式贵族在现代社会却陷入困境，贵族威仪与荣誉感也不断丧失，人文精神空间也日见逼仄。不过，莎士比亚笔下的福斯泰夫毕竟是少数，其举止可笑荒唐，却并不邪恶；马克思时代的"福斯泰夫"们却

---

① 〔德〕马克思：《摘自〈德法年鉴〉的书信》，《马克思恩格斯全集》（第 1 卷），中央编译局译，北京：人民出版社 1956 年版，第 412 页。

人数众多，恃强凌弱，老奸巨猾，危害很大。这一巨大反差折射出文艺复兴以来西方上层社会人文精神的衰落。

幸运的是，仍有不少具备人道关怀与公民意识的"有教养者队伍"，他们普遍关心下层人民疾苦，努力推动英国的改革与进步。如果说"现代福斯泰夫"群体破坏了人文主义精神，"有教养者队伍"则坚守着文艺复兴以来的人文主义传统，而马克思所赞赏的"有教养者队伍"的品质也正是人文主义精神的要义。

第三节　莎士比亚与马克思的资本批判论略

——从泰门到夏洛克

本章开头提及莎士比亚著名的黄金诅咒，马克思曾多次引用①，从不同角度分析货币"使不同的东西等同起来"这一异化本质。在《莱比锡宗教会议——二、圣布鲁诺》中，马克思写道："金钱是财产的一般形式，它与个人的独特性很少有共同点，它甚至还直接与个人的独特性相对立"②，显然，金钱已经成为对抗人类独特性的力量。在《货币或商品流通》中，马克思写道："正如商品的一切质的差别在货币上消灭了一样，货币作为激进的平均主义者把一切差别都消灭了"③，这里再次指出货币抹杀人类个性及其他一切差别。事实上，早在《1844年经济学哲学手稿》中，马克思就发现了货币的"万能"本质，即拜

---

① 见《马克思恩格斯全集》（第一版）第 3 卷第 254—255 页，第 23 卷第 152 页，第 42 卷第 151—152 页。这些引文与上文对泰门诅咒词的引用大同小异，文中不赘，只列出马克思对引文的分析。
② 〔德〕马克思、恩格斯：《德意志意识形态》，《马克思恩格斯全集》（第 3 卷），中央编译局译．北京：人民出版社，1960 年版，第 254 页。
③ 〔德〕马克思：《资本论》，《马克思恩格斯全集》（第 23 卷），中央编译局译．北京：人民出版社，1972 年版，第 152 页。

物教本质："货币，因为具有购买一切东西、占有一切对象的特性，所以是最突出的对象。货币的这种特性的普遍性是货币的本质的万能；所以它被当成万能之物。"① 货币从人类的工具，逐渐演变为消灭人类个性，占有一切对象的"万能之物"，犹如上帝一般对人类拥有统治力量。如此强大的异化力量，正是马克思深恶痛绝并十分警惕的，他多次引用莎剧，正是因为"关于这一点，莎士比亚要比我们那些满口理论的小资产者知道得更清楚"②。如果说以上对泰门的引用分析重在表明马克思对货币异化本质的警惕，那么他对夏洛克的引用则反映其对货币的另一种发展形式——高利贷资本的憎恶。

夏洛克是马克思笔下的常客③。青年马克思在批评森林条例立法者注重私利、罔顾道义时说："'利益是讲求实际的，世界上没有比消灭自己的敌人更实际的事情了。'夏洛克就曾经教训过：'谁不想消灭自己憎恨的东西呢?'"④ 当内战导致法国背负沉重债务，而普鲁士放贷者又趁火打劫时，马克思以夏洛克指代后者："战争极度地加重了债负，完全耗尽了全国的财源。使灾难达到顶点的，是普鲁士的夏洛克手持票据勒索供养他在法国土地上的 50 万军队的粮饷，要求支付他的

---

① 〔德〕马克思：《1844 年经济学哲学手稿》，《马克思恩格斯全集》（第 42 卷），中央编译局译，北京：人民出版社，1979 年版，第 150 页。

② 〔德〕马克思、恩格斯：《德意志意识形态》，《马克思恩格斯全集》（第 3 卷），中央编译局译，北京：人民出版社，1960 年版，第 254 页。

③ 本文涉及夏洛克引文主要揭示其贪婪本性，其他引文不在讨论之列。如马克思引夏洛克的话，论述大工业时代工人的不幸："工人面临这样的威胁：在劳动资料被夺走的同时，生活资料也不断被夺走。"马克思此处所加尾注为："你们夺去了我活命的资料，就是要了我的命。"参见《资本论》第 560 页。引文参见喜剧卷（上）：441，稍有出入："你们夺去了我养家活命的根本，就是夺去了我的家，活活的要了我的命"。再如马克思论述信贷本质时对他人论著的摘录："在这里，表示信任的人，像夏洛克一样，认为'诚实的'人就是'有支付能力的'人。"参见《马恩全集》第 42 卷第 22 页"《詹姆斯·穆勒〈政治经济学原理〉一书摘要》"。

④ 〔德〕马克思：《第六届莱茵省议会的辩论（第三篇论文）》，《马克思恩格斯全集》（第 1 卷），中央编译局译，北京：人民出版社，1956 年版，第 149 页。

50 亿赔款以及过期实缴的 5% 的利息"①。"普鲁士人怀着对战争胜利的狂喜心情注视着法国社会的痛苦挣扎，并以夏洛克的卑鄙贪心，以顽固守旧的容史地主的粗暴无耻趁火打劫。"② 马克思在分析资本主义积累的一般规律时，也引入了夏洛克，他指出英格兰农业工人被建筑投机商压榨，只能居住在简陋的小屋里，而"显贵的夏洛克们在谈到建筑投机家、小地主和开放村庄时，也会伪善地耸耸肩膀"③。以上各式各样的夏洛克均贪婪自私，利用各种手段残酷榨取高额利润。他们的凶恶面目，在马克思晚年研究原始人的生活习俗时又浮现出来："合法的报复在量的方面是有严格规定的……这种刑罚在量的方面有严格的限制，所以如果有人在刺的时候一时失手或是出于其他原因超出了允许的限度——比方说损坏了股动脉——则此人同样要受处罚"。马克思在此处的批语是："夏洛克干的那种事！"④ 读过《威尼斯商人》的人都会感觉到，马克思对夏洛克的批评是合乎实际的。剧中的商人安东尼奥重义轻利，经常借给朋友钱而不取利息，将"威尼斯城里放债这一行的利息都压低了"⑤，这惹恼了以放贷为生的夏洛克。安东尼奥拥有庞大的商队，"一艘商船开到特里坡利斯，另外一艘开到西印度群岛……第三艘船在墨西哥，第四艘到英国去了"⑥。虽然从事海上贸易承担着海盗、风浪等天灾人祸之险，但安东尼奥雄心勃勃、自信乐观。

---

① 〔德〕马克思：《法兰西内战》，《马克思恩格斯全集》（第17卷），中央编译局译，北京：人民出版社，1963年版，第344页。
② 〔德〕马克思：《法兰西内战》（二稿），《马克思恩格斯全集》（第17卷），中央编译局译，北京：人民出版社，1963年版，第650页。
③ 〔德〕马克思：《资本论》，《马克思恩格斯全集》（第23卷），中央编译局译．北京：人民出版社，1972年版，第750页。
④ 德〕马克思：《约·伯拉克〈文明的起源和人的原始状态〉一书摘要》，《马克思恩格斯全集》（第45卷），中央编译局译，北京：人民出版社，1985年版，第680—681页。
⑤ 〔英〕莎士比亚：《威尼斯商人》，《莎士比亚全集·喜剧卷（上）》，朱生豪、孙法理、索天章译，南京：译林出版社，1998年版，第387页。
⑥ 〔英〕莎士比亚：《威尼斯商人》，《莎士比亚全集·喜剧卷（上）》，朱生豪、孙法理、索天章译，南京：译林出版社，1998年版，第386页。

他十分鄙视夏洛克放贷获取暴利之举，但后者认为"只要不是偷窃，会打算盘总是好事"，"我只是叫它像母羊生小羊一样地快快生利息"①。二人的矛盾逐渐升级，最后全面爆发。

马克思曾在《资本论》中指出，"中世纪已经留下两种不同形式的资本，它们是在极不相同的社会经济形态中成熟的，而且资本主义生产方式时期到来以前，就被当作资本了，这就是高利贷资本和商人资本"②。对照《威尼斯商人》可知，安东尼奥代表商人资本，夏洛克则代表高利贷资本。这两种资本的运作模式的区别在于，前者注重实体经济，关心商品质量、市场行情，依靠实业贸易赚取利润，发展路径为商品—货币；后者依靠资本再生利润，实质是虚拟经济，发展路径为货币—货币。前者获利需要有稳定的社会环境与消费群体，一旦遭遇风险，安东尼奥这样的商人就可能破产；后者只关心借贷方的还款能力，而这与市场关系不大，甚至社会越动乱，放贷者越可能获利，例如夏洛克正是在安东尼奥的舰队遭遇不测时才有机会牟取暴利。由于双方运行规则不同，所以当商人资本遇到高利贷资本时，就会发生激烈碰撞。在《威尼斯商人》中，夏洛克一直对破坏其借贷生意的安东尼奥怀恨在心，所以安东尼奥向夏洛克借钱时，后者订下割一磅肉的残忍契约。后来安东尼奥的船队遇险，夏洛克拒绝萨拉里诺等人的求情，意欲夺取安东尼奥的性命。高利贷资本的贪婪、残忍本性于此可见，在某种程度上它甚至成为社会的不稳定因素。因此，马克思"资本来到世间，每一个毛孔都滴着血和肮脏的东西"③的著名论断当时主要针对高利贷资本而言。

① 〔英〕莎士比亚：《威尼斯商人》，《莎士比亚全集·喜剧卷（上）》，朱生豪、孙法理、索天章译，南京：译林出版社，1998年版，第388页。
② 〔德〕马克思：《资本论》，《马克思恩格斯全集》（第23卷），中央编译局译．北京：人民出版社，1972年版，第818页。
③ 〔德〕马克思：《资本论》，《马克思恩格斯全集》（第23卷），中央编译局译．北京：人民出版社，1972年版，第829页。

　　马克思对莎士比亚的成功运用，使得经济社会中许多幽暗不明的魅影得以曝光，而文学叙事与经济学原理的交相辉映，也形成马克思独特的文字风格，而其对马克思政治经济学研究中的人文精神也有积极影响。

第四章　马克思著述中的歌德

歌德是享誉世界的巨人，在文学、哲学、教育、政治乃至科学方面都有重要建树。然而，歌德在晚年却被教会势力攻击为叛教者、异教徒、败坏道德和自由主义的鼓吹者，等等。歌德逝世后，"反歌德成为一种时尚"①。直到 1861 年，德国学者古茨柯提出"歌德学"概念，此后，歌德的正面评价才成为主流②。

在歌德影响的低谷时期，马克思即敏锐地发现了歌德的价值。歌德否定教会的禁欲主义思想，对道德说教的憎恶之情，都受到马克思的尊敬。1837 年，正在读大学的马克思就通过诗歌积极捍卫歌德，驳斥保守作家和批评家对他的无理攻击。马克思以《浮士德》为例，正确指出歌德的价值恰恰在于其超越了宗教说教的范畴，描写了真实的人性：

　　"浮士德对作孽毫不亏心，

　　他只是为了自己活命；

　　他竟敢怀疑上帝和宇宙，

　　忘了摩西也曾赞颂它们。

---

① 高中甫：《歌德接受史（1773—1945）》，北京：社会科学文献出版社，1993 年版，第 69 页。
② "歌德学"的建立，与威廉王朝时期的歌德崇拜有关。1861 年，古茨柯提出"歌德学"概念，赫尔曼·格林则对该学科的建立起到推动作用，这一学问的最终建立者与推动者是谢勒尔。（见高中甫《歌德接受史（1773—1945）》，第 158—159 页。）

傻丫头玛甘泪对他竟钟情，

倒不如规劝他弃邪归正；

魔鬼就要揪走他的灵魂，

末日审判也即将来临。"①

从开始接触歌德直到生命终结，马克思始终保持对歌德的热情。"马克思差不多每天都读歌德的作品"②，歌德也是马克思最喜爱的三位诗人之一③。在《马克思恩格斯全集》中，马克思有一百多处论及歌德，为马克思所引作家中最多者；其中与《浮士德》相关者就有近五十处，在马克思所引单部文学作品中最多④。《浮士德》优美的诗句、机智的语言、形象的表达，都成为马克思的最爱，它们涵盖了马克思的早年诗歌创作，中年政治经济学论著以及晚年通信等多个方面。

马克思经常在信件中引用《浮士德》，以优美而富有哲理的语句表达出对亲友的情谊。在1862年8月的写给恩格斯一封信中，马克思套用《浮士德》诗句表达自己的歉疚之情：

"我的不幸给你带来无穷的麻烦，简直使我无法忍受！但愿我终能找到一个什么事情做做！我的朋友，任何理论都是灰色的，唯有事业才常青。可惜，我信服这一点为时太晚了。"⑤

魔鬼靡非斯特与浮士德谈话之际，有学生来访，魔鬼便化作浮士德来作答。他一方面对这个初出茅庐的学生开玩笑，另一方面也对当

---

① 〔德〕马克思：《普斯库亨（假冒的〈漫游时代〉）》，《马克思恩格斯全集》（第40卷），中央编译局译，北京：人民出版社，1982年版，第657页。

② 〔德〕威廉·李卜克内西：《忆马克思》，《回忆马克思恩格斯》，马集译，北京：人民出版社，1973年版，第44页。

③ 马克思1865年4月1日在《自白》中写道："您喜爱的诗人——埃斯库罗斯、莎士比亚、歌德。"（见《马克思恩格斯全集》第31卷，人民出版社，1972年版，第588页。）

④ 据笔者统计，马克思引用《浮士德》近60处，在其引用的单篇文学作品中最多。

⑤ "任何理论都是灰色的，唯有事业才是常青"，原句为："灰色是一切的理论，只有人生的金树长青。"见郭译《浮士德》（第一部）95—96页。信件引文见〔德〕马克思：《马克思致恩格斯》，《马克思恩格斯全集》（第30卷），中央编译局译，北京：人民出版社，1975年版，第281页。

时的学科大肆嘲弄。他希望学生不要拘泥于各种医学理论，而要提高实际技能："灰色是一切的理论，只有人生的金树长青"①。马克思对其进行了改编，表明自己多年来依靠恩格斯的资助，自己却未外出工作赚钱的歉疚。

《浮士德》也是马克思论战的工具，马克思经常以之讽刺、打击论敌。在《福格特先生》中，马克思引用《浮士德》诗句，讽刺福格特表述的前后矛盾②：

福斯泰夫—福格特说："紧跟着发生的种种事件证实了我的预感。"

怎么，预感？但是福斯泰夫又忘记了，他在前面讲的根本不是什么"预感"，而是得到了"通知"，——得到了关于密谋者的计划的通知，而且通知得颇为详细！而紧跟着发生的种种事件，又究竟是——"你真是想象丰富的天使呀，你！——什么样的事件呢？"③

浮士德十分喜爱甘泪卿的单纯可爱，遂称恋人为"想象丰富的天使"④。福格特在论战中前后矛盾、逻辑混乱，马克思以情人玩笑对此嗤之以鼻，更反衬出福格特造谣污蔑的可笑与可耻，在嬉笑怒骂中瓦解了其攻击。

《浮士德》更是阐述马克思政治经济学观点的得力助手。这主要体现在《1844 年经济学哲学手稿》中，马克思对货币的本质进行说明：

"货币，因为具有购买一切东西、占有一切对象的特性，所以是最突出的对象。货币的这种特性的普遍性是货币的本质的万能；所以它被当成万能之物。货币是需要和对象之间、人的生活和生活资料之间

① 〔德〕歌德：《浮士德（第一部）》，郭沫若译，北京：人民文学出版社，1978 年版，第 95—96 页。

② 这里，马克思充满讽刺意味地将莎士比亚戏剧中的著名人物福斯泰夫作为福格特的别名。

③ 〔德〕马克思：《福格特先生》，《马克思恩格斯全集》（第 14 卷），中央编译局译，北京：人民出版社，1964 年版，第 455 页。

④ 〔德〕歌德：《浮士德（第一部）》，郭沫若译，北京：人民文学出版社，1978 年版，第 186 页。

的牵线人……

　　'什么浑话！你的脚，你的手，

　　你的屁股，你的头，这当然是你的所有；

　　但假如我能够巧妙地使用，

　　难道不就等于是我的所有？

　　我假如出钱买了六匹马儿，

　　这马儿的力量难道不是我的？

　　我驾驭着它们真是威武堂堂，

　　真好像我生就二十四只脚一样。'"①

　　为了说服浮士德签订赌约，魔鬼靡非斯特向浮士德灌输及时行乐的思想。他以马匹为例，指出只要占有了马匹，自己就像长了二十四条腿一样，从此拥有纵横驰骋的能力。马克思以此表明货币可以改变购买者的本质力量，指出如果拥有了足够多的货币，人就能够最大程度地改变个人的本质：

　　"凡是我作为人所不能做到的……我依靠货币都能做到。因而货币把每一种本质力量……变成它的对立物"②。

　　如果货币能够购买到爱、信任、坚贞等优秀品质，就可能出现"冰炭化为胶漆，仇敌互相亲吻"③的可怕场景。这时，货币将会成为人类的主人。在靡非斯特的帮助下，马克思分析了货币统治人类的原因，揭示出货币拜物教的本质。同时，马克思也注意到货币世界中人文精神的失落，并对此表示担忧。

　　马克思多年沉浸于《浮士德》的理想世界，早已将其精髓化为内

①〔德〕马克思：《1844年经济学哲学手稿》，《马克思恩格斯全集》（第42卷），中央编译局译，北京：人民出版社，1979年版，第150—151页。

②〔德〕马克思：《1844年经济学哲学手稿》，《马克思恩格斯全集》（第42卷），中央编译局译，北京：人民出版社，1979年版，第154页。

③〔德〕马克思：《1844年经济学哲学手稿》，《马克思恩格斯全集》（第42卷），中央编译局译，北京：人民出版社，1979年版，第155页。

在生命。马克思高度赞赏甘泪卿，就是因为她与妻子燕妮的优秀品质多有相似，而两位女性的人文精神，对马克思的人文追求显然有所触动与启示。在漫长的斗争生涯中，马克思经历了远较浮士德更为险恶的磨难，对浮士德精神实行了继承和超越，实现了更为深刻的精神蜕变，得以在更高层面上实践人文主义理想。

第一节　马克思人文精神世界中的"女英雄"
——燕妮与甘泪卿的比较

马克思终生敬仰普罗米修斯①与斯巴达克②，前者从宙斯手中盗取火种为人类造福，后者以抵抗侵略与反抗暴政而著名。如果说这两位英雄是名副其实，那么歌德笔下"柔弱"的甘泪卿③被马克思视为"女英雄"则可谓耐人寻味④。马克思的文学观多有现实关切，他对巴尔扎克、莎士比亚等人的评赞即多从现实着眼⑤，马克思对"柔弱"的甘泪卿的推崇也并非与其生活感触无关。作为其相伴终生的妻子，

---

① 马克思曾在博士论文中引用普罗米修斯的话表明心迹："你好好听着，我绝不会用自己的痛苦/却换取奴隶的服役：/我宁肯被缚在崖石上，/也不愿作宙斯的忠顺奴仆。"马克思高度赞扬其英雄行为："普罗米修斯是哲学日历中最高尚的圣者和殉道者"。（见《马克思恩格斯全集》第 40 卷第 190 页。）

② 马克思《自白》中写道："您喜爱的英雄——斯巴达克"。（见《马克思恩格斯全集》第 31 卷第 588 页。）马克思在 1861 年 2 月 27 日写给恩格斯的信中写道："斯巴达克是整个古代史中最辉煌的人物。一位伟大的统帅，高尚的品格，古代无产阶级的真正代表。"（参见《马克思恩格斯全集》第 30 卷第 159 页。）

③ 为与《马克思恩格斯全集》第一版保持一致，本节所据《浮士德》为郭沫若译本（人民文学出版社，1978）。郭译《浮士德》最早由上海创造书社 1928 年出版，解放后重印时仅修订一些错误。为论述方便，笔者将原译本诗体格式改为散文体。

④ 1865 年 4 月 1 日，马克思在《自白》中回答相关提问时写道："您喜爱的优点：女人——柔弱；您喜爱的女英雄——甘泪卿。"（参见《马克思恩格斯全集》第 31 卷第 588 页。）

⑤ 马克思称赞巴尔扎克"对现实关系具有深刻理解"。（参见《马克思恩格斯全集》第 25 卷第 47 页。）马克思建议拉萨尔在创作中多关注现实，"更加莎士比亚化"，不要"把个人变成时代精神的单纯的传声筒"。（参见《马克思恩格斯全集》第 29 卷第 573—574 页。）

燕妮的温柔善良、忠贞虔诚、奉献牺牲等性格与甘泪卿多有类似。恩格斯就曾评赞燕妮是"以使别人幸福为自己的最大幸福的妇女"①。在长期的流亡生涯中，马克思始终以顽强的意志英勇斗争，这与其坚贞的人文精神密不可分。这其中既有文学人物甘泪卿的影响，更有妻子燕妮的牺牲精神默默推动。

本节试将甘泪卿与燕妮作比较，以讨论马克思何以视文学人物甘泪卿为"女英雄"的原因，分析甘泪卿对马克思人文精神可能存在的启示，并期望由此对马克思的女性观与古典文学观有所新认知。②

一、"精神力量不比马克思差"的女性

甘泪卿与燕妮，前者是小家碧玉，后者是大家闺秀，二人的家庭背景、教育程度、生活际遇、精神追求等可谓迥异，但她们具有美丽可爱、温柔善良、忠贞虔诚、奉献牺牲等性格特征，都具备独特魅力。

在《浮士德》中，甘泪卿给我们的第一印象即是其美丽的外表。她甫一出现，即引起浮士德的注意。虽是初次相见，浮士德竟冒失而冲动地问道："美貌的小姐，我可不可以挽着手儿把你送回府去？"初出书斋的浮士德对甘泪卿啧啧赞叹："这孩子真是美貌呀，上有青天！

---

① 〔德〕弗·梅林：《马克思传》，樊集译，北京：人民出版社1965年版，第653页。

② 据笔者调查，国内外国文学史教材对甘泪卿或存而不论（参见杜宗义主编《新编外国文学教程》，中国人民大学出版社2003年版；刘炳范等编著《外国文学史》，山东大学2000年版；〔英〕约翰·德林瓦特：陈永国等译《世界文学史》，北京大学出版社2011版；毛信德等主编《外国文学史教程》，浙江大学出版社2007年版）；或简单提及其性格特点："贫穷、善良"，"带有宗教式谦卑"（郑克鲁主编《外国文学史》，高等教育出版社，2006年版，第146页）；"要求个性解放的柔弱的牺牲者"，"随遇而安，单纯而朴实，笃信宗教"（朱维之等编著：《外国文学简编》欧美部分，中国人民大学出版社，1999年版，第146页）；"眼界狭窄，安于现状"，"纯洁、善良、忠贞"，"没有反抗的勇气"（匡兴等主编《外国文学史》（讲义·上册），北京师范大学出版社，1996年版，第223页。）；"美丽""善良""纯洁"（陈应祥等主编《外国文学》，山西人民出版社，1985年版，第287—288页）。迄今对甘泪卿的专门研究较少，已有的研究也多强调其柔弱善良等美德。（参见刘敏《甘泪卿悲剧的意义》，《国外文学》1998年第1期。）

这般可喜娘我从来不曾看见。"① 与美丽如影随形的是甘泪卿的温婉性格，甘泪卿不仅仅是浮士德心目中的美貌"天仙"②，其纯洁可爱也令其痴迷。当甘泪卿悲叹自己不够聪明时，浮士德说她的单纯、谦恭"才是自然所赋予的至上的精神"③。在浮士德看来，甘泪卿的可爱也异常迷人，她对浮士德欲拒还迎的复杂矛盾心态显得"好可爱"④，其"投散花瓣"来占卜恋情，也是纯情少女的举动⑤。当虔诚的甘泪卿与浮士德认真探讨宗教信仰时，也被浮士德称作"你真是有趣呀！可爱的姑娘！"⑥ 甘泪卿以其美丽与温婉，在浮士德心目中占据了至高无上的地位，他对靡菲斯特说道："没有一件装饰品，一颗戒指，能把我那可爱的情人装饰。"⑦ 甘泪卿的可爱性情，甚至让阴郁的魔鬼也吐露心曲："你真是位可爱的少女"⑧。美丽可爱的甘泪卿令浮士德爱屋及乌，当他偷偷溜进甘泪卿的闺房时，一度意乱情迷，浮想联翩，流连忘返⑨。

燕妮也是美丽温柔又体贴的女性。1862年12月，马克思回到妻子燕妮的旧居，陈旧的家居摆设成为马克思最为珍视的宝物，因为它们

---

① 〔德〕歌德：《浮士德》（第一部），郭沫若译，北京：人民文学出版社，1978年版，第130页。

② 〔德〕歌德：《浮士德》（第一部），郭沫若译，北京：人民文学出版社，1978年版，第132页。

③ 〔德〕歌德：《浮士德》（第一部），郭沫若译，北京：人民文学出版社，1978年版，第162页。

④ 〔德〕歌德：《浮士德》（第一部），郭沫若译，北京：人民文学出版社，1978年版，第166页。

⑤ 〔德〕歌德：《浮士德》（第一部），郭沫若译，北京：人民文学出版社，1978年版，第166—167页。

⑥ 〔德〕歌德：《浮士德》（第一部），郭沫若译，北京：人民文学出版社，1978年版，第185页。

⑦ 〔德〕歌德：《浮士德》（第一部），郭沫若译，北京：人民文学出版社，1978年版，第197页。

⑧ 〔德〕歌德：《浮士德》（第一部），郭沫若译，北京：人民文学出版社，1978年版，第151页。

⑨ 〔德〕歌德：《浮士德》（第一部），郭沫若译，北京：人民文学出版社，1978年版，第135—137页。

见证了燕妮的青春时代："它比所有的罗马古迹都更吸引我，因为它使我回忆起最幸福的青年时代，它曾收藏过我最珍贵的瑰宝。此外，每天到处总有人向我问起从前'特利尔最美丽的姑娘'和'舞会上的皇后'。做丈夫的知道他的妻子在全城人的心目中仍然是个'迷人的公主'，真有说不出的惬意。"① 燕妮的温柔优雅也令马克思的朋友们难以忘怀，威廉·李卜克内西②流亡伦敦时，曾多次拜访马克思一家，他称赞燕妮是一位"美丽、高贵和聪明的妇人"，而且"像母亲和姐姐一样"关心他，使他在流亡生活中活了下来③。马克思的父亲注意到燕妮对儿子的体贴关心，他在给马克思的信中写道："这个善良的、招人喜欢的姑娘一直在受痛苦的折磨。——她生怕会对你不利，会使你过分劳累，等等，不一而足。"④

美丽温柔的甘泪卿也是一位勤劳贤惠的女性。《浮士德》中提到，甘泪卿身为长女，从小就承担了料理家务的重任："家里没有女工；炊爨，洒扫，针黹，从早到晚没有休息。"⑤ 除此之外，甘泪卿还担负起更为辛苦的抚养妹妹的重任："是我把她抚大，她很爱我。她是我爹爹的一个遗腹。那时候我妈妈害了重病，真真是可以说死里重生，妈好得很慢，渐渐地才恢复转来。那时候当然不能够喂奶，是我一个人用牛奶和水养活了我那可爱的妹妹。"⑥ 其间辛苦可想而知，"小妹妹的

① 〔德〕马克思：《马克思恩格斯全集》（第30卷），中央编译局译，北京：人民出版社，1975年版，第640页。
② 威廉·李卜克内西（1826—1900），德国和国际工人运动活动家，共产主义者同盟盟员，第一国际会员。1869年与倍倍尔共同创立德国社会民主党。
③ 〔德〕威廉·李卜克内西：《忆马克思》，《回忆马克思恩格斯》，马集译，北京：人民出版社，1973年版，第53—54页。
④ 〔德〕亨·马克思：《亨·马克思致卡尔·马克思》，《马克思恩格斯全集》（第40卷），中央编译局译，北京：人民出版社，1982年版，第855页。
⑤ 〔德〕歌德：《浮士德》（第一部），郭沫若译，北京：人民文学出版社，1978年版，第162页。
⑥ 〔德〕歌德：《浮士德》（第一部），郭沫若译，北京：人民文学出版社，1978年版，第163页。

摇篮晚上是放在床边：摇篮动摇一下，我立刻便可以醒转；有时要喂奶，有时又抱在旁边睡，有时遇着她啼哭不住，抱起来在房里跳跳蹦蹦地来回，清早起来立地又要浆洗；洗完后才从市上去准备晨炊"①。甘泪卿常年辛劳，却无怨无悔："我带妹妹受了些苦是心甘情愿；但那一切的苦我愿意再受一遍。"② 因为甘泪卿从抚养孩子中领略到母性的伟大，体会到了浮士德所羡慕的"最醇洁的幸福"③："她在我的手里，我的膝上，抱着，跳着，就像我的女儿一样"，"真是可爱呀！"④ 甘泪卿还从长年劳作中得到了其他报偿："我时常是十分疲倦，可是好，因此饭也好吃，觉也好睡。"⑤ 这也是浮士德之类长年蜗居书斋的生涯所向往的。

与甘泪卿一样，燕妮也是勤劳持家的好手。部分原因是由于马克思心中只有工作，对家庭琐事常感厌烦。在 1842 年 7 月 9 日给卢格的信中，马克思这样写道："我绝不是要用谈论这些私人生活中的琐事来麻烦您；社会的肮脏事使一个坚强的人不可能为私事而烦恼，这是真正的幸事。"⑥ 这私事自然是包含家务在内的。1858 年 2 月，马克思在写给恩格斯的信中说道："对有志于社会事业的人来说，最愚蠢的事一般莫过于结婚，从而使自己受家庭和个人生活琐事的支配。"⑦ 同年 7

---

① 〔德〕歌德:《浮士德》（第一部），郭沫若译，北京：人民文学出版社，1978 年版，第 163 页。
② 〔德〕歌德:《浮士德》（第一部），郭沫若译，北京：人民文学出版社，1978 年版，第 162 页。
③ 〔德〕歌德:《浮士德》（第一部），郭沫若译，北京：人民文学出版社，1978 年版，第 163 页。
④ 〔德〕歌德:《浮士德》（第一部），郭沫若译，北京：人民文学出版社，1978 年版，第 163 页。
⑤ 〔德〕歌德:《浮士德》（第一部），郭沫若译，北京：人民文学出版社，1978 年版，第 164 页。
⑥ 〔德〕马克思:《马克思致阿尔诺德·卢格》，《马克思恩格斯全集》（第 27 卷），中央编译局译，北京：人民出版社，1972 年版，第 428—429 页。
⑦ 〔德〕马克思:《马克思致恩格斯》，《马克思恩格斯全集》（第 29 卷），中央编译局译，北京：人民出版社，1972 年版，第 274 页。

月，马克思继续向恩格斯诉苦："这种处境再也不能忍受下去了……我完全不能工作……由于家务杂乱而且也许由于我的健康状况恶化而使我的抽象思维能力衰退。"① "我在泥沼中已经挣扎了八个星期，而且，由于一大堆家务琐事毁灭了我的才智，破坏了我的工作能力，使我极端愤怒；像这样的泥沼，甚至是我最凶恶的敌人，我也不希望他在其中跋涉。"② 马克思潜心于学术研究，无法承担家务，而且多年不分昼夜地工作，使其个人生活"极度没有条理……他极少清洗、修饰、换衣服……没有固定的作息时间。常常通宵达旦，然后中午就和衣躺在沙发上，一直睡到晚上，整个世界的运转都打扰不了这个房间"③。燕妮的麻烦可想而知，然而，与甘泪卿类似，她也是自愿承担起这些家庭责任的，她还对丈夫全力以赴的工作表示赞赏。当马克思冲破重重阻力出版了六期《新莱茵报·政治经济评论》④ 后，燕妮称赞丈夫"由于自己的毅力"，能够超然于时刻都在"最恼人地"干扰着他的生活琐事⑤。考虑到燕妮是出身于贵族家庭及马克思长期的经济窘迫，她辛勤操持家务就更显难能可贵。因此，梅林所谓燕妮"从小娇生惯养，不是总能像一个饱经风霜的无产者妇女那样来应付日常生活上的微小困难"，没有帮助减轻马克思生活上的重担⑥，就有些求全责备了。

　　更值得注意的是，甘泪卿与燕妮身上还拥有令人钦佩的英雄气概。甘泪卿为了维持家庭，长年辛劳，忍辱负重；为了追寻真爱，背叛家

① 〔德〕马克思：《马克思致恩格斯》，《马克思恩格斯全集》（第29卷），中央编译局译，北京：人民出版社，1972年版，第326页。
② 〔德〕马克思：《马克思致恩格斯》，《马克思恩格斯全集》（第29卷），中央编译局译，北京：人民出版社，1972年版，第330页。
③ 〔英〕麦克莱伦：《卡尔·马克思传》，王珍译，北京：中国人民大学出版社，2005年版，第255页。
④ 1850年，马克思和恩格斯在伦敦合办《新莱茵报·政治经济评论》，对1848年欧洲革命进行总结，对新形势进行分析，进一步研究党的策略。《评论》共出6期，1850年11月底停刊，马恩为其主要撰稿人，。
⑤ 〔德〕弗·梅林：《马克思传》，樊集译，北京：人民出版社1965年版，第244页。
⑥ 〔德〕弗·梅林：《马克思传》，樊集译，北京：人民出版社1965年版，第12页。

庭，反抗传统。这些经历都足以表明她具有超出常人的勇敢坚韧的英雄品质。甘泪卿的这种气质在其面对死亡时表现得最为明显。我们看到，因不慎害死母亲而入狱的甘泪卿罹患疾病，又经丧子之痛，处于崩溃边缘。然而，当她看到前来营救的浮士德时，首先要做的却是确认爱是否还在，当她亲吻浮士德而后者"嘴唇冰冷，全不作声"① 时，甘泪卿敏感地意识到爱情已经变了。那曾经令其疯狂陷自己于不孝不义境地的爱情既已消失，甘泪卿也再无生念，她绝望地说道："究竟往哪儿去了呀，你的爱情？"② 她开始回避浮士德，当后者强行抱住她离开监狱时，"从前是什么事情都顺从"③ 的甘泪卿竟反抗道："你丢手罢！不！我不服从你的暴力。"④ 显然，甘泪卿的赴死之心已决，其毁灭自我的心态正如伯曼所言，"其中也存在着某种不寻常的英雄气概"⑤。甘泪卿一向温顺，其自小就在母亲与哥哥的监护下失去自主性。为了追寻爱情，甘泪卿努力摆脱家庭的羁绊，置世俗的陋习于不顾，而在反抗家庭与传统之后，她最终又反抗了无爱的情人。这一选择虽有无奈，却是主动与自觉，甘泪卿从此不再是唯情人是从的依附者形象，她有了自主性。也就是说，甘泪卿从此再也不是从前那个中世纪小市民家庭的女儿，再也不是传统与外界的牺牲品，"她是一个依据其自己权利的悲剧主人公。她的自我毁灭是自我发展的一种形式，与浮

---

① 〔德〕歌德：《浮士德》（第一部），郭沫若译，北京：人民文学出版社，1978 年版，第 246 页。

② 〔德〕歌德：《浮士德》（第一部），郭沫若译，北京：人民文学出版社，1978 年版，第 247 页。

③ 〔德〕歌德：《浮士德》（第一部），郭沫若译，北京：人民文学出版社，1978 年版，第 251 页。

④ 〔德〕歌德：《浮士德》（第一部），郭沫若译，北京：人民文学出版社，1978 年版，第 250 页。

⑤ 〔美〕马歇尔·伯曼：《一切坚固的东西都烟消云散了——现代性体验》，徐大建、张辑译，北京：商务印书馆，2013 年版，第 74 页。

士德的自我发展一样真实"①。甘泪卿身上体现出的自主追求与牺牲精神，特别是其最后时刻坚决赴死的选择，都体现出令人肃然起敬的英雄气概。

　　燕妮出身贵族家庭，但是"精神力量不比她的丈夫差"②。在两人四十年的共同生活中，燕妮历经驱逐抓捕、多次搬家、长年穷困、先后失去四个孩子、疾病缠身等磨难，却始终坚韧顽强、积极乐观。1849 年，马克思倾注许多心血的《新莱茵报》被迫停刊，燕妮毫不灰心，给予丈夫积极的鼓励："我们现在所感到的一切压力只是预示了我们的思想即将到来的胜利和更彻底的胜利。"③ 1851 年前后，燕妮成为马克思的助手，秘书工作十分辛苦，"抄写又抄写，直到手指酸痛……这是一种多么忙乱的生活啊！"④ 然而，辛苦的秘书工作却成为她最快乐的享受："坐在卡尔小房间里转抄他那了草不清的文章的那些日子，是我一生最幸福的时刻。"⑤ 1852 年 9 月，马克思在给恩格斯的信中透露了家庭的困窘："我的妻子病了……医生，我过去不能请，现在也不能请，因为我没有买药的钱。八至十天以来，里家吃的是面包和土豆，今天是否能够弄到这些，还成问题……我连读报用的便士也没有一个。"⑥ 在这种极端窘迫的情势下，马克思仍要进行"科伦共产党人案

---

① 〔美〕马歇尔·伯曼：《一切坚固的东西都烟消云散了——现代性体验》，徐大建、张辑译，北京：商务印书馆，2013 年版，第 74 页。

② 〔德〕弗·梅林：《马克思传》，樊集译，北京：人民出版社1965 年版，第 378 页。

③ 〔英〕麦克莱伦：《卡尔·马克思传》，王珍译，北京：中国人民大学出版社，2005 年版，第 204 页。

④ 〔德〕马克思、恩格斯：《马克思恩格斯书信选集》，刘潇然等译，北京：人民出版社，1962 年版，第 65—66 页。

⑤ 〔德〕燕妮·马克思：《动荡的生活简记》，《回忆马克思恩格斯》，马集译，北京：人民出版社，1973 年版，第 148 页。

⑥ 〔德〕马克思：《马克思致恩格斯》，《马克思恩格斯全集》（第 28 卷），中央编译局译，北京：人民出版社，1973 年版，第 126—127 页。

件"① 的申诉，但是"在这场斗争中他和他那坚强的妻子都忘记了家计的艰难"②。燕妮也参与到这项申诉工作："由于必须从这里提出证据，证明这一切都是捏造，我的丈夫不得不夜以继日地工作……我也参加了这项工作。"③ 由于生活的困苦，燕妮先后失去四个孩子④，面对如此巨大的打击，燕妮终于以其坚韧的意志挺了过来。晚年，她曾这样安慰失去两个孩子的友人："这种事情是多么沉重，在这样的损失之后需要多么长的时间才能恢复心灵的平衡，这在我是太熟悉了。但是生活却用它那些微小的欢乐和重大的忧虑、日常的琐碎的操心事和微小的烦恼帮了我们的忙……心灵中会逐渐产生对新的痛苦和新的快乐的新的感受力，甚至新的敏感性，于是你就会怀着一颗破碎的同时又充满了希望的心继续生活下去，直到这颗心最后停止跳动而永恒的宁静终于来临为止。"⑤ 命运却剥夺了燕妮最后的永恒安静时刻，它还要对燕妮进行残酷的考验。1878 年左右，燕妮罹患癌症。在家人对不治之症的担心与痛苦中，燕妮仍显现出一贯的乐观与坚强，"以无比坚强的精神力量抑制着自己的痛苦，在家人面前经常做出快乐的样子"⑥。1881 年，在病情严重恶化时，燕妮还坚持到巴黎去看望两个女儿。燕妮在马克思的陪护下"慢慢地沉入睡乡；她的眼睛比平时更加富于表情，更加美丽，更加明亮！"⑦

---

① 1851 年 9 月至 1852 年 2 月，法国与普鲁士警察当局逮捕前共产主义者同盟的部分成员，利用奸细捏造所谓的德法密谋，判处被捕者叛国罪，并试图降罪于马克思与恩格斯领导的共产主义者同盟，后被马克思《揭露科伦共产党人案件》（1852）揭穿。
② 〔德〕弗·梅林：《马克思传》，樊集译，北京：人民出版社 1965 年版，第 278 页。
③ 〔德〕马克思、恩格斯：《马克思恩格斯书信选集》，刘潇然等译，北京：人民出版社，1962 年版，第 65—66 页。
④ 1849 年 11 月，一岁多的格维多死去；1852 年，一岁的女儿弗兰契斯卡夭折；1855 年，燕妮与马克思最喜爱的男孩，9 岁的埃德加尔病死；1857 年 7 月，燕妮生了个死婴。（参见梅林：《马克思传》第 265、274、313、322 页。）
⑤ 〔德〕弗·梅林：《马克思传》，樊集译，北京：人民出版社 1965 年版，第 651 页。
⑥ 〔德〕弗·梅林：《马克思传》，樊集译，北京：人民出版社 1965 年版，第 651 页。
⑦ 〔德〕马克思：《马克思致燕妮·龙格》，《马克思恩格斯全集》（第 35 卷），中央编译局译，北京：人民出版社，1971 年版，第 233 页。

梅林在《马克思传》中动情地写道，燕妮是一位"饱经忧患和艰苦奋斗的妇女"[1]，"具有歌德笔下的人物的那种性格，无论在什么样的精神状态下——从欢乐的日子里的谈笑风生，直到穷困夺去她的孩子而她甚至无能为力为他安置一个像样的坟墓时的悲恸——都是同样真诚的。"[2] 从上文来看，歌德笔下人物与燕妮最为相似的应该就是甘泪卿，而且，李卜克内西对燕妮"高贵"这一评赞也同样适于后者。燕妮与甘泪卿，一真一幻，都具有自主而坚强的牺牲精神。如果说燕妮的"精神力量不比马克思差"，那么甘泪卿的自主反抗则更有超越浮士德精神之处。

二、遭遇"暗礁"的坚贞女性

甘泪卿无意间害死了亲人，又失去了爱情，最终惨死狱中。燕妮虽与马克思相伴终生，却也与马克思一起遭遇通缉、贫困、丧子等苦痛。面对种种生活磨难，两位女性都以坚韧顽强的意志泰然应对。

浮士德终生追求自我完善而不得，永远不知满足地奔走世间。因此，在《浮士德》开篇，我们就看到一个异常烦躁的浮士德，他学识广博，却感到百无一用，安静的书斋在他看来犹如牢笼，在他打算以自杀解脱时，魔鬼靡菲斯特出现了。在魔鬼引领下，浮士德终于走出书斋，投入久违的市民生活，结束了人生第一阶段的知识悲剧时期。在与魔鬼订立契约时，浮士德有一段自白：

"我假如会耍死懒地瘫在床上，那我的一生便已经真正下场！

你能够谄媚着把我引诱，诱引我生出满足的念头，

你能够用享乐来把我欺骗，我的一生便已经真正罢休！"[3]

---

① 〔德〕弗·梅林：《马克思传》，樊集译，北京：人民出版社1965年版，第651页。
② 〔德〕弗·梅林：《马克思传》，樊集译，北京：人民出版社1965年版，第12页。
③ 〔德〕歌德：《浮士德》（第一部），郭沫若译，北京：人民文学出版社，1978年版，第80—81页。

浮士德是个永不满足的追求者，在他看来，生活的最终目的就是发挥自身的一切可能性，对世界不停探索并征服。他并非安心俗世之人，包括爱情在内的各种乐趣都难以令其满足。此时信誓旦旦追求灵性的浮士德，并不清楚其究竟能否超越灵与肉的冲突。浮士德生长于传统小城镇，就在与魔鬼签约前不久，他还故地重游，醉心于故乡的淳朴民风与美丽景致①。可见，浮士德虽然成年后远离世俗躲进书斋，却只是"在理智上离开了自己在其中长大的传统世界，但他的身体仍然在那个世界之中"②，因此，书斋中的浮士德时常感到"无名的痛苦"③：

"我的心境总觉得有一种感情，一种烦闷，寻不出一个名字来把它命名，我便把我的心思向宇宙中驰骋，向一切的最高的辞藻追寻，我这深心中燃烧着的火焰，我便名之为无穷，为永远，永远，这难道是一种魔性的欺骗？"④

面对无名苦闷的纠缠，浮士德以精神追求来取代，却始终无法熄灭心中的火焰，压抑欲望反而导致了欲望的炽烈。所以，备受煎熬的浮士德离开书斋时，立刻释放出世俗的欲望，他放下了多年的道德修养，引诱并最终俘获了少女的芳心。然而，正如伯曼所言，浮士德离开故乡具有不彻底性，他想要挣脱旧世界的束缚，却又在内心深处留恋它。因此，浮士德未必明白，甘泪卿的美丽朴实、天真单纯与忠诚谦逊等令其痴迷的东西，正是其生活过的传统世界最为吸引人之处。面对迷人的温柔乡与激荡人心的理想，浮士德陷入两难境地，内心开始剧烈地挣扎：

"我不是一个流氓？一个浪子？一个无目标无宁息的匪徒？如像山

---

① 参见《浮士德》第一部第41—50页。

② 〔美〕马歇尔·伯曼：《一切坚固的东西都烟消云散了——现代性体验》，徐大建、张辑译，北京：商务印书馆，2013年版，第66页。

③ 〔德〕歌德：《浮士德》（第一部），郭沫若译，北京：人民文学出版社，1978年版，第23页。

④ 〔德〕歌德：《浮士德》（第一部），郭沫若译，北京：人民文学出版社，1978年版，第158页。

头瀑布在崖上飞奔，狂贪地，飞向那无穷的深潭？而她怀着幼稚的童心，住家在阿尔普斯山边，家中所有的事务，在一个小天地里局限。而我，我神明所不佑的无赖，捉着了岩石，把它打成了粉碎，而我犹未遂心？我定要把她送葬，连她的和平？"①

迷人的甘泪卿毕竟只是旧世界小天地里的幻影，无法满足浮士德飞升的理想。可悲的是，浮士德意识到了自己的危险心理，却无法阻止其运转。作为致力于精神升华的学者，浮士德不可能在二人世界里长久停留，但他又无力抗拒爱情的诱惑。因此，浮士德对甘泪卿的追求，其出发点虽然未必不是真情，最终却只能给其带来伤害。甘泪卿作为浮士德的美丽乡愁，如同传统小城镇必将被追逐梦想的人们抛弃一样，也终被浮士德抛弃。纠缠浮士德终生的两种内心精神的冲突②，导致浮士德终生不得欢愉，也摧毁了甘泪卿的幸福安宁。

甘泪卿作为普通市民，她未必明白爱情悲剧的必然，有教养的燕妮却对其爱情风险有所体察。与马克思的父亲亨利希③对马克思性格中脱离实际、不安分的一面有所警觉一样④，燕妮早在二人未订婚时，就在写给马克思的信中表明了这种担心：

---

① 〔德〕歌德：《浮士德》（第一部），郭沫若译，北京：人民文学出版社，1978 年版，第 177 页。

② 浮士德对此冲突已有察觉，他对学生瓦格纳说道："有两种精神居住在我们心胸，一个要想同另一个分离！一个沉溺在迷离的爱欲之中，执扭地固执着这个尘世，别一个猛烈地要离去凡尘，向那崇高的灵的境界飞驰。"（参见《浮士德》（第一部）第 54—55 页。）

③ 亨利希·马克思（1782—1838），卡尔·马克思的父亲，德国特利尔市律师协会主席。

④ 亨利希 1837 年 3 月给马克思的信中写道："你的心是否和你的智慧、你的才能相称？——有你的心里有没有能够给予那个生活在痛苦中的多愁善感的人以慰藉的那些世俗的、然而非常温柔的感情？……在你心里活着并主宰一切的那个魔鬼……是天上的还是浮士德式的？你对真正人的家庭的幸福有一颗敏感的心吗？"（《马克思恩格斯全集》第 40 卷第 858 页）显然，亨利希"对儿子性格中某种像大理石一般坚硬的东西"感到忧虑与恐惧。（参见梅林《马克思传》第 7 页。）歌德《浮士德》第一部分出版于 1808 年，第二部分出版于 1832 年，亨利希有可能看过歌德所著《浮士德》第一部分，那么马克思心中的"魔鬼"，可能是歌德笔下浮士德式的，即不满足于现状，不断追求精神完善等。"天帝：人们的精神总是易于弛靡，动辄贪爱着绝对的安静；我因此才造出恶魔，以激发人们的努力为能。"（参见《浮士德》第一部第 17—18 页。）

"我不能保有你现在这种带有青春狂热的爱情这一点，我从一开始便知道了，还是在有人向我冷静、巧妙而理智地分析之前，我就深深地感受到了。一旦你那火热的爱情消失了，你变得冷漠而矜持时，我的命运就会越可怕……正因为这样，卡尔，你的爱情并没有从我身上得到它实际要得到的东西……所以，我常常提醒你注意一些其他的事，注意生活和现实，而不要像你所喜欢做的那样整个地沉浸、陶醉在爱的世界里，耗费你的全部精力，忘却其余的一切，只在这方面寻找安慰和幸福。"①

燕妮当初就意识到马克思的激情难以保障爱情的持续，像甘泪卿一样，燕妮也总觉得自己不能满足恋人的需求②。由于燕妮是放弃了贵族家庭而选择这段感情的，其幸福已完全维系于马克思，后者的"不现实"性格便加深了她的忧虑。

燕妮的担心不无道理，因为马克思与浮士德都有超越世俗的追求，爱情永远不会成为他们的唯一追求。浮士德以灵魂为赌注与靡菲斯特签约，历经求爱者、政客和社会实践者数种身份，最终在改造自然的过程中辞世。与浮士德最后阶段为人民幸福而奋斗相比，马克思的追求更加一贯。马克思的"皮肤不够厚"，不能把背向着"苦难的人间"③，梅林赞扬道："从来没有人比卡尔·马克思做过更多的铲除'人间忧患'根源的工作。他在大海上的航行总是充满了风险……虽然他的旗帜永远骄傲地飘扬在桅杆上，但船上的生活无论对于船员或对于船长来说都不是轻松安宁的"④。与浮士德的另一不同之处在于，马

---

① 〔德〕马克思：《燕妮·冯·威斯特华伦致卡尔·马克思》，《马克思恩格斯全集》（第40卷），中央编译局译，北京：人民出版社，1982年版，第892页。

② 甘泪卿担忧自己与浮士德的交往："他那样的人才表表，他有什么不知，什么不晓！我在他的面前真是害羞……我这么个可怜的蠢孩子，不知道怎么会使他满意。"〔参见《浮士德》（第一部）第170页。〕

③ 〔德〕弗·梅林：《马克思传》，樊集译，北京：人民出版社1965年版，第22页。

④ 〔德〕弗·梅林：《马克思传》，樊集译，北京：人民出版社1965年版，第22—23页。

克思一生遭受了异常艰辛的磨难，并终身致力于科学社会主义事业。马克思明确表示："不管遇到什么障碍，我都要朝着我的目标前进，而不让资产阶级社会把我变成一架赚钱的机器。"① 这表明，马克思的选择源自其内心的真实情感，他自愿选择了普罗米修斯式的殉道者角色。而燕妮在预见到生活的坎坷后仍选择了马克思，表明她是自愿选择了这种生活，并为之奉献了一切。马克思曾对未来的女婿拉法格说过："我已经把我的全部财产献给了革命斗争。我对此一点不感到懊悔。相反的，要是我重新开始生命的历程，我仍然会这样做，只是我不再结婚了。既然我力所能及，我就要保护我的女儿不触上毁灭她母亲一生的暗礁。"②

　　燕妮与甘泪卿在遭遇生活的"暗礁"后，都做出了牺牲。两位女性的坚守承担与奉献，洋溢着人文主义精神气息，这想必也是马克思最为珍视甚至不无歉疚的。

三、"柔弱"的女英雄与人文精神

　　从《少年维特的烦恼》中美丽的绿蒂，到《维廉·麦斯特的学习时代》中完美的娜塔莉亚，以及《亲和力》中善良的奥蒂莉③，歌德一生塑造了大量女性形象，她们虽然各具特色，却都与《浮士德》中甘泪卿有着类似的性格：纯洁高尚，温柔美丽，没有过人才智，富有奉献精神。马克思在《自白》中表明其喜爱的女性的优点则是"柔弱"。歌德与马克思的喜好似乎有男性中心之倾向，而甘泪卿与燕妮则分别满足了他们对女性的期望。然而，比较甘泪卿与燕妮却使我们发

---

① 〔德〕弗·梅林：《马克思传》，樊集译，北京：人民出版社1965年版，第291页。
② 〔德〕马克思：《马克思致保尔·拉法格》，《马克思恩格斯全集》（第31卷），中央编译局译，北京：人民出版社，1972年版，第521页。
③ 本节所引三位女性的译名均采用人民文学出版社1999年版，前两者见杨武能等译《歌德文集》第6卷，后者见冯至等译《歌德文集》第2卷。

现，马克思心仪的女性的"柔弱"，实在是有着坚贞高贵的优秀品质。两位女性在追求爱情时充满勇气，尤其是在承受生活苦难时又彰显出坚贞和坚韧，都表现出自主超俗的意志和无私奉献的精神，这正是人文主义精神的价值所在。布洛克在《西方人文主义传统》中即反复强调，人文主义即关注人的需求、潜能与品质等，其明确指出："人类在自信心、承受力、爱情、勇气方面能够达到的非凡的高度……是人文主义传统的核心。"①

这种人文主义精神鲜明表现在两人对爱情的追求上。前文提及，甘泪卿代表了中世纪传统小城镇的魅力：虔诚、纯洁、服从……这也是其令浮士德痴迷的主要原因。同时，她也具有人文主义的追求。她虽然忌惮上帝的威力，却依然与并非基督教徒的浮士德相恋生子，她的求爱经历显示出其对上帝权威的反抗。甘泪卿敬畏母亲，却为了与恋人在家幽会而将其麻醉，无意中导致母亲的死亡；她热爱家庭与兄长，却因私生子事件而令家庭蒙羞，这些事件表现出个人自主对西方旧式家庭的反抗。不过，在挣脱旧时代与传统的过程中，甘泪卿更多表现出传统与新思想融于一体的特点：她大胆追求爱情，反抗上帝与家庭旧观念，却最终在上帝面前忏悔认罪并甘愿受罚。在失去浮士德的爱之后，她执意赴死，则表明她仍束缚在从一而终的旧思想和旧制度中。即便如此，在歌德的时代，甘泪卿应该堪称是最具"女英雄"气质的形象。燕妮对爱情的追求也充满勇气，作为高官贵族的女儿，燕妮身边围绕许多爱慕者，如马克思所言，她为爱情"进行了极其激烈的、几乎摧毁了她的健康的斗争"②。燕妮最终冲破重重阻力选择了马克思，并为之甘愿承担牺牲。或许我们可以说，相对于歌德笔下的

---

① 〔英〕布洛克：《西方人文主义传统》，董乐山译，北京：三联书店，1997年版，第164—165页。
② 〔德〕马克思：《马克思致阿尔诺德·卢格》，《马克思恩格斯全集》（第27卷），中央编译局译，北京：人民出版社，1972年版，第441—442页。

甘泪卿，燕妮堪称是马克思时代的"女英雄"。

燕妮与甘泪卿的人文主义精神还表现在对宗教的抗争上。甘泪卿曾经是个十分虔诚的基督徒，教会是其生活的重要组成部分。当浮士德与靡菲斯特在街上遇到甘泪卿时，"她才从教父处走回"，而且，纯洁的甘泪卿是"白无罪过地在那儿忏悔"①。面对闺房中浮士德瞒着她而放置的珠宝，甘泪卿虽有些不舍，却仍在母亲建议下将"不义之财"悉数交给教堂②。在与浮士德约会时，甘泪卿最为在意的也是恋人的信仰："你说罢，你对于宗教是怎样？你真真是一位很好的男子，不过我想，你好像没有信仰。""人是不得不信仰！"③ 信仰是甘泪卿生活中最为严肃的头等大事，以至于她在与浮士德探讨信仰问题时，表现出少有的主动："你怕也不敬仰那神圣的晚餐？"浮士德含混地说："我敬仰的。"她马上说道："但只是出于习惯。你许久不做'弥撒'，许久不去忏悔。你信仰上帝么？"④ 最后，甘泪卿作出评判："你不是基督信徒。"⑤ 虔诚的甘泪卿赢得了浮士德的尊重，浮士德驳斥魔鬼时说道："你那里晓得哟，瘟神，一个诚实可爱的灵魂，充满着她的信心，这信心使她自己安宁，她深怕她最爱的人走入邪径，所以她十分关心。"⑥ 甘泪卿的虔诚甚至让魔鬼也产生了畏惧："这样的人我是不能支配"⑦；

---

① 〔德〕歌德：《浮士德》（第一部），郭沫若译，北京：人民文学出版社，1978年版，第131页。

② 〔德〕歌德：《浮士德》（第一部），郭沫若译，北京：人民文学出版社，1978年版，第143页。

③ 〔德〕歌德：《浮士德》（第一部），郭沫若译，北京：人民文学出版社，1978年版，第182页。

④ 〔德〕歌德：《浮士德》（第一部），郭沫若译，北京：人民文学出版社，1978年版，第183页。

⑤ 〔德〕歌德：《浮士德》（第一部），郭沫若译，北京：人民文学出版社，1978年版，第185页。

⑥ 〔德〕歌德：《浮士德》（第一部），郭沫若译，北京：人民文学出版社，1978年版，第188页。

⑦ 〔德〕歌德：《浮士德》（第一部），郭沫若译，北京：人民文学出版社，1978年版，第131页。

"一到我的面前，她不知怎样，我的面具便表示了内藏；她觉得我完全是种天才，或许也硬是一个妖怪。"① 当甘泪卿意识到自己的罪孽时，曾在苦痛圣母像前真诚忏悔："救我罢！把我从死和耻辱之中救转！"② 但就是这样一位虔诚的信徒，在爱情面前，也抛弃了上帝，毅然投入到情人怀抱。在死亡临近时，她也不再畏惧上帝的惩罚，坦然受死。需要指出的是，甘泪卿对宗教既敬畏又疑惑、既顺从又反抗的矛盾态度正是歌德宗教观的真实展示③。歌德一生都在对基督教的信与疑中纠结，最终在晚年通过甘泪卿大胆实现了对宗教的抗争，也因此赋予其伟大的人文精神。

马克思是坚定的无神论者④，他曾在《黑格尔法哲学批判（导言）》等论著中指出："对宗教的批判是其他一切批判的前提……人创造了宗教，而不是宗教创造了人。"⑤ 其名言"宗教是人民的鸦片"⑥

---

① 〔德〕歌德：《浮士德》（第一部），郭沫若译，北京：人民文学出版社，1978年版，第188页。

② 〔德〕歌德：《浮士德》（第一部），郭沫若译，北京：人民文学出版社，1978年版，第194页。

③ 歌德早年的宗教观可参见其自传《诗与真》（上）（刘思慕译，人民文学出版社1999年版）。歌德早年接受"持续的和日渐高深的宗教教育"，却认为新教教义只是"枯燥无味的道德说教"，"不能诉动人的灵魂，也不能满足人的心意"。他想"直接去接近伟大的自然之神"，却又信服《福音书》（第38—39页）。歌德曾学习希伯来文以研究《旧约》（第122—129页），又认为新教的礼拜仪式太不充实和不够一贯了，不能团结教区的全体教徒（第293页）。该书295—299页有"对于宗教的疑虑"一节，表明歌德对新教的某些仪式有所怀疑。歌德晚年的宗教观可参见《歌德谈话录》（爱克曼辑录，朱光潜译，安徽教育出版社，2006年8月），歌德对自然与宗教同样崇拜，却怀疑"三位一体"学说："我相信上帝，相信自然，相信善必战胜恶，但是某些虔诚的人士认为这还不够，还要我相信三就是一和一就是三，这就违背了我心灵中的真实感，而且我也看不出这对我有丝毫益处。"（第23页）

④ 1824年，马克思在父亲安排下接受基督教洗礼（参见梅林《马克思传》第8页），但其在大学时代之后逐渐成为无神论者。

⑤ 〔德〕马克思：《黑格尔法哲学批判（导言）》，《马克思恩格斯全集》（第1卷），中央编译局译，北京：人民出版社，1956年版，第452页。

⑥ 〔德〕马克思：《黑格尔法哲学批判（导言）》，《马克思恩格斯全集》（第1卷），中央编译局译，北京：人民出版社，1956年版，第453页。

更是广为人知。燕妮本人原初也是基督徒①，却终生支持丈夫的事业，逐渐脱离了教会而献身于共产主义事业。在燕妮的坚持下，女儿劳拉与拉法格举行了非宗教仪式的婚礼②。燕妮甚至连自己的葬礼也坚持"去教会化"，在去世前夕，她曾就丧礼仪式说道："我们不是那种重表面形式的人！"③ 而且在弥留之际，燕妮也没有做宗教弥撒④。

论及燕妮的人文主义精神，还必须提到其莎士比亚研究。燕妮很喜欢莎士比亚，对莎剧表演有过深入系统的思考。因此，当她看到优秀的莎剧演员亨利·厄尔文⑤受到不公正对待时，就于 1875 年至 1877 年间先后写了五篇通讯报道⑥对其声援，这些报道涉及莎剧演出、改编、研究及演员和演出等多方面内容，是莎剧研究的重要资料。在 1875 年的《发自伦敦戏剧界》一文中，燕妮批驳了报界"怨声载道，大发雷霆，百般挑剔"的错误心态⑦，提倡批评不应"拘泥于琐碎和枝节问题"，而应"对莎士比亚作品进行深刻的分析"⑧。燕妮赞扬厄尔文注重人物精神与内心刻画的追求，也对其表演中的语调、发音等

---

① 燕妮的父亲威斯特华伦男爵是新教徒（参见麦克莱伦《卡尔·马克思传》第 12 页），燕妮应当与马克思一样在儿时受洗。燕妮与马克思在新教教堂举行婚礼。参见《卡尔·马克思传》第 63 页。

② 〔英〕麦克莱伦：《卡尔·马克思传》，王珍译，北京：中国人民大学出版社，2005 年版，第 325 页。

③ 〔德〕马克思：《马克思致燕妮·龙格》，《马克思恩格斯全集》（第 35 卷），中央编译局译，北京：人民出版社，1971 年版，第 232 页。

④ 〔英〕麦克莱伦：《卡尔·马克思传》，王珍译，北京：中国人民大学出版社，2005 年版，第 414 页。

⑤ 亨利·厄尔文，真名为约翰·亨利·布罗德里布（1838—1905），英国演员、导演，1878 年起经营"学院"剧院。

⑥ 分别为《发自伦敦戏剧界》（1875.11.21）、《伦敦社交忙季》（1876.4.4）、《英国对莎士比亚的研究》（1877.11.21）、《莎士比亚的〈理查三世〉在伦敦"学园"剧院》（1877.2.8）、《发自伦敦某剧场》（1877.5.25）。（参见卢大中《关于燕妮·马克思撰写的五篇戏剧评论》，《安徽师范大学学报》（哲学社会科学版），1983 年第 4 期。《马克思恩格斯全集》也提到燕妮为声援厄尔文而写的通讯报道（也即本节所提到的相关戏剧评论）。参见《马克思恩格斯全集》（第 34 卷）第 461 页，《马克思恩格斯全集》（第 35 卷）第 234 页。

⑦ 傅俊荣：《马克思夫人燕妮·马克思的评论文章》，《文艺理论研究》1983 年第 1 期。

⑧ 傅俊荣：《马克思夫人燕妮·马克思的评论文章》，《文艺理论研究》1983 年第 1 期。

问题提出建设性批评，显示出客观公允的态度。在 1876 年底的《英国对莎士比亚的研究》中，燕妮热情肯定了在英国"莎士比亚新学会"的努力下，"多年来被遗忘的对伟大诗人的研究工作正在全面恢复"①。在 1877 年 2 月 8 日的《莎士比亚的〈理查三世〉在伦敦"学园"剧院》一文中，燕妮指出自 1700 年以来人们对《理查三世》进行改编所存在的"充斥着哗众取宠的传奇式的动作""又僵又硬""教条"等问题，并真诚赞扬亨利·厄尔文等演员对该剧所做的"抛弃了一切陈规"的成功改编与演绎②。莎士比亚向被视为西方人文主义的重镇，其剧作中对人的自由、幸福的追求，代表了人文主义的典范传统。燕妮对莎剧的喜爱与见识，表明其人文主义追求的自觉意识。

歌德笔下的浮士德在灵与肉的剧烈冲突中，最终选择了前者，在这个意义上，甘泪卿只能是其人生征途中的牺牲品。马克思献身科学研究与社会实践，甘愿成为普罗米修斯式的殉道者，燕妮因此承受被驱逐、流亡、贫穷、丧子等多重磨难。燕妮与甘泪卿所处时代不同，在人文主义观念上有差异，而在生活中均展现出贤惠、坚韧、顽强、英勇等品质，她们都是马克思心目中的女英雄。显然，马克思对甘泪卿的喜爱与尊敬，应该不仅源于文学品味，而且也受到与他同患难的夫人燕妮的影响。

在多年的斗争生涯中，甘泪卿是马克思心目中尊敬的"女英雄"。她为追求真爱而舍弃家庭，抛弃宗教，乃至慷慨赴死，彰显出可贵的人文精神。燕妮则是马克思现实生活中的"女英雄"。无论是家庭生活的料理，还是理论著述的讨论，乃至斗争实践的参与，燕妮都做出了巨大的奉献与牺牲。燕妮出身名门，却为追求真爱而逃离封建贵族家庭；她是大家闺秀，却能俯身从事最为繁重的家务；她是有知识有理

---

① 傅俊荣：《马克思夫人燕妮·马克思的评论文章》，《文艺理论研究》1983 年第 1 期。
② 傅俊荣：《马克思夫人燕妮·马克思的评论文章》，《文艺理论研究》1983 年第 1 期。

想的新女性，却甘愿做马克思理论著述的默默无闻的助手；她面对生活磨难的坚韧意志，乃至对待死亡的乐观豁达，都令人动容；最难能可贵的是，在巨大的生活压力面前，燕妮仍坚持研究莎士比亚，从中获取人文主义营养。马克思在写给亲友的信中，多次表达对燕妮的尊敬与感激，在马克思的人文精神世界中，燕妮朴实无华，却是那片最为明亮的绿叶。

第二节　马克思对浮士德精神的承传与超越

作为马克思最喜爱的三位诗人之一[①]，歌德经常出现在马克思笔下，而其代表作《浮士德》在马克思所引单部文学作品中出现次数最多[②]，涵盖马克思早年诗歌创作、中年政治经济学论著，以及晚年通信等。浮士德历经求知、求爱、从政、审美、事业等悲剧，象征了文艺复兴以来西方知识分子的精神追寻历程，而其表现出的"浮士德精神"则对后世影响十分深远[③]。马克思对《浮士德》十分熟悉，理解深刻，他本人也有与浮士德类似的精神追寻历程。马克思继承了浮士德精神中积极进取、充满仁爱的一面，又对其贪婪自私、迷失于自我情绪等两面性有所超越，更突出了奋斗精神与殉道情怀。

---

① 马克思 1865 年 4 月 1 日在《自白》中写道："您喜爱的诗人——埃斯库罗斯、莎士比亚、歌德。"据《马克思恩格斯全集》第 31 卷，人民出版社，1972 年版，第 588 页。
② 据笔者统计，马克思引用《浮士德》近 60 处，在其引用的单篇文学作品中最多。
③ "浮士德精神"有广义与狭义两种，笔者取狭义。（参见杨武能：《走近歌德》，上海社会科学院出版社，2012 年版第 271 页。）关于"浮士德精神"的内涵及其对后世的影响，可参见杨武能《走近歌德》第 259—277 页。

一、马克思对浮士德精神的承传

歌德生活的时代"在政治和社会方面是可耻的"①。当整个欧洲封建制度趋于崩溃，资本主义势力日渐上升时，德国却仍是落后的封建国家，资产阶级虽有革命要求，却缺乏现实斗争的勇气。不过，这个时代正如恩格斯所言，"在德国文学方面却是伟大的"②。歌德等人在文学作品中表达了资产阶级的诉求，"渗透了反抗当时整个德国社会的叛逆的精神"③。

歌德的"叛逆"始于狂飙突进时期，并且借助了著名的反抗英雄普罗米修斯形象。1774 年，25 岁的歌德在诗歌《普罗米修斯》中，借普罗米修斯之口向代表封建统治的宙斯发起挑战，斥责其"仅仅靠着/供奉的牺牲/和祈祷的声息/保持尊严"，却从未"减轻过背着重荷者的痛苦"④；在《葛兹·冯·伯利欣根》中，歌德塑造了一位背叛骑士阶层，带领人民反抗封建统治的英雄葛兹，以此"向一个叛逆者表示哀悼和敬意"⑤；歌德塑造的著名人物维特，也因其"时代的觉醒者"与"社会的叛逆者"⑥ 特征而被誉为"被钉上了十字架的普罗米修斯"⑦。在《普罗米修斯》结尾，歌德疾呼人类像普罗米修斯一样勇敢地"去

① 〔德〕恩格斯：《德国状况》，《马克思恩格斯全集》（第 2 卷），中央编译局译，北京：人民出版社，1957 年版，第 634 页。
② 〔德〕恩格斯：《德国状况》，《马克思恩格斯全集》（第 2 卷），中央编译局译，北京：人民出版社，1957 年版，第 634 页。
③ 〔德〕恩格斯：《德国状况》，《马克思恩格斯全集》（第 2 卷），中央编译局译，北京：人民出版社，1957 年版，第 634 页。
④ 〔德〕歌德：《普罗米修斯》，《歌德诗集》（下），钱春绮译，上海：上海译文出版社，1982 年版，第 48—49 页。
⑤ 〔德〕恩格斯：《德国状况》，《马克思恩格斯全集》（第 2 卷），中央编译局译，北京：人民出版社，1957 年版，第 634 页。
⑥ 杨武能：《走近歌德》，上海：上海社会科学院出版社，2012 年版，第 52 页。
⑦ 杨武能：《走近歌德》，上海：上海社会科学院出版社，2012 年版，第 61 页。

受苦，去哭泣，去享受，去欢乐"①，这种积极体验世间苦乐的精神与后来的浮士德精神可谓一脉相承②。这样，普罗米修斯式的反抗精神又延续到了歌德的晚期作品。浮士德是歌德的化身③，其不满现状，努力寻求自我精神完善的经历，既是对封建时代的抗争，也包含丰富的人文情怀。马克思正是在这个层面传承了浮士德精神。

浮士德对人类充满仁爱。青年浮士德曾随父亲抗击瘟疫，"在每处的病家走来走去，不知道在当时运出了多少尸骸"④，其不顾个人安危的举动深受乡亲们爱戴。但浮士德却对当年丹药配制的弊病耿耿于怀，经常为自己未能彻底解除人民的疾苦自责。浮士德后来潜心书斋，将包括医典在内的各种知识"努力钻研遍"⑤，与其造福乡邻之念也不无关系⑥。

梅林曾指出，马克思的"皮肤不够厚"，不能把背向着"苦难的人间"。而且，"他对每一种痛苦比别人感受得更强烈，对每一种忧患比别人感受得更深切"⑦。在梅林看来，"从来没有人比卡尔·马克思做

---

① 〔德〕歌德：《普罗米修斯》，《歌德诗集》（下），钱春绮译，上海：上海译文出版社，1982年版，第50页。
② 杨武能在分析歌德诗作《普罗米修斯》时指出，"这种积极体验世间一切苦乐的精神与后来浮士德敢于上天入地和'把人间的苦乐一概承担'的精神，即世人津津乐道的'浮士德'精神，可谓一脉相承。"（见杨武能《走近歌德》，第112—113页。）
③ 此种说法的著名代表为宗白华，他曾明确指出歌德的一生"很像浮士德，在生活进程中获得苦痛与快乐，但没有一个时辰可以使他真正满足"。（见林同华主编《宗白华全集》（卷四），合肥：安徽教育出版社，1994年版，第32—33页。）至于《浮士德》是歌德的精神自传一说，还可参见余匡复《〈浮士德〉——歌德的精神自传》，上海：上海外语教育出版社1999年版。此说现已成为学界共识，在郑克鲁主编《外国文学史》（高等教育出版社，2006）中指出浮士德"在很大程度上是歌德的化身"。"他的追求与歌德的生活经历有许多相似，他追求的性格特征寄寓着歌德自己的生命活力。""其次，浮士德又是西欧近代先进知识分子的象征，……又是人类积极精神的象征，是新兴资产阶级巨人形象的象征。"（第149页）
④ 〔德〕歌德：浮士德（第一部），郭沫若译，北京：人民文学出版社，1978年版，第50页。
⑤ 〔德〕歌德：浮士德（第一部），郭沫若译，北京：人民文学出版社，1978年版，第21页。
⑥ 浮士德的弟子瓦格纳见到老师为当年未曾彻底医治好病人而自责，对他多加劝慰，并指出而今的浮士德已大不同于往日："如今的学问又有加添，将来必定更进一步。"（见《浮士德》（第一部）第52页。）
⑦ 〔德〕弗·梅林：《马克思传》，樊集译，北京：人民出版社，1965年版，第22页。

过更多的铲除'人间忧患'根源的工作"①。马克思的这种慈悲与仁爱精神并非仅仅源于其与生俱来的性情，也源于其人生价值选择。在中学毕业作文中，年仅 17 岁的马克思就选择了为人类献身的事业："如果我们选择了最能为人类福利而劳动的职业，那么，重担就不能把我们压倒，因为这是为大家而献身；那时我们所感到的就不是可怜的、有限的、自私的乐趣，我们的幸福将属于千百万人，我们的事业将默默地、但是永恒发挥作用地存在下去，而面对我们的骨灰，高尚的人们将洒下热泪。"②

　　普罗米修斯对宙斯不满，进而盗取天火拯救人类；浮士德对天神的不满则从对"上帝的话语"——《圣经》的质疑开始。浮士德学富五车，却仍有萦绕于心的"无名的痛苦"③，为了解除痛苦，他尝试从《圣经》中寻求方法。浮士德并非基督徒，持泛神论立场④。他质疑"'心'怎能够创化出天地万汇"，遂将《约翰福音》首句译文从"泰初有道"改作"泰初有为"⑤。浮士德将人类对上帝之"道"的崇拜化作对人类之"为"的信心，颇有将世界权柄转交人类之意。

　　马克思儿时接受基督教洗礼⑥，却在大学时期参加了著名的"博士俱乐部"⑦，"从宗教领域开始展开了对当时的正统思想的攻击"⑧。在随后的《黑格尔法哲学批判（导言)》中，马克思写道，"要实现人民

---

① 〔德〕弗·梅林：《马克思传》，樊集译，北京：人民出版社，1965 年版，第 22 页。
② 〔德〕马克思：《青年在选择职业时的考虑》，《马克思恩格斯全集》（第 40 卷），中央编译局译，北京：人民出版社，1982 年版，第 7 页。
③ 〔德〕歌德：浮士德（第一部），郭沫若译，北京：人民文学出版社，1978 年版，第 23 页。
④ 在与甘泪卿讨论宗教问题时，浮士德总是顾左右而言他，最终表明其泛神论立场。参见《浮士德》（第一部）第 182—185 页。
⑤ 〔德〕歌德：浮士德（第一部），郭沫若译，北京：人民文学出版社，1978 年版，第 61 页。
⑥ 1824 年，6 岁的马克思在父亲安排下接受基督教洗礼。参见梅林《马克思传》第 8 页。
⑦ 博士俱乐部是 1837 年在柏林出现的青年黑格尔派左翼激进分子代表的小组。主要成员有神学讲师布鲁诺·鲍威尔，历史学教员弗里德里希·科布等，马克思也积极参加了俱乐部的活动，该俱乐部在青年黑格尔派运动中起了重要作用。
⑧ 〔英〕麦克莱伦：《卡尔·马克思传》，王珍译，北京：中国人民大学出版社，2005 年版，第 24 页。

的现实的幸福"①必须对宗教展开批判，这样才能使人"建立自己的现实性"②。马克思指出，宗教是"人民的鸦片"，掩盖了人间的痛苦，从根本上说，"人创造了宗教，而不是宗教创造了人"③。这就彻底消除了宗教的神圣与存在的合理性。

浮士德精神中最动人的部分是主人公的积极进取与自强不息。浮士德之所以敢跟魔鬼打赌，是因为他从不满足于现状，其人生信条也只信奉不断进取，除此别无快乐可言。浮士德根本不相信自己会被诱惑打动，因此才自信地说道："我假如会耍死懒地瘫在床上，那我的一生便已经真正下场！你能够谄媚着把我引诱，诱引我生出满足的念头，你能够用享乐来把我欺骗，我的一生便已经真正罢休！……我假如有得那样的一刹那，我对它说：你真美呀，停留一下！……那时候我的寿命便算完了！"④ 在浮士德眼里，世间并没有什么东西能让他停止精神追求的步伐，他始终充满了解世界的热望，却又对已知的一切都不满意："他在景仰着上界的明星，又想穷极着下界的欢狂，无论是在人间或在天上，没一样可满足他的心肠。"⑤ 因此，当他穷尽书本知识，并认识到书本知识的局限之后，就必然将目光转向社会实践："我有敢于入世的胆量，下界的苦乐我要一概承当，我要和暴风奋斗，便是在破舟中也不张皇。"⑥ 与魔鬼签约后，浮士德也发出类似的呼喊："我要跳身这时代的奔波，我要跳身进事变的车轮！苦痛，欢乐，失败，

① 〔德〕马克思：《黑格尔法哲学批判（导言）》，《马克思恩格斯全集》（第1卷），中央编译局译，北京：人民出版社，1956年版，第453页。
② 〔德〕马克思：《黑格尔法哲学批判（导言）》，《马克思恩格斯全集》（第1卷），中央编译局译，北京：人民出版社，1956年版，第453页。
③ 〔德〕马克思：《黑格尔法哲学批判（导言）》，《马克思恩格斯全集》（第1卷），中央编译局译，北京：人民出版社，1956年版，第452—453页。
④ 〔德〕歌德：浮士德（第一部），郭沫若译，北京：人民文学出版社，1978年版，第80—81页。
⑤ 〔德〕歌德：浮士德（第一部），郭沫若译，北京：人民文学出版社，1978年版，第16页。
⑥ 〔德〕歌德：浮士德（第一部），郭沫若译，北京：人民文学出版社，1978年版，第25页。

成功，我都不问；男儿的事业原本要昼夜不停"①。即使浮士德经历人生挫败，面对汹涌的大海时他又鼓起进取之心："波浪……卷来又自卷去，只是空空而回，到底留下了什么足以使我惊骇？不拘束的元素，无目标的力呵！我要策动我的精神，自行振奋；我要斗争，我要克服这种专横。"② 浮士德在此种精神的鼓动下，打算进行一项前无古人的伟大工程，设想"把骄横的海逐离海边，使那斥卤的地带不准更宽"③，浮士德的计划已超出当时的社会生产力范围，也超出了人类的想像，他的雄心令魔鬼都感到震惊。但是，浮士德依然坚持梦想，并在填海造田事业中掌握主动权，不再任由魔鬼摆布，浮士德成为通过大规模改造自然以实现人类新型生活方式的"组织者"与"发展者"，他的宏大事业也标志着人类从封建时代跨入了现代性的大门④。

诗剧最后，浮士德的填海计划失败，他虽然悲伤，却并未心灰意冷。在被"忧愁"吹瞎眼睛前，他对自己人生作了总结："我只匆匆地把世界跑了一遭……人是只须坚定，向着周围四看，这世界对于有为者并不默然。他何须向永恒中去晃荡流连！凡是认识到的便要赶快把握，就这样来把尘世的光阴消遣；即使妖魔现形，他也不改故道，再朝前走会遇到幸福与艰难，总之，他对于这眼前总是不满。"⑤ 浮士德坚信世界属于"有为者"，他们遇到一切困难都能积极应对，最终克服。《浮士德》通篇洋溢积极进取、自强不息的精神，浮士德就是人类积极进取精神的象征，是马歇尔·伯曼笔下充满创造力的时代"发展

① 〔德〕歌德：浮士德（第一部），郭沫若译，北京：人民文学出版社，1978 年版，第 83 页。
② 〔德〕歌德：《浮士德》（第二部），郭沫若译，北京：人民文学出版社，1978 年版，第 286 页。
③ 〔德〕歌德：《浮士德》（第二部），郭沫若译，北京：人民文学出版社，1978 年版，第 287 页。
④ 参见〔美〕马歇尔·伯曼：《一切坚固的东西都烟消云散了》，徐大建等译，北京：商务印书馆，2013 年版，第 77—111 页。
⑤ 〔德〕歌德：《浮士德》（第二部），郭沫若译，北京：人民文学出版社，1978 年版，第 349—350 页。

者"。可以说，浮士德震撼人心的故事都肇始于这种精神。

马克思的积极进取精神主要表现在终生求知的艰辛历程。大学时期的马克思就表现出强烈的求知欲，1837 年，马克思在给父母的一封信中写道："写诗可以而且应该仅仅是附带的事情，因为我应该研究法学，而且首先渴望专攻哲学。这两门学科紧密地交织在一起。"① 青年马克思可谓雄心勃勃，已有涉猎多种学科之准备。同一封信也提到，苦读引起的精神亢奋使得马克思"极度动荡不宁"，需要回家才能平息那些"不安的幽灵"②。马克思的精神不安令我们想起浮士德的书斋苦闷，但马克思并未像浮士德那样陷入求知的迷茫，其求知的兴趣持续终生并卓有成效。刚进大学时，马克思延续了对文学的爱好，但不久发现其诗歌创作"不够紧凑，显得松散"③，他意识到自己不适合于文学，感觉"所创作的一切全都化为灰烬"④。这对马克思打击很大，但他很快调整过来，就此转向哲学领域研究。马克思"试图使某种法哲学体系贯穿整个法的领域"⑤，并为此"熬过了许多不眠之夜，经历了许多斗争"。马克思最终意识到"最神圣的东西已经毁了，必须把新的神安置进去"⑥。他需要转换哲学方向，而他找到的"神"就是黑格尔，他"从头到尾读了黑格尔的著作"⑦。借助黑格尔的启示，马克思的积极进取得到了丰富回报，并最终发现了马克思主义的核心观

① 〔德〕马克思：《给父亲的信》，《马克思恩格斯全集》（第40卷），中央编译局译，北京：人民出版社，1982 年版，第 10 页。
② 〔德〕弗·梅林：《马克思传》，樊集译，北京：人民出版社，1965 年版，第 20 页。
③ 〔德〕马克思：《给父亲的信》，《马克思恩格斯全集》（第40卷），中央编译局译，北京：人民出版社，1982 年版，第 10 页。
④ 〔德〕马克思：《给父亲的信》，《马克思恩格斯全集》（第40卷），中央编译局译，北京：人民出版社，1982 年版，第 14 页。
⑤ 〔德〕马克思：《给父亲的信》，《马克思恩格斯全集》（第40卷），中央编译局译，北京：人民出版社，1982 年版，第 10 页。
⑥ 〔德〕马克思：《给父亲的信》，《马克思恩格斯全集》（第40卷），中央编译局译，北京：人民出版社，1982 年版，第 14—15 页。
⑦ 〔德〕马克思：《给父亲的信》，《马克思恩格斯全集》（第40卷），中央编译局译，北京：人民出版社，1982 年版，第 16 页。

点——唯物史观。在1843年写的《黑格尔法哲学批判》中，马克思发现经济生活决定政治生活，这表明其由黑格尔的唯心主义转向了唯物主义；1844年，在著名的《经济学哲学手稿》中，马克思详细分析了异化劳动，指出它导致了私有制的产生，并提出生产劳动是社会发展基础的思想；同一年，在与恩格斯合写的《神圣家族》中，人民群众是历史创造者的思想被提出，马克思还进一步指出物质生产方式是理解历史发展的现实基础；一年后，在"包含着新世界观天才萌芽的第一个文件"①——《关于费尔巴哈的提纲》中，马克思正式批判费尔巴哈的旧唯物主义观点；随后，在《德意志意识形态》中，马克思与恩格斯共同阐述了唯物史观的各项基本原理，至此，马克思主义的新世界观——历史唯物主义世界观最终形成。

浮士德一生悲剧重重，但其积极进取的精神始终存在，其在人生最后阶段为人类服务的努力也令人感动。马克思对浮士德精神的继承也主要体现于此。

二、马克思对浮士德精神的超越

浮士德形象十分复杂，他一方面具有普罗米修斯式英雄气质，另一方面又浸染浓厚的鄙俗气，前一种气质促使其轰轰烈烈地展开人生各阶段的试验，不断获得生命的新感受与精神升华；后一种气质又让他经常局限于个人情绪的迷宫，不时为私欲牵绊，人性弱点暴露无遗。所谓鄙俗气，就是安于现状，恐惧变革，忽视人类伟大的精神追求，让人沦为动物一般只关心饮食与生殖的庸人气，浮士德在此气氛中深感苦闷却又无可奈何。

---

① 恩格斯在《〈路德维希·费尔巴哈和德国古典哲学的终结〉一书序言》结尾写道："这（指马克思《关于费尔巴哈的提纲》——笔者注）是一份供进一步研究用的匆匆写成的笔记，根本没有打算付印。但是这些笔记作为包含着新世界观的天才萌芽的第一个文件，是非常宝贵的。"（见《马克思恩格斯全集》(21卷)，1965年版，第412页。)

　　诗剧开篇，我们就感受到主人公强烈的苦闷。浮士德不满时代的保守封闭，立志寻找光明，追求真理，却在蜗居书斋多年，穷尽世间知识之后再次陷入黑暗与迷惘。浮士德无所适从，"心焦欲燃"[①]，内心的煎熬迫使他将目光转向外界，他痛苦地意识到"上天造了人，放在生动的自然里面"，自己却"背弃了那儿的自然，埋没在这儿的尘烟，和些骷髅死骨相周旋"[②]。在与弟子瓦格纳的对话中，浮士德进一步表达了对书本知识的不满。他指出，书本知识如果不能触及人的灵魂，人将永远处于心灵的焦渴与心智的混乱之中："羊皮古书并不是止渴的甘露，岂能饱饮满腹便把焦渴消除？没有涓滴迸出你自己的灵魂，你是永远地昏沉，得不到清醒。"[③] 认识到书本的局限之后，浮士德投身现实，立志将世间苦乐"一概承当"。至此，浮士德似乎已不满足于"用不同的方式解释世界"，而有了"改变世界"[④] 之念。但就全书而言，浮士德投身世界的出发点绝非高尚志趣，而是为排解个人的苦闷情绪，浮士德人生中更多体会到的，应当是马克思所谓"可怜的、有限的、自私的乐趣"。事实也是如此，在《浮士德》中，我们看不到葛兹勇敢的叛逆，看不到维特清醒的揭露，只看到身陷灵肉冲突，终日叫喊苦闷的浮士德，只看到浮士德在人生各阶段不断暴露其人性弱点。

　　爱情阶段开始时，浮士德重获青春的肉体与激情。面对美丽的甘泪卿，浮士德被情欲冲昏头脑，当即上前搭讪、调戏："美貌的小姐，我可不可以，换着手儿把你送回府去？"[⑤] 这已不是那个博学多识，心忧天下的学者，而与登徒子无异。成功获取甘泪卿的芳心后，浮士德

---

① 〔德〕歌德：《浮士德》（第一部），郭沫若译，北京：人民文学出版社，1978 年版，第 21 页。

② 〔德〕歌德：浮士德（第一部），郭沫若译，北京：人民文学出版社，1978 年版，第 23 页。

③ 〔德〕歌德：浮士德（第一部），郭沫若译，北京：人民文学出版社，1978 年版，第 30 页。

④ 马克思在《关于费尔巴哈的提纲》中指出："哲学家们只是用不同的方式解释世界，而问题在于改变世界。"（见《马克思恩格斯全集》第 3 卷，1960 年版，第 6 页。）

⑤ 〔德〕歌德：浮士德（第一部），郭沫若译，北京：人民文学出版社，1978 年版，第 130 页。

又发出"人是没有什么完满的"之感叹，灵魂的空虚感不断袭来，他开始为沉迷肉欲而自责："我从欲望中倒向贪欢，在贪欢中又渴追着欲望。"① 浮士德想平复心境，却又对恋人难以割舍，他在灵与肉的冲突中彷徨，甘泪卿也成为其矛盾心绪的牺牲品。在诗剧结尾，甘泪卿与光明圣母一起拯救了浮士德的灵魂，这正是对浮士德的不道德与灵魂丑陋的讥讽。

为了抚平浮士德失去爱情的痛苦与空虚，魔鬼为其安排了从政经历。但浮士德或者为了"解决"财政危机而印制钞票，或者为了满足皇帝的私欲而召唤出海伦。以增加纸币发行来解决财政危机无异于饮鸩止渴，召唤古典美女只引得臣民们庸俗品评，并最终让浮士德精神错乱，陷入昏迷。可以说，浮士德的从政经历并未做出任何实际贡献，更像一场闹剧，他本人则沦为皇帝的小丑与优伶。

在最后的填海造田事业中，浮士德雄心勃勃，每天指挥劳工帮忙修造运河，开垦土地。这本是造福百姓之事，他却因一对善良的老夫妻未能搬家，对其事业造成阻碍，就视老夫妻为"眼中的刺，脚底的泡"②，欲除之而后快。浮士德向魔鬼下令："上面的那对老人必须搬走，那菩提树应该归我所有；那几株树子未归我管，就占有全世界也是徒然。"③ 而魔鬼也正是在执行浮士德的命令时，放火烧死了那对夫妻。须知此时的浮士德已经拥有巨额财富，并建造有自己的宫殿，却仍然对不属于自己的小屋与树木发怒，这表明浮士德在"权力的自大中迷失了自己"④，其贪得无厌的本性与强烈的占有欲也暴露无遗。

---

① 〔德〕歌德：《浮士德》（第一部），郭沫若译，北京：人民文学出版社，1978 年版，第 173 页。

② 〔德〕歌德：《浮士德》（第二部），郭沫若译，北京：人民文学出版社，1978 年版，第 335 页。

③ 〔德〕歌德：《浮士德》（第二部），郭沫若译，北京：人民文学出版社，1978 年版，第 338 页。

④ 〔美〕马歇尔·伯曼：《一切坚固的东西都烟消云散了——现代性体验》，徐大建、张辑译，北京：商务印书馆，2013 年版，第 88 页。

可见，浮士德的人生经历多围绕私欲展开，而其投身社会实践的初衷不过是排解书斋生活的苦闷。为了追求幸福与快感，浮士德可谓无所不用其极。在恋爱阶段，浮士德百般引诱甘泪卿，又间接杀死其母亲、兄长，并最终导致其与孩子的死亡。在宫廷阶段，浮士德滥用法术，发行纸币，召唤海伦仅为博取统治者一笑。当然，浮士德在内心仍痴迷古典之美，但他心浮气躁，已无力消受这份美好，于是就有了海伦与欧福良的消逝。在事业阶段，浮士德想填海造田造福百姓，却又贪婪急躁伤害无辜。总之，浮士德"一生追求，五幕悲剧"① 的经历虽有积极进取的一面，却也彻底暴露出其人性的弱点。浮士德终其一生也未能摆脱矛盾与苦闷，始终在灵与肉的冲突中挣扎。这也正是歌德时代鄙俗气的真实反映，歌德一方面要追寻精神解放与自由，另一方面又困于资产阶级的软弱自私难以自拔。

而马克思却超越了浮士德精神的消极因素，他虽然遭受被通缉、贫穷、疾病、丧子等磨难，却总能积极进取。因为"博士俱乐部"重要成员、波恩大学讲师、好友鲍威尔的宗教、政治批判惹恼了当局，大学毕业的马克思无法在大学谋求教职。1842 年 10 月，马克思被聘为《莱茵报》主编，他坚决捍卫出版自由、批判社会不公、回应论敌攻击，但 5 个月后，报纸即被查封。马克思与友人合办《德法年鉴》，费尔巴哈等名流却临阵退缩，拒绝供稿，加上财政困难等原因，杂志只在 1844 年 2 月底办了一期合刊号即告终结。马克思的婚姻也经受重重阻碍，这在其一封信中也有透露："多年来我和我的未婚妻经历过许多不必要的严重冲突，甚至比许多年龄三倍于我们并且经常谈论自己的'人生经验'……的人所经历的还要多。"②《莱茵报》被查封后，马克思在德国"已再没有什么可为"③，于是流亡巴黎，却因在《前进报》

① 杨武能：《走近歌德》，上海：上海社会科学院出版社，2012 年版，第 207 页。
② 〔德〕弗·梅林：《马克思传》，樊集译，北京：人民出版社，1965 年版，第 74 页。
③ 〔德〕弗·梅林：《马克思传》，樊集译，北京：人民出版社，1965 年版，第 68 页。

撰写进步文章被驱逐出境。马克思不仅事业维艰，其日常生活也异常困苦。他一度缺少衣物而被迫呆待在家里，也曾因缺少邮费而无法及时寄送稿子，他和家人还经常缺少生活必需品，当铺一度成为马克思经常光顾的地方。更为痛苦的是，马克思先后失去四个孩子①，这对于一位父亲而言，实在是令人难以忍受的灾难。浮士德为排解苦闷而不断尝试新鲜刺激的生活，马克思则大部分时间都用于科学研究，不过他在书斋中发现了求知的快乐，甚至在其遭遇最严重的经济困难时，也能"从早晨九点钟到晚上七点钟坐在大英博物馆里面……在科学研究中找到无穷的安慰"②。马克思的求知终获巨大成功，其政治经济学说与唯物史观至今仍有重大意义，其科学共产主义学说则直接改变了世界历史进程。

求知生活徒增浮士德的苦闷，却成为马克思创造的源泉；甘泪卿难以追随浮士德的思想，燕妮却是马克思的重要助手与精神慰藉；浮士德对封建王朝仍抱希望，因此才投身宫廷，马克思则拒绝一切来自资产阶级的诱惑③；浮士德填海造田中的粗暴行径，带有资本原始积累的残酷意味，马克思却为推翻阶级压迫而著书立说。马克思遭受疾病、贫穷、丧子、通缉等困苦，堪称19世纪的普罗米修斯式殉道者。浮士德则充满贪婪自私、急功近利等人性缺陷，在某些时刻好似道德侏儒④。浮士德经常迷失在自我情绪中，马克思则意志坚强地为人类奋

---

① 1849年11月，一岁多的格维多死去；1852年，一岁的女儿弗兰契斯卡夭折；1855年，燕妮与马克思最喜爱的男孩，9岁的埃德加尔病死。1857年7月，燕妮生了个死婴。参见梅林《马克思传》第265、274、313、322页。

② 〔德〕弗·梅林：《马克思传》，樊集译，北京：人民出版社，1965年版，第267页。

③ 马克思自愿选择了贫穷艰辛的生活，拒绝了一切妥协的诱惑，他曾坚定地说："不管遇到什么障碍，我都要朝着我的目标前进，而不让资产阶级社会把我变成一架赚钱的机器。"见梅林《马克思传》291页。

④ 学者罗炜曾指出，浮士德在爱情阶段引诱甘泪卿，在事业阶段杀死无辜等，暴露其"肢解人性、贪得无厌、不择手段、具有强烈占有欲"等道德弱点。(见罗炜：《试析浮士德和歌德的改良主义》，《中南民族学院学报》(人文社会科学版)，2000年第1期。)

斗，"在自己的斗争和苦难中注定要成为普罗米修斯第二"①。

马克思曾以普罗米修斯表明心迹："你好好听着，我绝不会用自己的痛苦／去换取奴隶的服役：／我宁肯被缚在崖石上，／也不愿作宙斯的忠顺奴仆。"② 马克思对这个古希腊神话人物的礼赞，正是其终身不屈服压力的精神自白，他也最终实现了对浮士德精神的超越。

三、马克思何以能超越浮士德精神

浮士德的一生，痛苦始终如影随形，但其人生悲剧却并非偶然，而是当时知识分子的必然遭遇。从欧洲社会发展来看，浮士德的遭遇正是一代人的共同遭遇，其精神也正是一代人的共同精神。这正如宗白华论述浮士德精神时所言："近代人失去希腊文化中人与宇宙的谐和，又失去了基督教对超越上帝虔诚的信仰，人类精神上获得了解放，得着了自由；但也就同时失所依傍，彷徨摸索，苦闷，追求，欲在生活本身的努力中寻得人类的意义与价值。"③ 浮士德精神就是信仰缺失的人类对现实的反抗精神，它既要求得物质的极大丰富，又要实现精神的高度自由，但是，伴随人类社会步入工具理性时代，浮士德追求本就是个悖论。因此，浮士德虽曾有"要每天每日去开拓生活和自由，然后才能够作自由与生活的享受"④ 的理念，却始终无法摆脱苦闷情绪的束缚，并被迫将追求幸福的权力交给了魔鬼，这与中世纪的欧洲屈从于宗教淫威并无二致，某种意义上是对人类理性的反动。

在当时的时代环境下，歌德也陷入了矛盾与痛苦。在欧洲大陆展开轰轰烈烈的资产阶级革命之时，"德国只是用抽象的思维活动伴随了

① 〔德〕弗·梅林：《马克思传》，樊集译，北京：人民出版社，1965 年版，第 44 页。
② 〔德〕马克思：《德谟克利特的自然哲学和伊壁鸠鲁的自然哲学的差别（序言）》，《马克思恩格斯全集》（第 40 卷），中央编译局译，北京：人民出版社，1982 年版，第 190 页。
③ 宗白华：《艺境》，北京：商务印书馆，2011 年版，第 50 页。
④ 〔德〕歌德：《浮士德》（第二部），郭沫若译，北京：人民文学出版社，1978 年版，第 356 页。

现代各国的发展，而没有积极参加这种发展的实际斗争"①。德国封建势力强大，弱小的资产阶级没有勇气带领人民去争取政治权力，其梦想只能在文学中开花结果，这就造就了恩格斯所说的德国社会"在政治和社会方面是可耻的，但是在德国文学方面却是伟大的……这个时代的每一部杰作都渗透了反抗当时整个德国社会的叛逆的精神"②。例如歌德就在《葛兹·冯·伯利欣根》与《少年维特之烦恼》等作品中积极宣扬自由平等、个性解放，歌颂人民对不合理封建秩序的反抗，他也成为狂飙突进运动的急先锋。然而，歌德身上的资产阶级软弱性又使其对封建贵族抱有希望，并本能地恐惧暴力革命，他对法国大革命的反应就谨小慎微，庸俗气十足。他对艾克曼说："我不能做法国革命的朋友……因为它的恐怖行动离我太近……它的有益后果当时还看不出来。"③ 歌德反感革命带来的血腥，讨厌其对社会秩序的破坏，却也并非赞成专制："但是我也不是专制统治的朋友。我完全相信，任何一次大革命都不能归咎于人民，而只能归咎于政府。"④ 那么，歌德的理想究竟是什么，他接着说道："只要政府办事经常公正和保持警惕，及时采取改良措施来预防革命，不要苟且因循，拖延到非受制于下面来的压力不可。这样，革命就决不会发生。"⑤ 歌德对社会改良的期望，

---

① 〔德〕马克思：《黑格尔法哲学批判（导言）》，《马克思恩格斯全集》（第1卷），中央编译局译，北京：人民出版社，1956年版，第462页。

② 〔德〕恩格斯：《德国状况》，《马克思恩格斯全集》（第2卷），中央编译局译，北京：人民出版社，1957年版，第634页。

③ 〔德〕歌德著，爱克曼辑录：《歌德谈话录》，朱光潜译，北京：人民文学出版社，1982年版，第23页。

④ 〔德〕歌德著，爱克曼辑录：《歌德谈话录》，朱光潜译，北京：人民文学出版社，1982年版，第24页。

⑤ 〔德〕歌德著，爱克曼辑录：《歌德谈话录》，朱光潜译，北京：人民文学出版社，1982年版，第24页。

及其对法国大革命中暴力与恐怖的反感，并非完全没有道理。① 但是，他忽视了知识分子在社会改良中的责任担当。在欧洲近代资本主义革命中，仅有英国较为成功地避免了流血冲突，而这与当时英国知识分子的贡献是分不开的②。这也才有了恩格斯的评论："马克思从他毕生的研究中得出结论：至少在欧洲，英国是唯一可以完全通过和平合法的手段来实现不可避免的社会革命的国家。"③ 然而，歌德等欧洲大陆知识分子却大多瞧不起人民大众，他们也不像马克思那样"皮肤不够厚"，对人民疾苦感同身受。因此，面对封建统治趋于崩溃时底层人民的反抗斗争，歌德们只能在本能的恐惧中进行抽象的道德评判，并幻想腐朽的统治者能够进行社会改良。

歌德身为狂飙突进运动的旗手，何以蜕变成软弱的改良主义者，这正是其身上的两面性所致。歌德的政治观具有两面性，他曾通过作品表达时代的叛逆精神，但在现实中寄希望于明君能臣的治理，却并不反对封建统治。在宗教信仰方面，歌德也有两面性，他一方面反对教会的支配权与"原罪"说，却又相信《旧约》传说的真实性，甚至革命的成败也取决于上帝的旨意。在社会历史观方面，歌德注意到社会对个人的影响，但他又看不起下层社会和群众，经常强调天才的决定性作用。这种复杂的两面性正如恩格斯所批评的那样：

"歌德有时非常伟大，有时极为渺小；有时是叛逆的、爱嘲笑的、

① 近年来，学界对法国大革命的研究日益深入，特别是对其中的恐怖主义、极端自由主义，以及扩大化的非理性群众运动等有了较多认识。（参见楼均信《法国大革命反思》，《浙江大学学报（人文社会科学版）》，1999 年第 4 期；楼均信《五十年来中国的法国大革命史研究》，《历史研究》，2003 年第 5 期；张弛《近二十年欧美学界对法国大革命恐怖主义的研究》，《史学理论研究》，2013 年第 4 期；李福岩《阿克顿对法国大革命的自由主义批判》，《理论月刊》，2015 年第 1 期。）
② 参见陆晓光《马克思美学视域中的"汉特医师"们——重读〈资本论〉》，《社会科学》2008（4）。
③ 〔德〕马克思：《资本论》，《马克思恩格斯全集》（第 23 卷），中央编译局译，北京：人民出版社，1972 年版，第 37 页。

鄙视世界的天才，有时则是谨小慎微、事事知足、胸襟狭隘的庸人。连歌德也无力战胜德国的鄙俗气；相反，倒是鄙俗气战胜了他；鄙俗气对最伟大的德国人所取得的这个胜利，充分地证明了'从内部'战胜鄙俗气是根本不可能的。"①

歌德虽然在文学方面是"奥林帕斯山上的宙斯"②，但他毕竟在魏玛浸染封建习气多年，虽然中途有席勒的出现和意大利之行的启发，歌德最终也完成了《浮士德》，但他最终因为"庸人的恐惧心理而牺牲了自己有时从心底出现的较正确的美感"③，鄙俗气终于浸透了浮士德精神的方方面面。如果说歌德的伟大与叛逆在《浮士德》中体现为浮士德的不满现状，积极投身社会实践，其渺小、狭隘、谨小慎微则体现在其对情欲的迷恋，其在填海过程中对老夫妻小房屋的霸占，及其甘愿在封建宫廷做小丑优伶。这一点董问樵分析得十分准确，基于歌德的局限性与时代的束缚，浮士德"摆脱封建束缚和神权桎梏的思想，追求个性的自由解放，也有其不可避免的局限性……浮士德虽然反对封建压迫和束缚，不信神，反对教会的虚伪和禁欲主义……然而究极来说，不过是自我的扩张。如果直到极端，就容易导致利己的权利思想"④。过于关注个人感受的自我扩张或将导致利己自私的个人主义思想，这也是浮士德无法迈过的坎，他最终输给了鄙俗气，一生追求却无路可走。

歌德的鄙俗气使他最终成为马克思笔下令人厌恶的庸人："庸人社会所需要的只是奴隶，而这些奴隶的主人并不需要自由……庸人所希

---

① 〔德〕恩格斯：《诗歌和散文中的德国社会主义》，《马克思恩格斯全集》（第4卷），人民出版社1958年版，第256页。

② 〔德〕恩格斯：《路德维希·费尔巴哈和德国古典哲学的终结》，《马克思恩格斯全集》（第21卷），中央编译局译，北京：人民出版社，1965年版，第310页。

③ 〔德〕恩格斯：《诗歌和散文中的德国社会主义》，《马克思恩格斯全集》（第4卷），中央编译局译，北京：人民出版社，1958年版，第257页。

④ 董问樵：《浮士德研究》，上海：复旦大学出版社，1987年版，第14页。

求的生存和繁殖，也就是动物所希求的。"① 在与鄙俗气的斗争中，歌德最终失败，他竟然"郑重其事地替德意志一个微不足道的小宫廷做些毫无意义的事情和寻找小小的乐趣"②，作为歌德的同胞，马克思半个世纪后也感受到了鄙俗气的影响。但是，在动物世界一般的庸人群体中，马克思还是看到了希望，这首先是因为当时敢于对时代习气进行思考与反抗的有志之士已经增多："庸俗主义的敌人，即一切有思想的和受苦难的人们都已经互相取得了谅解……受难的人在思考，在思考的人又横遭压迫，这些人的存在是必然会使那些饱食终日，醉生梦死的庸俗动物世界坐卧不安的。"③ 马克思进而指出，战胜鄙俗气的关键在于解放庸人，也即"唤醒这些人的自尊心，即对自由的要求"④。此外，马克思认识到，即使是歌德这样的思想巨人，面对时代的局限也一筹莫展，在魏玛浪费多年光阴也一事无成。既然"在德国一切都受到了强力的压制"⑤，既然歌德都无法从"内部"战胜鄙俗气，那么"必须为真正独立思考的人们寻找一个新的集合地点"⑥，第一步就是离开德国："月底我一定要到巴黎去……我在德国根本看不到一点可以自由活动的余地。"⑦ 马克思的流亡生涯从此开始。

　　马克思能战胜鄙俗气，除了科学的分析，还有勇敢的战斗精神，

① 〔德〕马克思：《摘自〈德法年鉴〉的书信》，《马克思恩格斯全集》（第1卷），中央编译局译，北京：人民出版社，1956年版，第409页。
② 〔德〕恩格斯：《诗歌和散文中的德国社会主义》，《马克思恩格斯全集》（第4卷），中央编译局译，北京：人民出版社，1958年版，第257页。
③ 〔德〕马克思：《摘自〈德法年鉴〉的书信》，《马克思恩格斯全集》（第1卷），中央编译局译，北京：人民出版社，1956年版，第414页。
④ 〔德〕马克思：《摘自〈德法年鉴〉的书信》，《马克思恩格斯全集》（第1卷），中央编译局译，北京：人民出版社，1956年版，第409页。
⑤ 〔德〕马克思：《摘自〈德法年鉴〉的书信》，《马克思恩格斯全集》（第1卷），中央编译局译，北京：人民出版社，1956年版，第415页。
⑥ 〔德〕马克思：《摘自〈德法年鉴〉的书信》，《马克思恩格斯全集》（第1卷），中央编译局译，北京：人民出版社，1956年版，第415页。
⑦ 〔德〕马克思：《摘自〈德法年鉴〉的书信》，《马克思恩格斯全集》（第1卷），中央编译局译，北京：人民出版社，1956年版，第415页。

这源于其少年时期的志向。马克思中学时已有为人类奋斗之理想，他在中学毕业作文中这样写道："如果我们选择了最能为人类福利而劳动的职业，那么，重担就不能把我们压倒，因为这是为大家而献身。"马克思与浮士德最大的区别在于，后者的行动大多出于排解个人苦闷，而马克思则怀抱"为人类福利而劳动"的理想，因此，他面对困难挑战时充满必胜信念。马克思坚定地写道："我深信我们的计划是符合现实需要的，而现实的需要也一定会得到真正的满足。因此，只要我们认真地从事，我相信一定会成功。"① 歌德在作品中表现出叛逆性，在现实世界中则安于现状与享乐，他在自己的领域是"奥林帕斯山上的宙斯"，但是"没有完全脱去德国的庸人气味"②。马克思却充满勇气地批判不合理的世界："我们……希望在批判旧世界中发现新世界……要对现在的一切进行无情的批判……临到触犯当权者时也不退缩。"③

历史表明，歌德无法从"内部"战胜的鄙俗气，最终被马克思从"外部"战胜了！这是因为马克思摆脱了歌德的两面性与浮士德的自私软弱，他一生的求知历程与政治活动皆非基于兴趣，而是出于社会实践的需要，是为了人类的解放。相反，浮士德囿于个人情绪与私欲，胸中始终"盘踞两种精神，这一个想和那一个分离！一个沉溺在强烈的爱欲当中，以七情六欲固执着凡尘；一个硬要脱离尘世，飞向崇高的先人的灵魂"④。马克思能够战胜鄙俗气，根本原因在于其历史唯物主义与辩证唯物主义的哲学世界观。马克思据此确立了以人民群众的历史作用为基础的科学实践观，而将其引入认识论，就确定了哲学的

---

① 〔德〕马克思：《摘自〈德法年鉴〉的书信》，《马克思恩格斯全集》（第1卷），中央编译局译，北京：人民出版社，1956年版，第415页。

② 〔德〕恩格斯：《路德维希·费尔巴哈和德国古典哲学的终结》，《马克思恩格斯全集》（第21卷），中央编译局译，北京：人民出版社，1965年版，第310页。

③ 〔德〕马克思：《摘自〈德法年鉴〉的书信》，《马克思恩格斯全集》（第1卷），中央编译局译，北京：人民出版社，1956年版，第416页。

④ 〔德〕歌德：浮士德（第一部），郭沫若译，北京：人民文学出版社，1978年版，第54—55页。

任务是能动地改变世界。唯物史观认为社会生活本质上是实践的，而实践是人们在一定社会关系下进行的改变现实世界的活动。马克思坚信人类能够认识并改造自然，从而达到自己的目的。马克思主义的重要来源之一就是德国古典哲学，这其中也包括了歌德的哲学思想，因此，马克思对浮士德精神的超越也是马克思主义对德国古典哲学思想的超越。

歌德笔下的浮士德，积极进取却自私软弱，追寻真理又贪恋世俗，呈现出复杂的两面性。马克思承传了浮士德精神中积极进取的一面，自愿担负起长达数十年的殉道者事业；同时，他战胜了德国社会中的鄙俗气，从而克服了浮士德精神中的消极因素，实现了对浮士德精神的超越。马克思关注《浮士德》的视角与方法，及其对歌德的批判理解，于我们今天研究经典作家作品都具有重要启示。

甘泪卿是歌德《浮士德》中的女性，具有温柔善良、坚贞虔诚、奉献牺牲等品质，是马克思心目中的"女英雄"。马克思对甘泪卿的喜爱与尊敬，不仅源于文学品味，也受到与他同历磨难的夫人燕妮的影响。作为马克思的重要助手与终身伴侣，燕妮历尽生活磨难而有着坚贞高贵的优秀品质，她是恩格斯赞赏的"以使别人幸福为自己的最大幸福的妇女"，也是李卜克内西笔下"美丽、高贵和聪明的妇人"[①]，更是梅林眼中"饱经忧患和艰苦奋斗的妇女"。某种意义上说，燕妮更是马克思心仪的"女英雄"。两位伟大女性所蕴含的优秀人文精神，对马克思的人文追求也有某种浸润与触动。她们在马克思的人文精神版图中，也占有一席之地。

在多年的流亡生涯中，马克思在汲取经典文学营养的同时，也实现了自我精神的升华，他对浮士德精神就既有传承又有超越。歌德笔

---

① 〔德〕威廉·李卜克内西：《忆马克思》，《回忆马克思恩格斯》，马集译，北京：人民出版社，1973年版，第53页。

下的浮士德历经求知、爱情、审美、从政、事业阶段，象征西方知识分子三百年来的精神历程，"浮士德精神"更是内涵丰富，影响深远。浮士德一生悲剧重重，但其积极进取的精神始终存在也令人尊敬，马克思对浮士德精神的继承也主要体现于此；而浮士德精神过于强调个人权利，经常陷于灵肉矛盾的弊病，则被马克思以战胜庸人习气的方式所克服。可见，马克思对于自己异常喜爱的《浮士德》，不仅熟悉，更有深刻理解与积极践行，而其人文素养也在实践中得以提升。

第五章　马克思著述中的巴尔扎克

在马克思的长女燕妮的纪念册中，保存有马克思的《自白》，从中可以看出他对巴尔扎克的喜爱：

"您喜爱的散文家：狄德罗、莱辛、黑格尔、巴尔扎克。"①

从《马克思恩格斯全集》可知，马克思对巴尔扎克的引用不到20处，②多以其小说人物或故事为讽刺工具。但是，马克思对巴尔扎克评价很高，他认为巴尔扎克不仅对自己的时代进行了准确全面的描写，而且成功预测了未来：

"巴尔扎克不仅是他自己所处时代的'历史学家'，而且是那些在路易—菲力浦③时代尚在胚胎状态而到巴尔扎克死后才充分发展起来的性格典型的先知创造者。"④

马克思对巴尔扎克非常熟悉，对其作品的细微之处也甚为关注，

---

① 〔德〕马克思、恩格斯：《马克思恩格斯全集》（31卷）"注释"，中央编译局译，北京：人民出版社，1972年版，第709页。

② 据调查，《马克思恩格斯全集》中提及巴尔扎克及其作品的有：第8卷1处，第11卷1处，第14卷2处，第23卷1处，第25卷1处，第31卷3处，第32卷8处，第34卷1处，第49卷1处，共计19处。

③ 路易·菲利普（1773年—1850年），法国国王（1830~1848）。他在右翼极端君主派和社会党人及其他共和党人之间采取中间路线，以巩固自己的权力。受1848年法国二月革命影响，于1848年2月24日逊位。

④ 〔英〕柏拉威尔：《马克思和世界文学》，梅绍武等译，北京：三联书店出版社，1980年版，第455页。

例如，他曾就《乡村教士》中的一句话请教恩格斯商品价格的问题：

"巴尔扎克的《乡村教士》中有这样的话：'如果工业产品的价格不高出成本一倍，工商业活动就不可能存在。'你认为怎样？"①

《乡村教士》讲述银行家太太韦萝妮克在博内神甫的帮助下，致力于改造农村的落后面貌，以造福当地人民的故事。小说既强调宗教的劝善作用，也突出了为民造福的务实精神。巴尔扎克认为，净化灵魂的宣教工作，唯有与引导民众走勤劳致富的道路相结合，才能真正杜绝犯罪和恶行。这部小说和《乡村医生》一样，也具有乌托邦性质，属于巴尔扎克正面阐述社会改良方案的作品。不过，即使对于这样一部不算成功的小说，马克思也注意到其中与经济学研究相关的细节。

有时，马克思喜欢将巴尔扎克运用在政治经济学原理的阐述上，以小说情节来辅助说理，使经济学原理生动有趣而易于理解。在论述资本的扩大再生产时，马克思就用巴尔扎克小说来指明货币贮藏与资本主义生产的区别：

"这种偏见把资本主义生产和货币贮藏混为一谈，以为积累财富就是使财富现有的实物形式免遭破坏，也就是不被消费掉，或者说，把财富从流通中救出来。其实，把货币贮藏起来不加入流通，同把货币作为资本而增殖，恰恰是相反的两回事，从货币贮藏的意义上进行商品积累，是十足的愚蠢行为。"②

在对这段话所做的注释中，马克思提到了巴尔扎克笔下的高布赛克。高布赛克老谋深算，冷酷无情，贪婪吝啬，权势极大。但这个早期高利贷者未能跟上资本积累的步伐，和后期银行家相比，他已经是

---

① 〔德〕马克思：《马克思致恩格斯》，《马克思恩格斯全集》（32卷），中央编译局译，北京：人民出版社，1974年版，第217—218页。

② 〔德〕马克思：《资本论》，《马克思恩格斯全集》（第23卷），中央编译局译，北京：人民出版社，1972年版，第646页。

"老糊涂虫"了：

"例如巴尔扎克曾对各色各样的贪婪作了透彻的研究，那个开始用积累商品的办法来贮藏货币的老高利贷者高布赛克，在他笔下已经是一个老糊涂虫了。"①

恩格斯也非常喜爱巴尔扎克，在晚年生病之际，巴尔扎克是他最好的伴侣：

"在我卧床这段时间里，除了巴尔扎克的作品外，别的我几乎什么也没有读，我从这个卓越的老头子那里得到了极大的满足。"②

恩格斯还对巴尔扎克的艺术成就作过详细而深刻的分析，在著名的《致玛格丽特·哈克奈斯》中，恩格斯以巴尔扎克为例，对现实主义进行了详细阐述。恩格斯的这些论述直到今天还有广泛影响：

"现实主义的意思是，除细节的真实外，还要真实地再现典型环境中的典型人物……现实主义甚至可以违背作者的见解而表露出来……他汇集了法国社会的全部历史，我从这里，甚至在经济细节方面所学到的东西，也要比从当时所有职业的历史学粗、经济学家和统计学家那里学到的全部东西还要多……这一切是现实主义的最伟大的胜利之一，是老巴尔扎克最重大的特点之一。"③

马克思称赞巴尔扎克的长篇小说《农民》"对现实关系具有深刻理解"④，而它也完全符合恩格斯对现实主义的要求，堪称现实主义杰作；马克思还曾向恩格斯推荐巴尔扎克的短篇小说《玄妙的杰作》。马克思对这两部小说的关注，更多是基于其中的人文精神，前者反映了

① 〔德〕马克思：《资本论》，《马克思恩格斯全集》（第23卷），中央编译局译，北京：人民出版社，1972年版，第646页。
② 〔德〕恩格斯：《致劳拉·拉法格》，《马克思恩格斯全集》（第36卷），中央编译局译，北京：人民出版社，1974年版，第77页。
③ 〔德〕恩格斯：《致玛格丽特·哈克奈斯》，《马克思恩格斯全集》（第37卷），中央编译局译，北京：人民出版社，1971年版，第41—42页。
④ 〔德〕马克思：《资本论》（第三卷），《马克思恩格斯全集》（第25卷），中央编译局译，北京：人民出版社，1974年版，第47页。

农民在资本主义侵蚀下的道德沦丧，而对传统贵族精神有所赞美；后者则对艺术领域中人文精神的衰微表示担忧。

第一节　马克思何以高度赞扬巴尔扎克
—— 以《农民》为例分析

　　马克思十分喜爱巴尔扎克①，他在政治经济学研究、时事评论，乃至日常通信中都对其都有引用；恩格斯更称赞巴尔扎克为"比过去、现在和未来的一切左拉都要伟大得多的现实主义大师"②。作为巴尔扎克"决心要写的作品中最艰巨的一部"③，长篇小说《农民》以 1815年到 1848 年的法国历史为背景，通过对农村社会矛盾与斗争的真实刻画，描写出资产阶级"对贵族社会日甚一日的冲击"④，显示出"对现实关系具有深刻理解"。而且，小说在情节与人物设置上也正如恩格斯所言，既"富有诗意"又蕴含"了不起的革命的辩证法"⑤。马克思恩格斯的高度评赞，表征《农民》卓越的现实主义成就与深厚的人文精神涵蕴。

① 1865 年 4 月 1 日，马克思《自白》中写道："您喜爱的散文家：狄德罗、莱辛、黑格尔、巴尔扎克"。见中央编译局译，《马克思恩格斯全集》（第 31 卷），北京：人民出版社，1972 年版，第 709 页。
② 〔德〕马克思：《马克思恩格斯全集》（第 37 卷），中央编译局译，北京：人民出版社，1971年版，第 41 页。
③ 〔法〕巴尔扎克：《巴尔扎克全集》（第十八卷），资中筠等译，北京：人民文学出版社，1994 年版，第 4 页。
④ 〔德〕恩格斯：《致玛格丽特·哈克奈斯》，《马克思恩格斯全集》（第 37 卷），中央编译局译，北京：人民出版社，1971 年版，第 41 页。
⑤ 〔德〕恩格斯：《致劳拉·拉法格》，《马克思恩格斯全集》（第 36 卷），中央编译局译，北京：人民出版社，1974 年版，第 77 页。

一、"对现实关系具有深刻理解"

现实主义理论是马克思主义文论的重要组成部分。从古希腊时期到马克思、恩格斯生活的 19 世纪，传统现实主义经历了古希腊时期的"摹仿说"、文艺复兴时期的"镜子说""反映自然说"以及 19 世纪的"再现说"等。① 随着社会历史的发展，这些理论在关注现实的复杂关系方面日益显出不足。因此，在 1845 年发表的《神圣家族》中，马克思提出"真实地评述人类关系"② 这一现实主义的重要命题。在马克思看来，作家不能把人物变成传声筒，"把现实的人变成了抽象的观点"③，而应以人的现实性和阶级性为基础来塑造人物，构思情节，力求对现实中各种复杂关系有所考察，从而深刻反映社会生活。否则，就有可能像《巴黎的秘密》那样，对现实进行歪曲反映和虚幻描写。

在《资本论》第三卷中，马克思又对描写现实真实关系作了进一步阐述：

"以对现实关系具有深刻理解而著名的巴尔扎克，在他最后的一部小说《农民》里，切当地描写了一个小农为了保持住一个高利贷者对自己的厚待，如何情愿白白地替高利贷者干各种活，并且认为，他这样做，并没有向高利贷者献出什么东西，因为他自己的劳动不需要花费他自己的现金。这样一来，高利贷者却可以一箭双雕。他既节省了工资的现金支出，同时又使那个由于不在自有土地上劳动而日趋没落

---

① 参见董学文主编：《西方文学理论史》，北京：北京大学出版社，2005 年版。"模仿说"见第 17—18 页，"镜子说"与"反映自然说"见第 86—87 页，"再现说"见 158—159 页、第 164 页。
② 〔德〕马克思、恩格斯：《神圣家族》，《马克思恩格斯全集》（第 2 卷），中央编译局译，北京：人民出版社，1957 年版，第 246 页。
③ 〔德〕马克思、恩格斯：《神圣家族》，《马克思恩格斯全集》（第 2 卷），中央编译局译，北京：人民出版社，1957 年版，第 246 页。

的农民，越来越深地陷入高利贷的蜘蛛网中。"①

马克思敏锐捕捉到资本主义经济条件下社会关系的新变化，揭示出"在资本主义生产占统治地位的社会内，非资本主义的生产者也受资本主义观念的支配"② 这一带有普遍性的规律。马克思鲜有对作家的专门评价③，此处"对现实关系具有深刻理解"一语可谓对巴尔扎克现实主义成就的充分肯定。

无独有偶，恩格斯也曾建议敏·考茨基"通过对现实关系的真实描写，来打破关于这些关系的流行的传统的幻想，动摇资产阶级世界的乐观主义"④。众所周知，恩格斯对现实主义多有论述，他曾结合巴尔扎克的创作指出："现实主义的意思是，除细节的真实外，还要真实地再现典型环境中的典型人物。"⑤ 显然，塑造"典型环境中的典型人物"就是"对现实关系的真实描写"的具体要求，它与"真实地评述人类关系"一样，最终指向"对现实关系具有深刻理解"。

对现实关系的强调，主要源于马克思对人的本质的认识。马克思曾指出："人的本质并不是单个人所固有的抽象物，实际上，它是一切社会关系的总和。"⑥ 因此，作家在反映现实生活时，就不能简单塑造

---

① 〔德〕马克思：《资本论（第三卷）》，《马克思恩格斯全集》（第 25 卷），中央编译局译，北京：人民出版社，1974 年版，第 47—48 页。

② 〔德〕马克思：《资本论（第三卷）》，《马克思恩格斯全集》（第 25 卷），中央编译局译，北京：人民出版社，1974 年版，第 47 页。

③ 马克思并无专门论述文学艺术的论著，只在某些场合顺带提及，例如，马克思在论述艺术发展与社会发展之不平衡关系时，曾将莎士比亚与古希腊艺术相提并论："关于艺术，大家知道，它的一定的繁盛时期绝不是同社会的一般发展成比例的，因而也绝不是同仿佛是社会组织的骨骼的物质基础的一般发展成比例的。例如，拿希腊人或莎士比亚同现代人相比。"（见《马克思恩格斯全集》第 12 卷第 48 页。）

④ 〔德〕恩格斯：《致敏娜·考茨基》，《马克思恩格斯全集》（第 36 卷），中央编译局译，北京：人民出版社，1974 年版，第 385 页。

⑤ 〔德〕恩格斯：《致玛格丽特·哈克奈斯》，《马克思恩格斯全集》（第 37 卷），中央编译局译，北京：人民出版社，1971 年版，第 41 页。

⑥ 〔德〕马克思：《关于费尔巴哈的提纲》，《马克思恩格斯全集》（第 3 卷），中央编译局译，北京：人民出版社，1960 年版，第 7 页。

单个的抽象的人物，而应揭示出人与人之间由经济地位决定的各种关系的变化与规律。以此来看《农民》，面对高利贷者的盘剥，农民不但"情愿白白地替高利贷者干各种活"，还要感激前者，这显然不是其阶级本质。但是，巴尔扎克正是通过这个细节显示出了"对现实关系的深刻理解"：农民不仅被资本主义制度所剥削，还被资本主义观念所毒害，他们已经完全接受了资产阶级所宣扬的剥削理念。这样，巴尔扎克就真实描写了资本主义原始积累时期，高利贷者与农民之间的剥削与被剥削的关系，这当然非常深刻。

显然，这种"对现实关系具有深刻理解"，就不是"摹仿说""镜子说""再现说"等理论所能比拟的，而是更为深刻的现实主义，巴尔扎克的小说正是其生动注脚。在《农民》中，这种"深刻理解"不仅在于巴尔扎克刻画出深受资本主义经济观念毒害的农民形象，还在于其对农村现实矛盾的深刻理解，及其对农村未来发展趋势的准确判断。

1. 巴尔扎克对农村各阶层矛盾的深刻理解

《农民》的故事发生在 1824 年①，时值法国波旁王朝复辟（1814—1830）。1789 年，法国大革命废除了贵族特权，农民普遍获得了土地；20 年后，路易十八重登王位，流亡国外的封建贵族卷土重来，妄图全面恢复昔日的地位。然而，在资本主义经济迅猛发展之际，波旁王朝只能是贵族阶层与大资产阶级妥协的产物，他们既斗争又联合，既排斥又渗透，在《农民》中就表现为资产阶级、农民与贵族地主之间错综复杂的矛盾。

小说描写了三个阶层的人物，即以蒙柯奈为首的贵族，以法耶市权贵（里谷、苏德里、戈贝坦）为首的农村资产阶级，以及以通萨尔、富尔雄为代表的农民。蒙柯奈是拿破仑旧将，威武雄壮但有勇无谋。

---

① 〔法〕巴尔扎克：《农民》，《巴尔扎克全集》（第十八卷），资中筠等译，北京：人民文学出版社，1994 年版，第 103 页。

戈贝坦是法耶市市长，也是当地最大的木材供应商，与国家上层机构关系密切；里谷是个还俗的修士，担任布朗吉的乡长，与曾担任乡镇宪兵队长的苏德里同为高利贷者，两人平分了"从苏朗日直到法耶市五法里地的地方"，戈贝坦则疏通上层，"在更高级的领域内行使他的贪欲"[①]。广大农民则终年辛劳才能勉强维持生计。

艾格庄园是小说的导火索。自蒙柯奈 1817 年成为庄园主，它就为乡村资产者和农民所觊觎，后者想化庄园为耕地，前者则想霸占庄园来放贷。蒙柯奈是典型的拿破仑时期的军人，刚愎自用而专横粗暴，习惯用武力解决问题。有一次，富尔雄向蒙柯奈摊牌，希望将军能够怜悯周边的贫苦农民。他敞开心扉说道："我们锄头不离手，这就是我们的全部家当……我们大部分劳动所得都交了税——都得一辈子把生命化作汗水流光……注定一辈子要钉在土地上。"[②] 富尔雄这些农民并未从大革命获取什么实质利益，有的只是辛劳之后的贫穷以及不满情绪，他告诫将军，要学习前任庄园主拉盖尔小姐的仁慈，不要与周边农民为敌："您至少跟她一样富，却整天赶着我们跑，就跟赶凶猛的野兽一模一样。您还把小百姓抓到法庭上受审……这样下去您就会成为人民的敌人……"可惜，这种和解意愿却被蒙柯奈视为"宣战书"[③]。他很长时间内都没有认清自己真正的对手，愚蠢地将矛头对准因生活所迫而占取艾格庄便宜的农民，他的每一项管制措施都增加了农民的愤怒，致使他们与资产者越走越近，最终结成同盟。等到蒙柯奈发现戈贝坦等人的企图时，失败已不可挽回了。

在资产阶级与贵族的斗争中，农民充当了前者的帮凶。在资产者

---

① 〔法〕巴尔扎克：《农民》，《巴尔扎克全集》（第十八卷），资中筠等译，北京：人民文学出版社，1994 年版，第 256 页。

② 〔法〕巴尔扎克：《农民》，《巴尔扎克全集》（第十八卷），资中筠等译，北京：人民文学出版社，1994 年版，第 92—93 页。

③ 〔法〕巴尔扎克：《农民》，《巴尔扎克全集》（第十八卷），资中筠等译，北京：人民文学出版社，1994 年版，第 94 页。

的挑唆下，农民不断与蒙柯奈发生冲突，最终迫使其出卖了庄园。事实上，里谷等人对农民的剥削最为残酷。贫苦农民没有足够的钱购买土地，里谷就将土地抵押，让农民用收成来偿还利息，"他除了答应缓期逼债之外，不费任何本钱就可以使多少老农为之花光终身的积蓄。"可悲的是，农民并未认识到自己的处境，对他们而言，"劳力不算什么，特别是想到可以延期偿付应付的利息，更是心甘情愿……农民出了苦力还自以为什么都没付出……这样，人们付给里谷的有时候实际上比整个债务的本钱还多"[1]。小说专门举了农民库特居斯的例子，他从里谷那里借债买了一小块地，夫妻两人"天不亮就起，犁他们那块肥施得足足的地，也得了几个好收成，可也就刚够偿付给里谷地价差额的利息……到头来身无分文"[2]。库特居斯最终沦为贫民，成为其他人耻笑的对象。但是，里谷、苏德里与戈贝坦"用平民政治的红色外衣掩盖着无耻的巧取豪夺"[3]。"……多少人为里谷流汗，可人人都尊敬他；而将军……换来的却是……诅咒和仇恨。"[4]

在三种势力的角逐中，贵族势力落荒而逃，农民阶层沦为附庸，新兴资产阶级最终获胜，这一情节安排是完全符合法国当时的农村状况的。

2. 巴尔扎克对法国农村的发展趋势作出准确判断

马克思曾指出，"巴尔扎克不仅是当代的社会生活的历史学家，而且是一个创作者，他预先创造了在路易·菲力浦王朝时代还不过处于萌芽状态，而且直到拿破仑第三时代，即巴尔扎克死了以后才发展成

---

[1] 〔法〕巴尔扎克：《农民》，《巴尔扎克全集》（第十八卷），资中筠等译，北京：人民文学出版社，1994年版，第253页。

[2] 〔法〕巴尔扎克：《农民》，《巴尔扎克全集》（第十八卷），资中筠等译，北京：人民文学出版社，1994年版，第226页。

[3] 〔法〕巴尔扎克：《农民》，《巴尔扎克全集》（第十八卷），资中筠等译，北京：人民文学出版社，1994年版，第152页。

[4] 〔法〕巴尔扎克：《农民》，《巴尔扎克全集》（第十八卷），资中筠等译，北京：人民文学出版社，1994年版，第256页。

熟的典型人物"①。巴尔扎克这种预见性，在《农民》中就表现为对农村发展趋势的准确判断。

正如《农民》所描写的那样，法国农村斗争首先表现为资产阶级和贵族争夺统治权，也即资本主义经营方式和封建庄园经济之间的斗争。至于农民，"小资产阶级总是邀他们分享这盛筵，既把他们当助手，又把他们当俘虏"②。通萨尔等农民费尽心机赶走了蒙柯奈，却只换来了更残酷的剥削。短视愚昧的农民未能充分认识到高利贷者的险恶用心，他们朝思暮想的只是获得一小块属于自己的土地，因此，每个人都"使劲存钱，为的是分艾格庄一杯羹"③。小农的谋生方式致使其经常沦为资产阶级的帮凶与斗争的牺牲品，这在不久之后就得到了验证。

1848 年 12 月，路易·波拿巴高票当选法国总统，他推行谎言政治，却拥有法国小农这一人数众多的坚定支持者，统治基础看起来十分牢固。在马克思看来，这正是法国小农的保守愚昧所在：

"波拿巴王朝所代表的不是革命的农民，而是保守的农民；不是力求摆脱由小块土地所决定的社会生存条件的农民，而是想巩固这些条件和这种小块土地的农民；不是力求联合城市并以自己的力量去推翻旧制度的农村居民，而是愚蠢地据守这个旧制度并期待帝国的幽灵来拯救他们和他们的小块土地并赐给他们以特权地位的农村居民。波拿巴王朝所代表的不是农民的开化，而是农民的迷信；不是农民的理智，而是农民的偏见；不是农民的未来，而是农民的过去……"④

---

① 〔法〕拉法格：《忆马克思》，《回忆马克思恩格斯》，马集译，北京：人民出版社，1973 年版，第 6 页。
② 〔法〕巴尔扎克：《农民》，《巴尔扎克全集》（第十八卷），资中筠等译，北京：人民文学出版社，1994 年版，第 4 页。
③ 〔法〕巴尔扎克：《农民》，《巴尔扎克全集》（第十八卷），资中筠等译，北京：人民文学出版社，1994 年版，第 239 页。
④ 〔德〕马克思：《路易·波拿巴的雾月十八日》，《马克思恩格斯全集》（第 8 卷），中央编译局译，北京：人民出版社，1961 年版，第 218 页。

　　波拿巴政府带给农民的小块土地制，在更大程度上阻碍了历史的进步，它从拿破仑时期对城市自由竞争和正在兴起的大工业的有益补充，变成了资本家榨取利润、利息和地租的借口，自此，"农业日益恶化，农民负债日益增加"①。

　　巴尔扎克还预见到农民与资产者的矛盾。在《农民》中，农民与资产者虽然结成同盟，然而两者之间存在着无法调和的矛盾。资产者对农民只是利用关系，农民对此也有一定认识，通萨尔说："既然他们要把大片地给分了，我们就得跟他们一块儿去争一争，然后再回过头来对付里谷。""给他枪子儿！"②农民在沉重的生活中逐渐认识到了高利贷者的恶毒，认识到了资产者与政府沆瀣一气。虽然小说并未对两者的斗争详加描绘，但巴尔扎克注意到了这个潜在的矛盾，预示了即将到来的新的决战："这种不合群的成分从大革命产生出来的，有一天会把资产阶级消灭掉，和过去资产阶级吞噬了贵族一样。"③

　　总之，巴尔扎克"对现实关系具有深刻理解"主要表现在其对历史进程的清醒认识上。巴尔扎克是保王党人，对贵族具有天然的好感，但当时的保王党也已资产阶级化，巴尔扎克"向贵族靠拢，并没有改变他中小资产阶级的基本立场"④，这种立场和对待现实的客观态度，使他能够违反自己的同情和偏爱，看到贵族阶级必然走向衰落的事实。巴尔扎克因此"描写了这个在他看来是模范社会的最后残余怎样在庸俗的、满身铜臭的暴发户的逼攻之下逐渐灭亡，或者被这一暴发户所

---

①　〔德〕马克思：《路易·波拿巴的雾月十八日》，《马克思恩格斯全集》（第8卷），中央编译局译，北京：人民出版社，1961年版，第220页。

②　〔法〕巴尔扎克：《农民》，《巴尔扎克全集》（第十八卷），资中筠等译，北京：人民文学出版社，1994年版，第66页。

③　〔法〕巴尔扎克：《农民》，《巴尔扎克全集》（第十八卷），资中筠等译，北京：人民文学出版社，1994年版，第4页。

④　黄晋凯：《巴尔扎克和〈人间喜剧〉》，北京：北京出版社，1981年版，第25页。

腐化……在这幅中心图画的四周，他汇集了法国社会的全部历史"①。

巴尔扎克"对现实关系具有深刻理解"，原因是多方面的。巴尔扎克生活阅历十分丰富，他幼年缺少关爱，青年独立闯荡，屡次投资失败导致他终生深陷债务危机。在与三教九流打交道的过程中，他积累了丰富的社会经验，特别是对金钱有着同时代作家所没有的深刻认识。因此，正如勃兰兑斯所言，"巴尔扎克不仅仅是一个观察者；他是一个透视家"②。此外，巴尔扎克在创作中不自觉地运用了辩证法，这也是其"对现实关系具有深刻理解"的重要保证。

二、"了不起的革命的辩证法"

1883 年 12 月，在写给劳拉·拉法格的信中，恩格斯高度评价了巴尔扎克作品中的辩证法：

"在我卧床这段时间里，除了巴尔扎克的作品外，别的我几乎什么也没有读，我从这个卓越的老头子那里得到了极大的满足。这里有 1815 年到 1848 年的法国历史……在他的富有诗意的裁判中有多么了不起的革命辩证法！"③

这里提到的"辩证法"是马克思主义哲学的重要术语，也是重要的认识论与方法论。马克思的辩证法思想是在扬弃黑格尔哲学的基础上建立起来的，他曾这样指出他与后者的不同：

"我的阐述方法和黑格尔的不同，因为我是唯物主义者，黑格尔是唯心主义者。黑格尔的辩证法是一切辩证法的基本形式，但是，只有

---

① 〔德〕恩格斯：《致玛格丽特·哈克奈斯》，《马克思恩格斯全集》（第 37 卷），中央编译局译，北京：人民出版社，1971 年版，第 41—42 页。
② 〔丹麦〕勃兰兑斯：《十九世纪文学主流》（第五分册），李宗杰译，北京：人民文学出版社，1982 年版，第 220 页。
③ 〔德〕恩格斯：《致劳拉·拉法格》，《马克思恩格斯全集》（第 36 卷），中央编译局译，北京：人民出版社，1974 年版，第 77 页。

剥去它的神秘的形式之后才是这样，而这恰好是我的方法的特点。"①

1873 年，在《资本论》第二版跋中，马克思又进一步指出后者颠倒了思维与现实的关系：

"我的辩证方法，从根本上来说，不仅和黑格尔的辩证方法不同，而且和它截然相反。在黑格尔看来，思维过程……是现实事物的创造主，而现实事物只是思维过程的外部表现。我的看法则相反，观念的东西不外是移入人的头脑并在人的头脑中改造过的物质的东西而已。"②

厘清了思维与现实的关系后，马克思指出了辩证法的精髓：

"辩证法在对现存事物的肯定的理解中同时包含对现存事物的否定的理解，即对现存事物的必然灭亡的理解；辩证法对每一种既成的形式都是从不断的运动中，因而也是从它的暂时性方面去理解；辩证法不崇拜任何东西，按其本质来说，它是批判的和革命的。"③

此外，马克思再无关于辩证法的专门论述④，这就留下了关于辩证法的巨大阐释空间⑤。迄今为止，马克思的辩证法并没有一个令人信服的定义，我们只能从其基本形态、发展原则、批判本质以及实践基础等方面进行概括描述。一般认为，马克思的辩证法以唯物主义为基础，

---

① 〔德〕马克思：《马克思致路德维希·库格曼》，《马克思恩格斯全集》（第 32 卷），中央编译局译，北京：人民出版社，1974 年版，第 526 页。

② 〔德〕马克思：《资本论》，《马克思恩格斯全集》（第 23 卷），中央编译局译，北京：人民出版社，1972 年版，第 24 页。

③ 〔德〕马克思：《资本论》，《马克思恩格斯全集》（第 23 卷），中央编译局译，北京：人民出版社，1972 年版，第 24 页。

④ 马克思曾在给恩格斯的信中曾透露出对辩证法作出更具体阐述的计划，但最终并未兑现："我又把黑格尔的《逻辑学》浏览了一遍，这在材料加工的方法上帮了我很大的忙。如果以后再有功夫做这类工作的话，我很愿意用两三个印张把黑格尔所发现、但同时又加以神秘化的方法中所存在的合理的东西阐述一番，使一般人都能够理解。"〔见《马克思恩格斯全集》第 29 卷第 250 页。〕

⑤ 国内外学者对马克思的辩证法问题都十分重视，论著甚丰，参见白刚：《瓦解资本的逻辑：马克思辩证法的批判本质》，北京：中国社会科学出版社，2009 年版。相关论文可参见付文忠：《马克思辩证法的三个维度——英美马克思主义学者关于辩证法形态争论的启示》，《学术月刊》，2013 年第 3 期。

涵盖对立统一原则、发展运动原则，以及对现实的反思与批判原则等主要特点①。

在此意义上，巴尔扎克对人类本性的认识是富于辩证法意味的：

"人类既不善，也不恶。同它与生俱来的，既有某些本能，又有若干才能。卢梭断言社会使它堕落；其实不然，社会正在使人类变得更好、更完善。不过，利欲也在助长人类的不良倾向。"②

相应地，巴尔扎克在《农民》中没有对农民进行简单化处理，而是既描述了其现实形态，又分析了其历史状况，还指出了其未来出路。小说批判了农民的恶行，也赞美了农民的善良；鞭挞了农民的堕落，也歌颂了农民的高贵，这种对立统一的写作方法确实蕴含着"了不起的革命的辩证法"。

巴尔扎克花费了大量篇幅来揭示农民的品质败坏：

1. 好吃懒做，投机取巧

农民通萨尔是劳动能手，"修剪夹道的树木、花棚、篱笆和印度栗

---

① 如在辩证法研究方面卓有建树的孙正聿教授曾对与辩证法密切相关的基本内容与主要思想进行反思，这被白刚教授总结如下："辩证法的'合理形态'是马克思实践反思的辩证法；辩证法的'发展原则'是'发展'与'统一'的矛盾运动；辩证法的'批判本性'是对现存事物的肯定的理解中同时包含着对现存事物的否定的理解；辩证法的'实践基础'是人与世界的否定性统一关系；辩证法的'生存智慧'是人的生命活动对生存活动的超越。"（参见白刚《辩证法：从马克思走向当代——读〈马克思辩证法理论的当代反思〉》，《学习与探索》，2004年第4期。）有学者指出，马克思辩证法是一种"以实践为基础的，在思维、社会历史、人三个层面上展开的人的生活世界的辩证法，最终可归结为一种社会历史辩证法"。（见凤启龙、刘璟洁：《当代视域下马克思辩证法本性的解读》，《思想教育研究》，2012年第10期。）另有学者认为，马克思辩证法的本性是"动态的、开放的、否定的、批判的、革命的"。（见白刚、杨传社：《马克思辩证法超越形而上学的两条道路》，《东岳论丛》，2009年第5期。）也有学者对马克思辩证法作出较通俗易懂的概说，如章韶华即指出：其中指出："联系—发展"是马克思主义辩证法的基本内容，"对立统一"是马克思主义辩证法的主要形式，"决定反决定"是马克思主义辩证法的根本性质；马克思辩证法的基本原则是客体与主体相统一、条件与否定相统一，普遍与具体相统一。（见章韶华：《我所理解的马克思主义辩证法》，北京：中国广播电视出版社，1992年版。）

② 〔法〕巴尔扎克：《〈人间喜剧〉前言》，《巴尔扎克全集》（第一卷），丁世中等译，北京：人民文学出版社，1994年版，第10页。

子树这些活计，没人比得上他"①，艾格庄园主拉盖尔小姐因此很赏识他，便以让他为庄园作一百天工为条件卖给他一块地。但是，"在他该做的一百天中大约只做了三十天的工，其余的时间都在闲逛，和女用人调笑，特别是夫人的贴身女仆珂歇姑娘"②。通萨尔最后几乎白白占有了这样一块地。

通萨尔将投机取巧看作理所当然。他默许家人盗取林木、违禁捕猎，当蒙柯奈采取管制措施时，他狠毒地表示："大革命时代，杀财主还杀得不够，就是这么回事。"③ 通萨尔的母亲因盗取木材而被追赶，通萨尔就警告守卫说："瓦泰尔小子听着！如果下次你再敢闯进我的住宅，回你的可就是我的枪了。"④

通萨尔的岳父富尔雄绰号"狡猾之王"⑤，早年做小学教员时，懒得教孩子们读书识字，而"更多地帮孩子们拿字母卡片做小船和小鸡"⑥。转行做乡村邮递员后，又终日酗酒，丢三落四。被解雇后，他就和徒弟穆什"由恶习结合起来"⑦，依靠所谓搓麻绳与兜售水獭来骗取钱财。

2. 鲜廉寡耻，作风败坏

巴尔扎克认为农民的懒惰投机源于缺乏廉耻、见利忘义，例如他

---

① 〔法〕巴尔扎克：《农民》，《巴尔扎克全集》（第十八卷），资中筠等译，北京：人民文学出版社，1994年版，第47页。
② 〔法〕巴尔扎克：《农民》，《巴尔扎克全集》（第十八卷），资中筠等译，北京：人民文学出版社，1994年版，第48页。
③ 〔法〕巴尔扎克：《农民》，《巴尔扎克全集》（第十八卷），资中筠等译，北京：人民文学出版社，1994年版，第65页。
④ 〔法〕巴尔扎克：《农民》，《巴尔扎克全集》（第十八卷），资中筠等译，北京：人民文学出版社，1994年版，第67页。
⑤ 〔法〕巴尔扎克：《农民》，《巴尔扎克全集》（第十八卷），资中筠等译，北京：人民文学出版社，1994年版，第41页。
⑥ 〔法〕巴尔扎克：《农民》，《巴尔扎克全集》（第十八卷），资中筠等译，北京：人民文学出版社，1994年版，第49页。
⑦ 〔法〕巴尔扎克：《农民》，《巴尔扎克全集》（第十八卷），资中筠等译，北京：人民文学出版社，1994年版，第51页。

们"在家风问题上是无所顾忌的……他们从不问某一行为是否合法或合乎道德，只问是否有利"①。通萨尔为了获取拉盖尔小姐的土地，就与其相貌丑陋的女仆珂歇勾搭成奸。通萨尔的妻子则与戈贝坦、庄园守林人，以及村里有权势的人关系暧昧，以减轻家人因违禁打猎、偷盗庄园林木而受的惩罚。

通萨尔的两个女儿也是一身恶习，两人终日在乡里游荡，经常身穿不明来路的漂亮衣裙。姐妹俩成年后还与兄弟们挤在草料房里，通萨尔的老娘也睡在那里，这"与其说是一种保证，倒更像是出于需要，这又多了一层不道德"②。

3. 目光短浅，自私愚昧

通萨尔过于看重农民与蒙柯奈的表面冲突，忽视了里谷这些隐藏着的敌人。在资产者的蛊惑下，通萨尔等农民成为"别人深切仇恨的工具"③。他们不断对蒙柯奈发动各式各样的攻击，最终迫使其败走巴黎。然而，农民并未如愿分得一杯羹，因为乡村彻底成为高利贷者的天下。农民自此陷入里谷等人编织的大网，遭遇到更大的危机。

与品质败坏的通萨尔相对应，巴尔扎克也塑造了尼斯龙这位道德高尚的农民。尼斯龙曾在大革命时期任职，笃信共和与博爱精神，"坚强如铁，纯洁如金"，"集全乡忠贞廉洁于一身"④。他坚持共和国的主张，拥护人民的事业，将独生子送上前线，放弃属于自己的一份遗产，甘愿过着清贫的生活。与通萨尔以贫穷为借口自甘堕落不同，尼斯龙

---

① 〔法〕巴尔扎克：《农民》，《巴尔扎克全集》（第十八卷），资中筠等译，北京：人民文学出版社，1994年版，第57页。

② 〔法〕巴尔扎克：《农民》，《巴尔扎克全集》（第十八卷），资中筠等译，北京：人民文学出版社，1994年版，第56页。

③ 〔法〕巴尔扎克：《农民》，《巴尔扎克全集》（第十八卷），资中筠等译，北京：人民文学出版社，1994年版，第59页。

④ 〔法〕巴尔扎克：《农民》，《巴尔扎克全集》（第十八卷），资中筠等译，北京：人民文学出版社，1994年版，第221页。

认为"人民应该在富人面前做出公民道德和荣誉的典范"①。他"从来不拿别人一草一木"②，"仪表举止有一种说不出的高尚气质"③。尼斯龙的品质源于贵族传统。1790 年，法国国民议会废除了贵族头衔，但是许多贵族"积极融入革命进程，并努力适应革命后的新社会"④，也就是说，法国贵族在大革命时期迎来了回光返照，而尼斯龙直到数十年后仍保留了贵族精神的光辉。然而，晚年的尼斯龙只剩下"最后一小块地"⑤，他种植葡萄仍不足以维持生计；麦收时节，年逾古稀的尼斯龙还要去拾麦穗以补充口粮，高贵的老人"被长年劳动压弯了腰，面色苍白，满头银丝"⑥。尼斯龙最终成为神甫眼中"可怜的老头儿"⑦，并被富尔雄讥讽"为了糊口像牛一样干活"，却"连葡萄酒味儿是什么样的都不知道，总是像圣徒一样清醒"⑧。与尼斯龙的悲惨遭遇不同，通萨尔深受农民信任，"对各种利害关系都插一手，人家有什么牢骚他都听，然后对那些缺吃少穿的人给予指导"⑨。他"为一切下层阶级有怨气的人出谋划策"，因而在农民心目中"有巨大的影响"⑩。

① 〔法〕巴尔扎克：《农民》，《巴尔扎克全集》（第十八卷），资中筠等译，北京：人民文学出版社，1994 年版，第 227 页。
② 〔法〕巴尔扎克：《农民》，《巴尔扎克全集》（第十八卷），资中筠等译，北京：人民文学出版社，1994 年版，第 222 页。
③ 〔法〕巴尔扎克：《农民》，《巴尔扎克全集》（第十八卷），资中筠等译，北京：人民文学出版社，1994 年版，第 224 页。
④ 周立红：《"大革命时期的法国贵族"国际学术研讨会综述》，《世界历史》，2009 年第 3 期。
⑤ 〔法〕巴尔扎克：《农民》，《巴尔扎克全集》（第十八卷），资中筠等译，北京：人民文学出版社，1994 年版，第 221 页。
⑥ 〔法〕巴尔扎克：《农民》，《巴尔扎克全集》（第十八卷），资中筠等译，北京：人民文学出版社，1994 年版，第 221 页。
⑦ 〔法〕巴尔扎克：《农民》，《巴尔扎克全集》（第十八卷），资中筠等译，北京：人民文学出版社，1994 年版，第 88 页。
⑧ 〔法〕巴尔扎克：《农民》，《巴尔扎克全集》（第十八卷），资中筠等译，北京：人民文学出版社，1994 年版，第 91 页。
⑨ 〔法〕巴尔扎克：《农民》，《巴尔扎克全集》（第十八卷），资中筠等译，北京：人民文学出版社，1994 年版，第 57 页。
⑩ 〔法〕巴尔扎克：《农民》，《巴尔扎克全集》（第十八卷），资中筠等译，北京：人民文学出版社，1994 年版，第 59 页。

通萨尔在骗取拉盖尔小姐的土地上建起小酒馆，成为乡间"一切偷粮摸瓜、游手好闲、嗜酒成性"① 之人的欢聚场所。依靠投机取巧，通萨尔一时风生水起，成为众人的精神领袖。

即使对于同一个农民，巴尔扎克也写出了其对立统一的特点。例如富尔雄就既有好吃懒做的一面，也有洞察世事的一面。当通萨尔等人沉湎于瓜分艾格庄园的幻想时，他就颇有远见地指出："你们以为艾格庄冲着你们这副德行就会折价零卖吗？""你们让里谷敲骨吸髓三十年了，还没看出资产者比领主老爷更坏吗？"② 富尔雄还深刻指出："政府……把我们压得喘不过气来……资产者和政府是一码事儿。"③ 在小说开篇，富尔雄面对蒙柯奈伯爵等人的一番演说，也表明其对自身命运的清醒认识："您把我们叫做一群强盗……我们有年金收入吗？没见我们差不多是光着身子跑来跑去吗……我实在看不出来我们身上还有什么可拿走的……城里人坐在火炉边搞偷窃，这比到林子里捡树枝儿赚多了。戈贝坦先生来的时候差不多是赤条条一只虫，现在已经有二百万家当，不论是乡里的警察还是骑马的巡逻都管不着他。他才算得上是贼……您说说是我们还是你们城里人不干活儿就能生活？"④

巴尔扎克的小说也表现出发展运动的观念。农民贫困落后，作风败坏，是一群乌合之众。但是，他们并非从来如此。事实上，自 17 世纪初开始，由于各种原因，法国贵族逐渐离开乡村领地而走向城市。

---

① 〔法〕巴尔扎克：《农民》，《巴尔扎克全集》（第十八卷），资中筠等译，北京：人民文学出版社，1994 年版，第 59 页。
② 〔法〕巴尔扎克：《农民》，《巴尔扎克全集》（第十八卷），资中筠等译，北京：人民文学出版社，1994 年版，第 65 页。
③ 〔法〕巴尔扎克：《农民》，《巴尔扎克全集》（第十八卷），资中筠等译，北京：人民文学出版社，1994 年版，第 66 页。
④ 〔法〕巴尔扎克：《农民》，《巴尔扎克全集》（第十八卷），资中筠等译，北京：人民文学出版社，1994 年版，第 89 页。

缺少教化与保护的农民，日益成为托克维尔所谓的"被抛弃的阶级"①。富尔雄的"宣战书"就表明，农民多年来劳而无食，富人却坐享其成；"资产阶级取代了贵族老爷"② 后，农民更加困苦。贫穷与孤独造就了农民的逆反心理，他们才处处与压迫者对抗，进而对整个国家都充满怨恨。这种蕴含了发展变化的描写，显然也是符合辩证法的。

此外，《农民》还显示出巴尔扎克的深刻反思与"批判的和革命"精神，小说对法国的小块土地制、宗教的衰微、人民道德的沦丧，乃至国家的官僚体系都有批判。值得注意的是，在这些广泛而激烈的批判中，又包含着巴尔扎克对传统的留恋、对农民的怜悯，特别是对贵族的同情，这更突显其"富有诗意的裁判"。

三、"富有诗意的裁判"

上文提及，晚年恩格斯从《人间喜剧》得到了极大满足，在高度评价巴尔扎克的辩证法时，他也称赞其做出了"富有诗意的裁判"。在《农民》中，这种"诗意"主要表现在巴尔扎克对贵族精神的尊敬。

蒙柯奈伯爵无力抵抗资本主义的侵蚀而被迫出卖艾格庄园，显然是一位经济上的失败者，但巴尔扎克在叙述其经历时，却特意突出了他令人尊敬的贵族气质。蒙柯奈曾在拿破仑麾下任职，是一位战功赫赫的骑兵团长。伯爵身上闪耀着法国贵族的光辉，这在他对女性的尊敬与爱护上尤为明显。蒙柯奈性格粗暴，脾气急躁，在对待柔弱的妻子时，却像小鸟一样温和。他大声讲话时，"夫人只要伸一个手指头放

---

① 托克维尔指出，17 世纪以来，法国上层日益忽视农村，贵族陆续离开乡村领地到国王身边尽义务，贵族与农民的密切联系普遍中断。受其影响，农民对农村的感情消退，多想方设法进城。最终，农民与上层阶级几乎完全隔离开，其遭受的各种名目的赋税较以往却有增加。到18 世纪，农民成为被抛弃的阶级，日渐贫穷、蒙昧、粗野。（引文见托克维尔：《旧制度与大革命》，冯棠译，北京：商务印书馆，2013 年版，第 164 页。）
② 〔法〕巴尔扎克：《农民》，《巴尔扎克全集》（第十八卷），资中筠等译，北京：人民文学出版社，1994 年版，第 256 页。

到嘴边，他就不作声了"①。当有人向他提出什么建议时，他会充满敬意地说："假如夫人同意的话"②；甚至当他想与妻子说话时，也会十分绅士地征求其同意。巴尔扎克不无赞赏地写道："只有强壮、开阔、热血洋溢的人，驰骋疆场的名将，庄重威严的外交家，这些才智非凡的人，才能对弱者这样死心塌地的信任，这样宽宏大度，这样和蔼可亲，对女人这样始终不渝地爱护备至，毫无嫉妒之心。"③

恩格斯曾这样论述巴尔扎克笔下的贵族社会："他用编年的方式几乎逐年地把上升的资产阶级在1816年至1848年这一时期对贵族社会日甚一日的冲击描写出来，这一贵族社会在1815年以后又重整旗鼓，尽力重新恢复旧日法国生活方式的标准。他描写了这个在他看来是模范社会的最后残余怎样在庸俗的、满身铜臭的暴发户的逼攻之下逐渐灭亡……"④ 蒙柯奈正是这样的"最后残余"。他购买艾格庄园，并非因其经济价值，而是为了与新婚妻子休闲度假，以重新恢复旧日法国贵族的生活方式，但其应对变局的思想已经十分落后。基于贵族立场，他瞧不起农民，更看不上资产阶级暴发户。他将富尔雄的告诫看作"宣战书"，在听闻农民对庄园的破坏时，高喊道："要打仗么，好吧，打就打！"⑤ 当他得知戈贝坦等人一直觊觎艾格庄园时，立即勃然大怒，要与之决斗。但是，庄园梦想与勇武精神这些贵族特征并未能帮助其认清敌人，他将精力白白浪费在了对付农民身上。管家曾告诫他，现

---

① 〔法〕巴尔扎克：《农民》，《巴尔扎克全集》（第十八卷），资中筠等译，北京：人民文学出版社，1994年版，第21页。
② 〔法〕巴尔扎克：《农民》，《巴尔扎克全集》（第十八卷），资中筠等译，北京：人民文学出版社，1994年版，第21页。
③ 〔法〕巴尔扎克：《农民》，《巴尔扎克全集》（第十八卷），资中筠等译，北京：人民文学出版社，1994年版，第22页。
④ 〔德〕恩格斯：《致玛格丽特·哈克奈斯》，《马克思恩格斯全集》（第37卷），中央编译局译，北京：人民出版社，1971年版，第41页。
⑤ 〔法〕巴尔扎克：《农民》，《巴尔扎克全集》（第十八卷），资中筠等译，北京：人民文学出版社，1994年版，第145页。

在已不是用拳头解决问题的时代了："这是打埃居仗，看来这种仗对您说来可比那种仗难打。人是可以杀死的，可利益是杀不死的。您将要在所有资产者都参战的战场上同您的敌人作战，那就是买卖的战场！"①在这一战场上，艾格庄园的木材生意完全受制于戈贝坦，周围的农民又听命于里谷，贵族势力已经完全处于资本主义的包围之中，蒙柯奈的失败实属必然。虽然如此，巴尔扎克仍将这样一位没落贵族的失败称作"雄狮……被一千只苍蝇叮咬"②，贵族英雄的失败因而颇具悲剧意味。

　　与"有古代英雄的外表"③的蒙柯奈相比，新兴资产阶级群体则显得庸俗丑陋、卑劣无耻。戈贝坦身为艾格庄园管家，却以贫穷为借口监守自盗；当蒙柯奈斥责他时，后者竟以"诚实无欺"自居④。被解雇后，他便处心积虑地对旧主人进行报复，可谓"全勃艮第最危险的无赖"⑤。

　　里谷更是典型的恶棍。为了追逐财富，他以修士之身还俗；他担任乡长后，从不为民谋利，反而利用高利贷压榨乡邻，攫取了大量不义之财；为了霸占艾格庄，他与苏德里等人怂恿农民赶走蒙柯奈；与蒙柯奈相反，里谷从来视女性为玩物，他将妻子当成苦力使唤，还每三年更换一名美丽的女仆以满足淫欲。里谷自诩为乡村守卫者，实则是当地最大的祸害。

---

① 〔法〕巴尔扎克：《农民》，《巴尔扎克全集》（第十八卷），资中筠等译，北京：人民文学出版社，1994 年版，第 145 页。

② 〔法〕巴尔扎克：《农民》，《巴尔扎克全集》（第十八卷），资中筠等译，北京：人民文学出版社，1994 年版，第 160 页。

③ 〔法〕巴尔扎克：《农民》，《巴尔扎克全集》（第十八卷），资中筠等译，北京：人民文学出版社，1994 年版，第 20 页。

④ 〔法〕巴尔扎克：《农民》，《巴尔扎克全集》（第十八卷），资中筠等译，北京：人民文学出版社，1994 年版，第 119 页。

⑤ 〔法〕巴尔扎克：《农民》，《巴尔扎克全集》（第十八卷），资中筠等译，北京：人民文学出版社，1994 年版，第 139 页。

在新兴资产阶级组成的"庸人势力"①的挑唆下,"整个乡,整个小城镇结成联盟反对一位身经百战,虽然勇猛而终于死里逃生的老将军"②,最终,高贵输给了卑劣,雄狮败给了苍蝇。在不无同情地描写了蒙柯奈"在庸俗的、满身铜臭的暴发户的逼攻之下逐渐灭亡"之后,巴尔扎克愤愤不平地质问道:"难道人们推翻了忠于国家的贵族暴君,为的就是制造一群自私自利的暴君吗?"③

此外,小说中还塑造了原艾格庄园主拉盖尔小姐这样一位贵族形象。拉盖尔小姐是著名交际花,大革命爆发后逃到艾格庄定居。拉盖尔小姐只求平安度日,对周围农民的盗窃偷猎行为都容忍下来,她惯于以满不在乎的口吻说"得让大家都活下去呗"④,也因此博得仁慈的美名。对于这类上流社会的荡妇,巴尔扎克甚至也有某种称赞:"放荡的生活不但没有毁了她们,反而使她们更加滋润、永葆青春;在娇嫩柔弱的外表下,她们有着足以支撑她们漂亮身材的坚强神经。"⑤拉盖尔小姐最终以天使般的风度征服了乡民,闲适优雅地做了十多年庄园贵族。传统社会的交际花,在资产阶级逼迫下逃到乡村,竟以贞女与圣女的身份受到所有人的怀念,这真是贵族精神对满身铜臭的暴发户的绝妙讽刺。

蒙柯奈伯爵与拉盖尔小姐恪守贵族传统,不习惯资本主义生活方式,也不愿意去迎合时代潮流,这种不合时宜正是传统"模范社会"

① 〔法〕巴尔扎克:《农民》,《巴尔扎克全集》(第十八卷),资中筠等译,北京:人民文学出版社,1994年版,第170页。
② 〔法〕巴尔扎克:《农民》,《巴尔扎克全集》(第十八卷),资中筠等译,北京:人民文学出版社,1994年版,第182页。
③ 〔法〕巴尔扎克:《农民》,《巴尔扎克全集》(第十八卷),资中筠等译,北京:人民文学出版社,1994年版,第179页。
④ 〔法〕巴尔扎克:《农民》,《巴尔扎克全集》(第十八卷),资中筠等译,北京:人民文学出版社,1994年版,第107页。
⑤ 〔法〕巴尔扎克:《农民》,《巴尔扎克全集》(第十八卷),资中筠等译,北京:人民文学出版社,1994年版,第18页。

残存的"诗意"，不无以贵族精神抵抗资本法则的意味。

这种"诗意"也正是马克思和恩格斯十分关注的方面，例如《共产党宣言》在对资产阶级的历史功绩作出高度评价之时，也对其进行了激烈的批判：

"凡是资产阶级已经取得统治的地方，它就把所有封建的、宗法的和纯朴的关系统统破坏了……它使人和人之间除了赤裸裸的利害关系即冷酷无情的'现金交易'之外，再也找不到任何别的联系了。它把高尚激昂的宗教虔诚、义侠的血性、庸人的温情，一概淹没在利己主义打算的冷水之中。它把人的个人尊严变成了交换价值……"①

资产阶级固然为人类带来了丰厚的物质文明，但其弊端在于资本法则使得一切关系都成为利害关系，任何没有交换价值的东西都变得毫无价值；它用货币解构了崇高与伟大，造成了人类历史上前所未有的精神困境。马克思因此指出"资本主义生产就同某些精神生产部门如艺术和诗歌相敌"②，巴尔扎克就曾在《幻灭》中塑造了吕西安这一贫困诗人形象，他迫于经济压力而出卖情感与文字，成为资本的牺牲品。资本主义社会的牟利动机至今仍然威胁着某些精神生产行业的腐蚀，因而马克思的这一论断至今仍然有其合理性③。

在资本与道德的对峙中，马克思向来赞成后者。在《鸦片贸易史》中，马克思对于宁愿牺牲物质财富而不愿在国内种植鸦片的道光等皇帝心怀敬意：

"中国皇帝为了制止自己臣民的自杀行为，既禁止外国人输入这种

---

① 〔德〕马克思、恩格斯：《共产党宣言》，《马克思恩格斯全集》（第 4 卷），中央编译局译，北京：人民出版社，1958 年版，第 468 页。
② 〔德〕马克思：《资本论（第四卷）》，《马克思恩格斯全集》（第 26 卷第 1 册），中央编译局译，北京：人民出版社，1972 年版，第 296 页。
③ 吕西安是资本主义生产方式侵害艺术精神的典型例证，而这种侵害由于资本主义生产方式的存在，至今仍然存在。（参看陆晓光《"资本主义生产与某些精神生产部门相敌对"——关于马克思的一个命题的思考》，《华东师范大学学报（哲社版）》，2003 年第 9 期。）

毒品，又禁止中国人吸食这种毒品，而东印度公司却迅速地把在印度种植鸦片以及向中国私卖鸦片变成自己财政系统的不可分割的部分。"

马克思进而充满讽刺地写道：

"半野蛮人维护道德原则，而文明人却以发财的原则来对抗。"

"在这场决斗中，陈腐世界的代表是激于道义原则，而最现代的社会的代表却是为了获得贱买贵卖的特权——这的确是一种悲剧，甚至诗人的幻想也永远不敢创造出这种离奇的悲剧题材。"①

在资本主义原始积累时代，文明人与半野蛮人的矛盾无处不在。随着大工业的突飞猛进，伴随启蒙运动的"祛魅"，人类迎来了《人间喜剧》所充分展示出的资本主义世俗社会图景②。巴尔扎克无奈地看到心爱的贵族阶层（经济学意义上的"半野蛮人"）日益衰落，真实地描述了贵族精神的衰微，反映出他对"庸俗的、满身铜臭的暴发户（经济学意义上的'文明人'）"的不满；这也正是马克思从《巴黎手稿》到《资本论》始终坚持鲜明批判态度的原因。马克思客观肯定资产阶级的历史功绩，却"决不用玫瑰色描绘资本家和地主的面貌"③；巴尔扎克"把上升的资产阶级在 1816 年至 1848 年这一时期对贵族社会日甚一日的冲击描写出来"，却仍对贵族充满好感。可见，巴尔扎克的"诗意"与马克思对古老"道德原则"怀抱的敬意之间可谓灵犀相通。

巴尔扎克通过艾格庄园的变迁，概括了复辟王朝时期的农村社会矛盾与斗争，令人信服地展现了从大革命到七月革命之间法国农村的真实历史。作为巴尔扎克"决心要写的作品中最艰巨的一部"，《农

---

① 〔德〕马克思：《鸦片贸易史》，《马克思恩格斯全集》（第 12 卷），中央编译局译，北京：人民出版社，1962 年版，第 587 页。
② 俞吾金：《被遮蔽的马克思》，北京：人民出版社，2012 年版，第 464 页。
③ 〔德〕马克思：《资本论》，《马克思恩格斯全集》（第 23 卷），中央编译局译，北京：人民出版社，1972 年版，第 12 页。

民》"无论就内容深刻、结构谨严、刻画细致、风格明朗而论，都是属于批判现实主义的上乘之作"①。《农民》对现实的深刻理解，对辩证法的巧妙运用，及其可贵的"诗意"，正是马克思、恩格斯对巴尔扎克高度赞扬的原因所在。

第二节 "值得玩味的讽刺"
——马克思何以推荐巴尔扎克《玄妙的杰作》

1867 年 2 月，《资本论》第一卷书稿交付印刷后，马克思写信建议恩格斯阅读巴尔扎克的短篇小说《玄妙的杰作》与《言归于好的麦尔摩特》②：

"亲爱的弗雷德：

"非常感谢你寄来的二十英镑。……

"现在我只能给你写这几行字，因为房东的代理人正在我这里，我对他不得不扮演巴尔扎克喜剧中的梅尔卡岱③的角色。讲到巴尔扎克，我建议你读一读他的《不出名的杰作》和《言归于好的麦尔摩特》。这两本小杰作充满了值得玩味的讽刺。"④

---

① 蒋芳：《巴尔扎克在中国》，北京：中国社会科学出版社，2009 年版，第 231 页。
② 据调查，巴尔扎克《不出名的杰作》的名称至少有三种译法：1.《不为人知的杰作》（金志平编选，《巴尔扎克精选集》，济南：山东文艺出版社，1998 年版第 631 页；〔英〕柏拉威尔：《马克思和世界文学》，梅绍武等译，北京：三联书店，1982 年版第 495—496 页）。2.《玄妙的杰作》（《巴尔扎克全集·第二十卷·人间喜剧·哲理研究〔I〕》北京：人民文学出版社，1994 年版第 412 页）。3.《不出名的杰作》（《马克思恩格斯全集》（第 31 卷）第 280 页）。本节据《巴尔扎克全集》译作《玄妙的杰作》。另，本节主要探讨艺术精神与资本法则之关系，《言归于好的麦尔摩特》不在讨论范围内。
③ 梅尔卡岱是巴尔扎克五幕散文剧《投机商》（1848）的主角，从事股票投机生意，一度负债累累，濒临破产。
④ 〔德〕马克思：《马克思致恩格斯》，《马克思恩格斯全集》（第 31 卷），中央编译局译，北京：人民出版社，1972 年版，第 280 页。

马克思在经济窘迫之际，尤其是在刚提交《资本论》书稿，特别向恩格斯推荐巴尔扎克的这两部并不十分著名的小说，并且称其中"充满了值得玩味的讽刺"，这是值得我们重视的。迄今关于马克思美学的研究很少注意上引一段书信文字，也很少关注《资本论》创作与现代艺术的关系，本节分析马克思何以推荐《玄妙的杰作》的原因，期望由此也管窥马克思人文精神之一斑。

一、《资本论》艺术风格与弗朗霍费绘画的相似

《玄妙的杰作》讲了一位名叫弗朗霍费的画家，花十年时间创作一幅肖像，以图用最完美的技巧彪炳史册。创作过程中，他拒绝所有来访者的参观。画作完成后，却被告知只是创作了一堆乱七八糟的线条。弗朗霍费悲痛而泣，却骄傲地将画作付之一炬，从容走向死亡。这部小说情节简单，结构普通，因而关注者很少①。然而，从马克思对小说的关注入手，或将有助于我们挖掘作品的深层思想涵蕴，理解艺术家精神与资本主义市场法则的复杂博弈。

小说写道，青年画家尼古拉·普桑②去拜访宫廷画名家波尔比斯③时，巧遇弗朗霍费。后者批评波尔比斯"已经闻名于世"④的圣女画像"各部分都符合解剖原理"，但"没有生命……皮肤下面，没有血液

---

① 据笔者调查，国内相关论文只有两篇：蒋芳《人性：巴尔扎克小说的又一主题》，《衡阳师范学院学报》（社会科学），2004 年第 4 期），该文对"人性"进行解读，赞美画家的韧劲；郑克鲁：《巴尔扎克短篇小说浅析》，《湘潭大学学报》（社会科学版），1992 年第 4 期。（郑克鲁另有《论巴尔扎克中短篇小说》，《殷都学刊》，1995（2），两文对《玄妙的杰作》的分析基本相同。）该文认为小说反映了巴尔扎克的艺术观，指出作家认为应当把美与形式联系起来。

② 普桑（1594—1665），17 世纪法国古典主义绘画的奠基人，讲求"精湛的素描"。（见张荣生《法国古典主义绘画大师普桑》，《外国文学》1983 年第 11 期。）

③ 弗朗索瓦·波尔比斯（1570—1622），佛兰德斯（今比利时）画家，曾游历意大利，后应召在法国宫廷任画师，曾为玛丽·德·梅迪契（1573—1642）王后绘制全身巨幅肖像。

④ 〔法〕巴尔扎克：《玄妙的杰作》，《巴尔扎克全集》（第二十卷），张裕禾等译，北京：人民文学出版社，1994 年版，第 415 页。

在奔流"①，总体上显得"不真实，不含蓄，没有一点深刻的寓意"②。弗朗霍费进而阐述了自己的艺术见解："艺术的使命不是复制绘画的对象，而是表达它……要抓住事物和人物的精神、灵魂、面貌。"画家"不应当是蹩脚的复制者，而应当是诗人"③，而"要成为伟大的诗人，熟悉句法和不犯语法错误是不够的"④。弗朗霍费因此建议波尔比斯"深入到形式的本质中去"⑤，而不能像寻常画家那样"画了生活的表象，但没有表现其丰满充实的内涵"⑥。可见，弗朗霍费并不看重客观对象的描摹，更在意内在精神的表达。

　　在西方绘画史上，古典主义以真实描摹见长。作为这一时期"卓绝的画家"⑦，弗朗霍费何以有此求新求变的冲动呢？原来，弗朗霍费对绘画十分虔诚，他花费重金满足知名画家玛比斯⑧的愿望，并成为其唯一的学生，从而学到其"画出立体感"和"赋予形象特殊生命"⑨

---

① 〔法〕巴尔扎克：《玄妙的杰作》，《巴尔扎克全集》（第二十卷），张裕禾等译，北京：人民文学出版社，1994年版，第416—417页。
② 〔法〕巴尔扎克：《玄妙的杰作》，《巴尔扎克全集》（第二十卷），张裕禾等译，北京：人民文学出版社，1994年版，第418页。
③ 〔法〕巴尔扎克：《玄妙的杰作》，《巴尔扎克全集》（第二十卷），张裕禾等译，北京：人民文学出版社，1994年版，第418页。
④ 〔法〕巴尔扎克：《玄妙的杰作》，《巴尔扎克全集》（第二十卷），张裕禾等译，北京：人民文学出版社，1994年版，第416页。
⑤ 〔法〕巴尔扎克：《玄妙的杰作》，《巴尔扎克全集》（第二十卷），张裕禾等译，北京：人民文学出版社，1994年版，第419页。
⑥ 〔法〕巴尔扎克：《玄妙的杰作》，《巴尔扎克全集》（第二十卷），张裕禾等译，北京：人民文学出版社，1994年版，第420页。
⑦ 〔法〕巴尔扎克：《玄妙的杰作》，《巴尔扎克全集》（第二十卷），张裕禾等译，北京：人民文学出版社，1994年版，第430页。小说背景为1612年（见《巴尔扎克全集》第二十卷，第412页），17世纪是法国古典主义时期，此时的绘画强调"科学和理性经营，重视客观描绘，不掺杂主观情绪"等（见王鹭《新古典主义绘画的当下解读》，《艺术评论》2013年第5期，第108页）。弗朗霍费的高超技巧主要表现在，他对普桑现场做的肖像画进行修改，令其与波尔比斯心悦诚服。（《巴尔扎克全集》第二十卷，第423页）甚至弗朗霍费早期"胡乱涂抹的作品"都让普桑赞叹不已，称其为"画神"（《巴尔扎克全集》第二十卷，第425页）。
⑧ 玛比斯（1478—1536），佛兰德斯画家。
⑨ 〔法〕巴尔扎克：《玄妙的杰作》，《巴尔扎克全集》（第二十卷），张裕禾等译，北京：人民文学出版社，1994年版，第429页。

的本领。而且，"热衷于绘画艺术的"弗朗霍费"比其他画家看得更高，更远……对色彩，对线条的绝对真实性，进行过深刻的思考"①，最终，他对素描的价值也产生了怀疑，认为线条只能画出几何图形却不能表现事物的本质。这与时代观念大相径庭，以波尔比斯为代表的绘画名家即认为，即使"素描画出躯壳，色彩赋予生命……但是没有躯壳的生命较之没有生命的躯壳更不完整"②；后来成为古典主义绘画大师的普桑，此时对弗朗霍费的观点也不认同③。显然，时代更欣赏流畅的线条，而非浓重的色彩，更接受完整的形式，而非内在的生命。弗朗霍费因而显得格格不入，甚至被讥讽为"出身豪门，才有条件胡思乱想"，④ 波尔比斯还告诫普桑千万不要步老画家的后尘。

弗朗霍费最后同意波尔比斯与普桑参观其画作时，他们根本无法欣赏那幅现代艺术，只看到"乱七八糟的颜色"与"奇形怪状的线条"⑤。这沉重打击了孤独的探索者，弗朗霍费悲痛地说："那么，我既无才，又无能，我不过是个有钱人，是个行尸走肉罢了！我什么也创造不出来了！"⑥

马克思对《玄妙的杰作》念念不忘，正是因为《资本论》与弗朗霍费绘画在艺术风格上的相似。弗朗霍费绝不迎合艺术潮流，他抛弃传统素描，大胆运用色彩，成功创制出抽象的现代艺术；马克思也与

---

① 〔法〕巴尔扎克：《玄妙的杰作》，《巴尔扎克全集》（第二十卷），张裕禾等译，北京：人民文学出版社，1994 年版，第 429 页。
② 〔法〕巴尔扎克：《玄妙的杰作》，《巴尔扎克全集》（第二十卷），张裕禾等译，北京：人民文学出版社，1994 年版，第 430 页。
③ 普桑认为被弗朗霍费激烈批评的圣女像"是件绝妙的作品"。（见《巴尔扎克全集》第二十卷，第 421 页。）
④ 〔法〕巴尔扎克：《玄妙的杰作》，《巴尔扎克全集》（第二十卷），张裕禾等译，北京：人民文学出版社，1994 年版，第 430 页。
⑤ 〔法〕巴尔扎克：《玄妙的杰作》，《巴尔扎克全集》（第二十卷），张裕禾等译，北京：人民文学出版社，1994 年版，第 441 页。
⑥ 〔法〕巴尔扎克：《玄妙的杰作》，《巴尔扎克全集》（第二十卷），张裕禾等译，北京：人民文学出版社，1994 年版，第 443 页。

以往经济学家不同，并未把《资本论》做成关于商品、货币、资本、交换等的纯"经济学"著作，而是如英国学者弗朗西斯·惠恩所言，"将观点和来自神话和文学作品以及工厂视察员的报告和童话的引文并列在一起，这是庞德的《诗章》或艾略特的《荒原》所采用的那种方式。《资本论》如同勋伯格①那般不和谐，如同卡夫卡那般梦魇化。"②换言之，《资本论》被马克思打造成了充满生命感触、饱含人文关怀、别有现代审美意蕴的"艺术品"。

1865 年 7 月 31 日，马克思在致恩格斯的信中对《资本论》的艺术结构进行强调指出："不论我的著作有什么缺点，它们却有一个长处，即它们是一个艺术整体。"③ 除了宏观艺术结构的考量，《资本论》在典故运用和言语修辞等微观层面也充满艺术自觉。与其他政治经济学著作不同，《资本论》引用了超过百处的文学典故④。而且，这些引用涉及《资本论》中商品和货币、剩余价值的产生、资本积累等几乎所

---

① 勋伯格（1874—1951），美籍奥地利裔作曲家、音乐教育家和音乐理论家，继承发展并最终打破了 19 世纪德国浪漫主义的音乐传统，率先将历史上的和谐理解为神话，首创"十二音体系"的无调性音乐，实现了其所谓"不和谐的解放"。其创造的不和谐音深远影响了 20 世纪的音乐发展。

② 〔英〕弗朗西斯·惠恩：《马克思〈资本论〉传》，陈越译，北京：中央编译出版社 2009 年版，第 8 页。

③ 〔德〕马克思：《马克思致恩格斯》，《马克思恩格斯全集》（第 31 卷），中央编译局译，北京：人民出版社，1972 年版，第 135 页。马克思对"艺术整体"的强调主要基于资本主义生产方式是包括商品生产、货币流通、剩余价值生产与资本积累等各个环节的客观整体，也着眼于《资本论》四卷本的整体结构，不过，马克思在各分卷（例如第一卷）也有自觉的"艺术整体"考虑。例如，马克思在论述某一范畴时，充分考虑到它在其他各卷需要论述的侧面。第一卷主要研究资本的生产过程，但也涉及流通过程。这是因为一般商品流通是资本主义生产的历史前提，劳动力的买卖是货币转化为资本的必要条件，因此这些属于流通过程的内容必须在第一卷有基本交代（见陆晓光：《〈资本论〉结构艺术与马克思美学理念》，《华东师范大学学报》（哲学社会科学版），2007 年第 1 期）。

④ 它们涵盖从古希腊、古希伯来到 19 世纪的大量作家作品，引用来源包括贺拉斯、但丁、莎士比亚、《圣经》、荷马、歌德、笛福、狄德罗、伊索、伏尔泰、巴尔扎克、维吉尔、席勒、拉伯雷，以及吸血鬼故事、德国通俗小说、英国浪漫小说、流行民谣、通俗剧和谚语等（《资本论》"人名索引：文学作品和神话中的人物"部分有马克思文学引用详细资料，见《马克思恩格斯全集》（第 23 卷），第 908—910 页）。

有关键问题①。

马克思还创造性地运用反讽、夸张、比喻等多种修辞②，其中"在科学上没有平坦的大道，只有不畏劳苦沿着陡峭山路攀登的人，才有希望达到光辉的顶点"等早已为人们熟知。特别值得注意的是，《资本论》还运用了《诗章》《荒原》中常见的现代主义的拼贴手法③。当马克思谈到资本积累时，就综合了席勒的《人质》与歌德的《浮士德》，又将《圣经》人物与巴尔扎克笔下的守财奴并置一处，并插入《国富论》的情节，生动刻画出资本积累与消费的灵肉冲突，营造出虚实相生、复杂矛盾的意境，将神话与现实交织，使历史与未来相通：

"原罪到处发生作用。随着资本主义生产方式、积累和财富的发

---

① 马克思在批判货币的异化作用时，提及《雅典的泰门》对黄金的著名诅咒："金子！黄黄的，发光的，宝贵的金子！只这一点点儿，就可以使黑的变成白的，丑的变成美的……该死的土块，你这人尽可夫的娼妇……"（引文见《马克思恩格斯全集》第 23 卷，第 152 页）；在阐释资本积累与单纯的货币贮藏时，马克思以巴尔扎克的《高布赛克》为注脚："把货币贮藏起来不投入流通，同把货币作为资本而增殖，恰恰是相反的两回事，从货币贮藏的意义上进行商品积累，是十足的愚蠢行为。"马克思此处注释为："例如巴尔扎克曾对各色各样的贪婪作了透彻的研究，那个开始用积累商品的办法来贮藏货币的老高利贷者高布赛克，在他笔下已经是一个老糊涂虫了。"（引文见《马克思恩格斯全集》第 23 卷，第 646 页）在论述资本增殖过程时则引用了《浮士德》著名诗句："当资本家把货币变成商品，使商品充当新产品的物质形成要素或劳动过程的因素时，当他把活的劳动力同这些商品的死的物质合并在一起时，他就把价值，把过去的、物化的、死的劳动变为资本，变为自行增殖的价值，变为一个有灵性的怪物，它用'好像害了相思病'的劲头开始去'劳动'"（引文见《马克思恩格斯全集》第 23 卷，第 221 页）。"好像害了相思病"见歌德《浮士德》第 1 部第 5 场。

② 夸张与反讽的运用可见女工沃克利劳累而死的描述，参见《马克思恩格斯全集》（第 23 卷），第 283—284 页。《资本论》运用大量的比喻，参见《马克思恩格斯全集》（第 23 卷），第 8、17、26、98、260、335、380、708、726 等页。可参考本书绪论"研究对象与选题意义"部分。

③ 文学中的拼贴手法将各种文本如文史哲、神话、科学论文、新闻报道以及日常俚语、俗语等排列组合在一起，构成一个似乎有内在关联性的整体，通过强调文本间的互异性，产生震撼性效果。拼贴常给人不同空间的互切，同时间经验的同时并置之感。庞德在《诗章》中将多种语言文字与各种符号复制在诗句中，同时将各种文献碎片拼贴起来（参见：朱伊革：《论庞德〈诗章〉的现代主义特征》，《国处文学》2014 年第 1 期）。艾略特在《荒原》中也多用拼贴手法，他擅长将文章素材分割后重新进行组合，从而让人"感觉到远古，也感觉到现在，而且感觉到远古与现在是同时存在的"（参见蔡申：《象征与用典——解读艾略特的〈荒原〉》，《名作欣赏》，2005 年第 10 期）。

展，资本家不再仅仅是资本的化身。他对自己的亚当具有'人的同情感'，而且他所受的教养，使他把禁欲主义的热望嘲笑为旧式货币贮藏者的偏见。古典的资本家谴责个人消费是违背自己职能的原罪，是'节制'积累，而现代化的资本家却能把积累看作是'放弃'自己的享受欲。'啊，他的胸中有两个灵魂，一个要想同另一个分离！'"①

在论及商品与货币流通时，马克思也运用了拼贴方法。他以莎士比亚与贺拉斯为背景，让商品与货币谈起了恋爱，创造出虚拟与现实相辉映的意境："我们看到，商品爱货币，但是'真爱情的道路绝不是平坦的'。把自己的'分散的肢体'表现为分工体系的社会生产有机体，它的量的构成，也像它的质的构成一样，是自发地偶然地形成的。"②

甚至《资本论》本身也是一部拼贴艺术。它对历史、文学、神话、寓言、童话、《圣经》、考察报告和经济学原理等进行跨时空拼贴并置，造成光怪陆离的艺术效果，其中有货币与商品的恋爱，有劳动者与资本家的交锋，还有资本吸血鬼对工人的吞噬。现代技巧的大量使用，在增强艺术性的同时，也打破了商品、资本、工厂生产与剩余价值等叙述对象在时空和因果上的固定联系，创造出支离破碎、转瞬即逝的恍惚感，《资本论》因而在形式上迥异于传统政治经济学著作，具备现

---

① 〔德〕马克思：《资本论》，《马克思恩格斯全集》（第23卷），中央编译局译，北京：人民出版社，1972年版，第651页。"原罪"与"亚当"都是《圣经》用语；"人的同情感"引自席勒的叙事诗《人质》。"两个灵魂"套用了歌德《浮士德》第1部第2场《城门之前》中的诗句。"旧式货币贮藏者"曾被马克思用来指称高布赛克等守财奴。亚当·斯密等古典经济学家曾经认为剩余价值来自资本家的节俭与积累："勤劳提供物资，而节俭把它积累起来"，参见《马克思恩格斯全集》第23卷第652页。

② 〔德〕马克思：《资本论》，《马克思恩格斯全集》（第23卷），中央编译局译，北京：人民出版社，1972年版，第126页。

代艺术风格①。

　　弗朗霍费摒弃传统素描，认为临摹即使完全符合解剖学原理，也没有生命活力，而要表达灵魂就必须深入到形式的本质中去，也就是说，绘画必须穿透表象，表现事物的内涵。马克思同样深刻认识到，传统政治经济学只注意到经济活动的表象，它在人人平等、公平竞争的假设下，将工人与物质生产要素等同，从而视资本主义经济体制天然合理而和谐公正。事实上，人们在财产、地位、教育程度等方面都存在差异，在《资本论》中，马克思花费大量精力揭示了剩余价值的形成，从而表明人们的差异性并非天然形成。在《工作日》和《机器和大工业》等章节中，马克思对资本家残酷压迫剥削工人进行了更为详细的揭露，进而总结出资本主义社会经济矛盾和运动规律。在《所谓原始积累》一节中，马克思更是指出："资本主义私有制的丧钟就要响了。剥夺者就要被剥夺了。"② 马歇尔·伯曼认为，在《共产党宣言》对资产阶级的描述中，"马克思从两个对立的方面……塑造和激发未来一个世纪的现代主义文化：一方面是永不满足的欲望和冲动、不断的革命、无限的发展、一切生活领域中不断的创造和更新；另一方

---

① 弗里斯比指出，本雅明等现代性研究者肯定了波德莱尔对现代性"飞逝的、过渡的和任意性"的描述，表明现代性意味着分裂、混乱和迷茫，以及"不可能存在固定而明确的研究对象"（参见〔英〕戴维·弗里斯比：《现代性的碎片——齐美尔、克拉考尔和本雅明作品中的现代性理论》，卢晖临等译，北京：商务印书馆2003年版，第7—10页）。马歇尔·伯曼指出：现代性就是"一个不断崩溃与更新、斗争与冲突、模棱两可与痛苦的大漩涡"，就是一个"一切坚固的东西都烟消云散"的世界（参见《一切坚固的东西都烟消云散了——现代性体验》，第15页）。《资本论》对现代拼贴技巧的大量使用，表明马克思对商品构成的资本主义社会的现代性特质的清醒认识，他首先在修辞上将其纳入了现代范畴。在内容上，《资本论》最终指出，资本主义制度并不稳固，终将灰飞烟灭，这也是现代社会的重要标志之一。不过，这种努力也使得《资本论》文本显得断裂、混乱："即使是在我们这个后现代的时代，《资本论》中的断裂叙事和极端的不连贯被许多潜在读者误认为是毫无形式、无法理解。"（见〔英〕弗朗西斯·惠恩：《马克思〈资本论〉传》，陈越译，北京：中央编译出版社2009年版，第10页）
② 〔德〕马克思：《资本论》，《马克思恩格斯全集》（第23卷），中央编译局译，北京：人民出版社，1972年版，第831—832页。

面则是虚无主义、永不满足的破坏、生活的碎裂和吞没、黑暗的中心、恐怖。"① 在他看来，"一切坚固的都烟消云散了"这一著名形象，完全具备了"我们准备在兰波或尼采、里尔克或叶芝身上找到的那种东西——'事物破碎了，中心不复存在'"，因而具有"现代主义想像的特点"②。伯曼因此强调《共产党宣言》"是第一件伟大的现代主义艺术品"③。如果说《共产党宣言》是充满激情的呐喊，那么《资本论》就是冷静而深刻的学理阐述，它回顾各阶级的历史起源，揭露剩余价值的秘密，指明无产阶级夺取胜利的方法与前景。作为"现代主义艺术品"《共产党宣言》的理论背景，《资本论》可谓详细生动地描述了坚固的资本主义制度终将烟消云散这一问题。它表明，在资本主义社会，即使是作为社会细胞而存在的最基础最平凡的商品，也"充满形而上学的微妙和神学的怪诞"④，以之为基础的资本主义大厦更是神秘而难以捉摸：贫富不均普遍存在，但资本家对工人的剥削却披着合理合法的外衣；机器的广泛运用极大提升了劳动效率，却又降低了利润率；资本家需要稳定的秩序以获取利润，却又有制造混乱以掠夺财富的冲动；无产阶级处于社会最底层，却成为资本主义制度的未来掘墓人。《资本论》所呈现的，正是一幅既定秩序崩坏，矛盾冲突不断，异常不稳定不和谐的现代主义场景，也堪称"伟大的现代主义艺术品"。

弗朗霍费与马克思都是充满胆识的卓越艺术家。前者敏锐意识到传统素描难以表达现代生活，就大胆以色彩取代了线条，以"乱七八糟的颜色"与"奇形怪状的线条"直指生活的本质；马克思更是深刻

① 〔美〕马歇尔·伯曼：《一切坚固的东西都烟消云散了——现代性体验》，徐大建等译，北京：商务印书馆，2013年版，第131页。
② 〔美〕马歇尔·伯曼：《一切坚固的东西都烟消云散了——现代性体验》，徐大建等译，北京：商务印书馆，2013年版，第114页。
③ 〔美〕马歇尔·伯曼：《一切坚固的东西都烟消云散了——现代性体验》，徐大建等译，北京：商务印书馆，2013年版，第132页。
④ 〔德〕马克思：《资本论》，《马克思恩格斯全集》（第23卷），中央编译局译，北京：人民出版社，1972年版，第87页。

认识到，在充满拜物教色彩的商品与资本盛行的资本主义社会，人与物的关系已根本颠倒，正如惠恩所言，"资本主义本身就是一个隐喻……它将生命的主体替换为客体……将人变为畸形"①。面对充满虚幻的资本主义社会，传统方法已难以准确表现其本质，《资本论》的艺术风格可能是最为合适的选择。

二、《资本论》创作精神与弗朗霍费追求的相似

弗朗霍费不为其时代接受，除了古典主义风靡一时外，还有资本主义市场法则的影响因素。丹尼尔·贝尔指出："十六世纪后，资产阶级……把经济活动变成了社会的中心任务。"② 艺术家从此离开了供养人，开始自谋生路："以前，艺术家依靠一个赞助庇护系统……这些机构的文化需要，如主教、王子的艺术口味，或国家对于歌功颂德的要求，便能决定当时主导性的艺术风尚。可自从艺术变为自由买卖物件，市场就成了文化与社会的交汇场所。"③ 也就是说，自从经济活动成为社会主体，艺术家的生活中心就从庇护系统转向了市场。如果说前者尚讲求艺术品味，关注艺术的使用价值，那么后者更为关注艺术的效益，更注重其交换价值。《玄妙的杰作》对这一转变也有反映，小说发生在17世纪初，尚属资本主义幼年时期④，但市场法则对艺术的侵蚀已随处可见。小说中的弗朗霍费以有钱人身份为耻，坚持艺术追求，

---

① 〔英〕弗朗西斯·惠恩：《马克思〈资本论〉传》，陈越译，北京：中央编译出版社，2009 年版，第 129 页。
② 〔美〕丹尼尔·贝尔：《资本主义文化矛盾》，赵一凡等译，北京：三联书店，1989 年版，第 25 页。
③ 〔美〕丹尼尔·贝尔：《资本主义文化矛盾》，赵一凡等译，北京：三联书店，1989 年版，第 33 页。
④ "美洲金银地产的发现，土著居民的被剿灭、被奴役和被埋葬于矿井，对东印度开始进行的征服和掠夺，非洲变成商业性地猎获黑人的场所——这一切标志着资本主义生产时代的曙光。"《资本论》第 860—861 页。其中东印度公司成立于 1600 年，而哥伦布在 15 世纪末即开始发现美洲的航行，世界上第一次取得胜利的资产阶级革命，尼德兰资产阶级革命则发生于 1566—1609 年，因此，小说发生的时代属于资本主义幼年期。

却被同行边缘化而与时代脱节。反之，宫廷画名家波尔比斯对弗朗霍费的艺术探索不屑一顾，却十分羡慕其丰厚的家产；贫穷的青年画家普桑，更是终日叫嚣"画笔里有黄金"①，不惜引诱纯洁的恋人去当模特，这正是"资产阶级……使医生、律师、牧师、诗人和学者变成了受它雇用的仆役"②的生动写照。

马克思曾这样描述雇佣工人与工作的关系："只有当他们能找到工作的时候才能生存，但是他们又只有当他们的劳动还能增值资本的时候才能找到工作。这些不能不把自己零星出卖的工人，如同其他任何货物一样，也是一种商品，所以他们……受到市场方面一切波动的影响。"③ 在分工日益明确的现代资本主义社会，医生、牧师、律师、诗人、学者和艺术家等人，也须像普通劳动者一样，接受雇主的挑选。然而，艺术家毕竟与普通工人不同，在"零星出卖"自己时，"他们不仅仅在出卖自己的体力，也在出卖自己的头脑、自己的感受力、自己最深层的情感、自己的想像力，实际上是在出卖整个自己。"④ 换言之，工人只是出卖体力，艺术家却出卖了精神自由与艺术尊严。工人生存的前提是使雇主的资本增殖，艺术家也不能例外。由此，市场品味取代了艺术品味，买家的喜好左右了艺术审美。不过，波尔比斯与普桑情愿被抹去"素被尊崇景仰的职业的庄严光彩"⑤，弗朗霍费却依然看重艺术家身份。他花费重金拜师学艺，耗费十年苦功创作现代绘画；

---

① 〔法〕巴尔扎克：《玄妙的杰作》，《巴尔扎克全集》（第二十卷），张裕禾等译，北京：人民文学出版社，1994 年版，第 430 页。

② 〔德〕马克思、恩格斯：《共产党宣言》，《马克思恩格斯全集》（第 4 卷），中央编译局译，北京：人民出版社，1958 年版，第 468—469 页。

③ 〔德〕马克思、恩格斯：《共产党宣言》，《马克思恩格斯全集》（第 4 卷），中央编译局译，北京：人民出版社，1958 年版，第 472—473 页。

④ 〔美〕马歇尔·伯曼：《一切坚固的东西都烟消云散了——现代性体验》，徐大建等译，北京：商务印书馆，2013 年版，第 151 页。

⑤ 〔德〕马克思、恩格斯：《共产党宣言》，《马克思恩格斯全集》（第 4 卷），中央编译局译，北京：人民出版社，1958 年版，第 468 页。

普桑引诱情人当模特，弗朗霍费却视创作为"情人"，称其"是感情，是爱！"① 显然，在弗朗霍费眼里，艺术精神远高于金钱法则。

《资本论》的创作精神更值得钦佩。马克思的专业是法律，完全可以像父亲那样做一名衣食无忧且受人尊敬的律师。但是，为了揭示资本主义社会的罪恶秘密，并为人类解放开辟光明出路，马克思"把它排在哲学和历史之次当作辅助科学来研究"②。大学期间，马克思就接触先进思想，激烈批评普鲁士政府不合理的宗教政策，因此失去在大学任教的机会。在《莱茵报》任职期间，马克思坚决捍卫出版自由，批判社会不公，报纸很快遭到取缔。不过，此间接触到的经济问题，将其引向社会实践，马克思也逐渐开始关注政治经济学。对这一领域所存在的巨大困难，马克思有着清醒的认识："在政治经济学领域内，自由的科学研究遇到的敌人，不只是它在一切其他领域内遇到的敌人。政治经济学所研究的材料的特殊性质，把人们心中最激烈、最卑鄙、最恶劣的感情，把代表私人利益的复仇女神召唤到战场上来反对自由的科学研究。"③ 为了客观公正的研究，马克思拒绝了一切诱惑："不管遇到什么障碍，我都要朝着我的目标前进，而不让资产阶级社会把我变成一架赚钱的机器。"④ 马克思自愿选择了充满艰辛的生活。在《资本论》准备阶段，马克思曾苦涩地自嘲："未必有人会在这样缺货币的情况下来写关于'货币'的文章！"⑤ 在《资本论》创作过程中，马克思不无辛酸地对拉法格说："《资本论》甚至将不够偿付我写作它

---

① 〔法〕巴尔扎克：《玄妙的杰作》，《巴尔扎克全集》（第二十卷），张裕禾等译，北京：人民文学出版社，1994 年版，第 435 页。

② 〔德〕马克思：《政治经济学批判（序言）》，《马克思恩格斯全集》（第 13 卷），中央编译局译，北京：人民出版社，1962 年版，第 7 页。

③ 〔德〕马克思：《资本论》，《马克思恩格斯全集》（第 23 卷），中央编译局译，北京：人民出版社，1972 年版，第 12 页。

④ 〔德〕弗·梅林：《马克思传》，樊集译，北京：人民出版社，1965 年版，第 291 页。

⑤ 〔德〕马克思：《马克思致恩格斯》，《马克思恩格斯全集》（第 29 卷），中央编译局译，北京：人民出版社，1972 年版，第 371 页。

时所吸的雪茄烟烟钱。"① 1867 年 4 月，历经贫困、被通缉、丧子、病痛等磨难，《资本论》第一卷终于完成，马克思无限感慨："我一直在坟墓的边缘徘徊。因此，我不得不利用我还能工作的每时每刻来完成我的著作。为了它，我已经牺牲了我的健康、幸福和家庭。"② 《资本论》的艰辛创作，完全印证了马克思的论述："在科学的入口处，正像在地狱的入口处一样，必须提出这样的要求：'这里必须根绝一切犹豫；这里任何怯懦都无济于事。'"③

弗朗霍费在艺术天性的指引下进行创作，更多是无意识的自发行为；马克思以下地狱的决心创作《资本论》则充满了艺术自觉。在资本主义时代，随着艺术创作逐渐成为工业生产的一环，艺术家获得市场认可就显得非常重要。弗朗霍费的悲剧，就代表了不迎合市场法则的艺术家的命运，这也是近代以来西方文化界的常见现象④。随着资本力量的增强，艺术家的生存空间也越发狭窄，屈从市场趣味，还是孤独毁灭，成为横亘眼前的重大问题。深刻认识到这一点的马克思就此提出一个深刻命题："资本主义生产同某些精神生产部门如艺术和诗歌相敌对。"⑤ 马克思对波尔比斯之流并不陌生，他曾以与其交往过的诗人——为谋生而写诗，完全服从于赢利原则的佛莱里格拉为例指出："职业诗，只不过是给最干瘪的散文式的词句戴上假面具。"⑥ 马克思

① 〔法〕保尔·拉法格：《忆马克思》，《回忆马克思恩格斯》，马集译，北京：人民出版社，1973 年版第 3 页。

② 〔德〕马克思：《马克思致齐格弗里特·迈耶尔》，《马克思恩格斯全集》（第 31 卷），中央编译局译，北京：人民出版社，1972 年版，第 543 页。

③ 〔德〕马克思：《政治经济学批判（序言）》，《马克思恩格斯全集》（第 13 卷），中央编译局译，北京：人民出版社，1962 年版，第 11 页。

④ 比较著名的例子有表现主义绘画大师梵高（1853—1890），他因作品无人赏识而贫病交加，最终自杀。

⑤ 〔德〕马克思：《资本论（第四卷）》，《马克思恩格斯全集》（第 26 卷第 1 册），中央编译局译，北京：人民出版社，1972 年版，第 296 页。

⑥ 〔德〕马克思：《马克思致恩格斯》，《马克思恩格斯全集》（第 32 卷），中央编译局译，北京：人民出版社，1974 年版，第 10 页。

还专门区分了艺术家的生产劳动与非生产劳动："同一种劳动可以是生产劳动，也可以是非生产劳动。例如，密尔顿创作《失乐园》得到五镑，他是非生产劳动者。相反，为书商提供工厂式劳动的作家，则是生产劳动者。密尔顿出于同春蚕吐丝一样的必要而创作《失乐园》。那是他天性的能动表现。"[①] 弗朗霍费与马克思显然同属于密尔顿一类的艺术家。马克思特别强调艺术和诗歌这两类精神生产，而弗朗霍费在论及绘画理念时也经常将画家与诗人作比[②]。众所周知，诗人更讲求语言的凝练和意象的生动，更注重表现生活的本质，但一般而言，与小说相比，诗歌的受众更少，经济价值也更低。在精神生产自律与赢利目标（资本增殖）的矛盾中，诗人受到资本主义生产的"敌对"就更为严酷[③]。因此，以诗人自比的弗朗霍费，已然选择了对抗市场法则，其悲剧实在是资本主义时代有良知的艺术家的必然结局。

今天看来，弗朗霍费的尝试并非胡思乱想，他对线条与色彩、平面与立体，以及形式与内容的理解，都与西方现代派绘画不无相似。19 世纪 70 年代，印象派绘画[④]尝试抛弃传统素描，通过色彩来认识自然。塞尚等人进一步指出，画家应该尝试抓住自然的本质："用大自然

---

① 〔德〕马克思：《资本论（第四卷）》，《马克思恩格斯全集》（第 26 卷第 1 册），中央编译局译，北京：人民出版社，1972 年版，第 432 页。

② 前文提及，弗朗霍费批评寻常画家"临摹了人物，就自以为成了画家……不！要成为伟大的诗人，熟悉句法和不犯语法错误是不够的！"在评判波尔比斯的圣女画像时，他又指出："艺术的使命不是复制绘画的对象，而是表达它！你不应当是蹩脚的复制者，而应当是诗人！"此外，弗朗霍费最为欣赏的拉斐尔的作品，也是因为"形态在他的画里……是一种交流思想感情的手段，是一首洋洋洒洒的诗歌。"（见《巴尔扎克全集》第二十卷，第 419 页）。

③ 陆晓光教授曾对此"相敌对问题"有详细论述（见《资本主义生产与某些精神生产部门相敌对——关于马克思一个命题的思考》，《华东师范大学学报（哲学社会科学版）》，2003 年第 5 期）。

④ 印象派绘画指 19 世纪下半期，以法国为中心并风靡全欧并具有世界影响的印象主义绘画思潮，代表人物有莫奈，开拓者为塞尚。他们把光和色从事物中分离出来，抛弃事物的实体感与实在性，实质上放弃了再现真实的写实主义道路。印象派绘画对 20 世纪前期大多数现代派艺术和主要美学理论都有启发意义（参见蔡元《视觉思维的观念变革——印象派绘画的视觉革命及其对现代绘画艺术的开端意义》，《社会科学战线》，2005 年第 2 期第 283—284 页）。

所有变幻的元素和外观传达出它那份亘古长存的悸动"①。而且，在表现自然的同时，画家还要有自己的理解："绘画并不意味奴隶般地抄袭对象，它意味着察觉存在于大量关系中的和谐并通过依据一种独创的新逻辑来发展这些关系，把它们转化为一个人自身的系统"②。虽然塞尚等人探讨的是风景画创作，却与弗朗霍费的肖像画理念十分契合。当我们将目光转向东方，更容易在中国画中发现知音。中国画讲求"气韵生动"，"不满足于追求事物的外在模拟和形似，要尽力表达出某种内在风神"③，这种不重形似而重内涵的理念与弗朗霍费显然也有契合。在这个意义上，弗朗霍费堪称现代派绘画的先驱，在沟通东西方绘画艺术上也可谓先着一鞭。同样，马克思以唯物史观为指引，在《资本论》中广泛运用现代艺术，成功描绘出百年之后晚期资本主义的社会状况④。马克思与弗朗霍费在现代艺术方面皆有开创之功，而《资本论》创作精神与后者的艺术追求也同样令人钦佩。

三、《资本论》的遭遇与"玄妙的杰作"的"失败"

弗朗霍费的悲剧还在于，甚至巴尔扎克本人对其创作也未能充分认识。马歇尔·伯曼不无遗憾地指出，"巴尔扎克并没认出……那幅画是对20世纪抽象绘画的完美描述"⑤，这与市场法则也大有关系。众所周知，青年巴尔扎克为在巴黎立足，曾一度从事文学投机生意，依据

---

① 许江等编，《具象表现绘画文选》，杭州：中国美术学院出版社，2002年版，第7页。
② 许江等编，《具象表现绘画文选》，杭州：中国美术学院出版社，2002年版，第70页。
③ 李泽厚：《美的历程》，桂林：广西师范大学出版社，2000年版，第231页。
④ 杰姆逊曾指出："资本主义经历三个阶段……第三阶段是二次大战之后的资本主义……主要特征可概述为晚期资本主义，或多国化的资本主义。这一阶段在60年代有其集中体现，这是一个崭新的、与前面各阶段根本不同的新时代，而且很多人都认为这个时代更接近马克思对资本主义的描述。"（见〔美〕杰姆逊：《后现代主义与文化理论》，唐小兵译，陕西师范大学出版社1987年版，第5页）。
⑤ 〔英〕弗朗西斯·惠恩：《马克思〈资本论〉传》，陈越译，北京：中央编译出版社2009年版，第6—7页。

行情创作了不少畅销作品。但是，巴尔扎克为此深感不安，他在 1821 年的一封信中悲痛地写道：　"我指望靠这些小说发财。简直是堕落！……为什么我不该有一千五百法郎的年金来保证我体面地工作呢！然而，为了必不可少的独立，我只得采用这种可耻的方法：污染纸张，玷污名声。"① 巴尔扎克一生都未能"体面地工作"，连续的投资失败迫使其只能以写作来谋生。1831 年，巴尔扎克痛苦地说道："我是一架写作机器，写得我都傻了。"② 即使在成名之后，债务重压之下的巴尔扎克依然是一架"写作机器"，几乎把所有可以利用的时间都投入了创作③。巴尔扎克对金钱既痴迷又仇恨，对创作则充满激情又不无厌恶，这种独特经历或许使得他更为同情为谋生而创作的普桑，却难以赞赏弗朗霍费。因此，巴尔扎克虽然声称"艺术家的精神是远视的……他与未来对话"④，却最终囿于现实主义的樊篱，未能跨入现代主义艺术的世界。

巴尔扎克很快遭到了报应，20 世纪以来，法国新小说派对其进行了猛烈抨击。罗伯—格利耶更是公开表明，20 世纪要结束巴尔扎克所代表的小说传统："当时的社会现实是一个完整体，因此巴尔扎克表现了它的完整性。但 20 世纪……是不稳定的……要描写这样一个现实，就不能再用巴尔扎克时代的那种方法，而要从各个角度去写，……把

---

① 黄晋凯：《巴尔扎克和〈人间喜剧〉》，北京：北京出版社，1981 年版，第 15 页。

② 〔法〕巴尔扎克：《巴尔扎克论文艺》，袁树仁等译，北京：人民文学出版社，2003 年版，第 508 页。

③ 在给情人与家人的信中，巴尔扎克写道，他"每天工作十八个小时"；他经常"在椅子里坐上十二个小时，全力以赴地书写、创作"。"在能写的时候我就写我的手稿，不写时就进行构思。诉讼、债务或者疾病夺去每一页稿纸，都是在耗损我的生命。我从来也不休息。""所有时间都在写作——不是整理手稿，就是思考布局，而如果不想布局也不写作，就得改排校样，这就是我的生活。"（见黄晋凯：《巴尔扎克和〈人间喜剧〉》，北京：北京出版社，1981 年版，第 29—30 页。）

④ 黄晋凯：《巴尔扎克论文艺（前言）》，〔法〕巴尔扎克：《巴尔扎克论文艺》，袁树仁等译，北京：人民文学出版社，2003 年版，第 16 页。

现实的飘浮性，不可捉摸性表现出来。"① 罗伯—格里耶所谓"不稳定、现实的飘浮性，不可捉摸性"正是现代社会的特点，而"稳定的秩序"则是前现代社会的标志。巴尔扎克并非对现代主义一无所知，他的《驴皮记》等作品对此已有涉及②，他甚至借弗朗霍费之手，创作出现代主义抽象画。然而，巴尔扎克最终与现代艺术失之交臂，这真是"值得玩味的讽刺"。

在《1844 年经济学哲学手稿》中，马克思深刻指出："对于没有音乐感的耳朵说来，最美的音乐也毫无意义……忧心忡忡的穷人甚至对最美丽的景色都没有什么感觉；贩卖矿物的商人只看到矿物的商业价值，而看不到矿物的美和特性。"③ 可悲的是，巴尔扎克与波尔比斯、普桑等人，原本具有卓越的才华，却因市场法则的干扰而失去了"音乐感的耳朵"。在市场支配下，他们不幸沦成为与伟大艺术绝缘的"穷人"与"商人"。因此，《玄妙的杰作》可谓深刻揭示了现代社会中艺术与金钱的复杂关系，而《资本论》创作精神与弗朗霍费的追求，则分明蕴含着艺术人文精神对资本法则的勇敢反抗。

马克思推荐巴尔扎克的小说显然不无深意，遗憾的是，我们已无从知晓马恩对这部小说的讨论结果④。不过，据保尔·拉法格回忆，马

---

① 〔法〕罗伯—格里耶：《罗伯—格里耶作品选集》（第三卷），陈侗译，长沙：湖南美术出版社，1998 年版，第 479—480 页。

② 巴尔扎克与人讨论《驴皮记》时曾说道："我书中的深刻寓意，被那些心怀叵测的评论家们忽略了，他们看到的只是形式。所以我承认，当某个评论家乐于透过那些不合常规的形式发现我的真实意图时，我是深受感动的。"参见《巴尔扎克论文艺》第 509 页。此外，法国新小说派另一位代表人物布托尔对《人间喜剧》中的技巧创新给予充分肯定："这些作品的丰富性和所体现的勇敢精神，远远超出了迄今为止我们对它的准确价值的判断……它所具有的新意，一部分已在十世世纪得到了系统的启示，另一部分，则在二十世纪最富独创性的作品中才产生了回响……"（见〔法〕布托尔：《新小说派研究》，柳鸣九译，北京：中国社会科学出版社，1986 年版，第 95—96 页）。

③ 〔德〕马克思：《1844 年经济学哲学手稿》，《马克思恩格斯全集》（第 42 卷），中央编译局译，北京：人民出版社，1979 年版，第 126 页。

④ 恩格斯 1867 年 3 月 13 日的回信〔见《马克思恩格斯全集》（第 31 卷），第 280—282 页，现存信件有残缺〕并未提及这两部小说，此后，马克思、恩格斯再未提及此事。

克思对《玄妙的杰作》印象深刻，认为其中有一部分描写了他自己的感情①。这表明弗朗霍费的遭遇引发了马克思的共鸣。从《1844 年经济学哲学手稿》对古典政治经济学展开研究，至《资本论》（第一卷）1867 年 9 月出版，马克思在《资本论》上耗费了二十多年心血。知识宏富、学养深厚的马克思，何以有弗朗霍费之感，从而对《资本论》的命运心怀隐忧呢？

　　答案或许与政治经济学的特殊性有关。如马克思所言，政治经济学领域"把人们心中最激烈、最卑鄙、最恶劣的感情，把代表私人利益的复仇女神召唤到战场上来反对自由的科学研究"。如果说亚当·斯密与大卫·李嘉图等人由于当时资本主义经济发展并不充分，无法对资产阶级的经济学展开充分批判；那么，到了 19 世纪中期，政治经济学研究所考虑的就不仅仅是"这个或那个原理是否正确，而是它对资本有利还是有害"，从此，"不偏不倚的研究让位于豢养的文丐的争斗，公正无私的科学探讨让位于辩护士的坏心恶意"②。传统政治经济学不敢涉足资本利益这一禁区，《资本论》却揭开其神秘面纱，直接触动了资本家的利益。果然，与青年画家的反应一样，当时的政治经济学家对《资本论》充满了不屑、误解与指责："德国阶级的博学的和不学无术的代言人，最初企图像他们在对付我以前的著作时曾经得逞那样，用沉默置《资本论》于死地。当这种策略已经不再适合时势的时候，他们就借口批评我的书。"③ 其次，马克思的担忧或与其缺少归属感的"局外人"身份有关。作为犹太人，马克思曾加入基督教，并多次批判犹太人与犹太教："犹太教的基础是……实际需要，利己主义。""钱是

---

① 〔英〕柏拉威尔：《马克思和世界文学》，梅绍武等译，北京：三联书店，1982 年版，第495—496 页。

② 〔德〕马克思：《资本论》，《马克思恩格斯全集》（第 23 卷），中央编译局译，北京：人民出版社，1972 年版，第 17 页。

③ 〔德〕马克思：《资本论》，《马克思恩格斯全集》（第 23 卷），中央编译局译，北京：人民出版社，1972 年版，第 18 页。

以色列人的妒嫉之神……期票是犹太人的真正的神。"① 作为曾经的基督徒，马克思又对基督教进行激烈批判，并指出"宗教是人民的鸦片"②；作为中产阶级的儿子与贵族家庭的女婿，马克思却终生为无产阶级代言；作为德国人，马克思数十年被迫流亡国外；最后，作为法律专业出身并获取哲学博士学位的学者，马克思却毕生从事政治经济学研究，这样的"僭越"或许加深了马克思的"局外人"之感。弗朗霍费是个富人，却抛弃财产去投身艺术，最终酿成悲剧，马克思以"僭越者"身份开展政治经济学研究，结局自然也令人担忧。而《资本论》的现代艺术特色或许是马克思最为担心之处。虽然马克思在《资本论》序言中对最难理解的第一章作了部分解释，并郑重指出："除了价值形式那一部分外，不能说这本书难懂。当然，我指的是那些想学到一些新东西、因而愿意自己思考的读者。"③ 然而，对于大部分读者来说，《资本论》独特的形式技巧依然是最大的障碍。英国著名社会主义者威廉·莫里斯④坦言，他在读《资本论》经济学部分时，"大脑陷入了混乱，极其痛苦"⑤；库格曼⑥希望通过评论《资本论》来打破资产阶级的封锁，但他自己也读不懂这部著作⑦。甚至当恩格斯读到《资本论》时，也与弗朗霍费的青年同行一样，严厉批评这部"玄妙的杰

① 〔德〕马克思：《论犹太人问题》，《马克思恩格斯全集》（第 1 卷），中央编译局译，北京：人民出版社，1956 年版，第 448 页。

② 〔德〕马克思：《黑格尔法哲学批判（导言）》，《马克思恩格斯全集》（第 1 卷），中央编译局译，北京：人民出版社，1956 年版，第 453 页。

③ 〔德〕马克思：《资本论》（第一卷），中央编译局译，北京：人民出版社，2004 年版，第 8 页。

④ 威廉·莫里斯（1830—1896），英国设计师，社会主义活动家。

⑤ 〔英〕弗朗西斯·惠恩：《马克思〈资本论〉传》，陈越译，北京：中央编译出版社 2009 年版，第 133 页。

⑥ 库格曼（1828—1902），德国社会主义者，第一国际会员，医生。

⑦ 〔英〕弗朗西斯·惠恩：《马克思〈资本论〉传》，陈越译，北京：中央编译出版社 2009 年版，第 134 页。

作"的"外部结构",并对其中最具现代艺术特点的断裂叙事十分不满①。马克思预料到《资本论》将会遭受冷遇,因此才有本节开头建议恩格斯读《玄妙的杰作》一事。不过,马克思后来毕竟看到了一些中肯的评论,而其当初最为看重的,也是有关艺术性方面的评论,即基于修辞与艺术结构方面的评赞②。

弗朗霍费在17世纪创作的杰作不被自己的时代认可,正在于其诞生得太早,因为它事实上是20世纪的现代抽象艺术。《资本论》也是超越时代的杰作,当同时代人对资本主义的理解还停留在实体工商业时,马克思已展开对虚拟资本与信用体系的研究;当资产阶级学者鼓吹资本主义制度万古长青时,马克思已认识到资本主义社会深刻的危机与矛盾,并发现了新生的无产阶级的力量。《资本论》将资本主义这个怪物放在辩证法的托盘内,运用历史眼光进行扫描,并对其进行现代性批判,而且《资本论》还采用了极其独特的现代形式,这对于19世纪都是超前而陌生的。如果说弗朗霍费是现代派绘画的鼻祖,那么马克思就是现代主义文人的先锋。弗朗霍费鄙视"有钱人"身份,耗费苦功追求现代艺术,却不为时代所接受;《资本论》更是至今也未得到全面准确的解读③,也实在是"值得玩味的讽刺"。不过,艺术的价值总会被人发现。"一个时代在其中只看到混乱和散漫的地方,后来的

---

① 恩格斯:"你怎么会把书的外部结构弄成现在这个样子! ……此外,思想进程经常被说明打断,而且所说明之点从未在说明的结尾加以总结,以致经常从一点的说明直接进入另一点的叙述。这使人非常疲倦,甚至会使人感到混乱。"(见《马恩全集》第31卷第329—330页)英国社会主义者威廉·莫里斯则指出,"读这部伟大作品的纯经济学的部分,我的大脑陷入混乱,极其痛苦。"见惠恩《马克思〈资本论〉传》第133页。

② 1868年1月,伦敦的《星期六评论》赞扬《资本论》的叙述方法"使最枯燥无味的经济问题具有一种独特的魅力"。1872年4月20日,《圣彼得堡消息报》赞扬《资本论》"非常生动","在这方面,作者和大多数德国学者大不相同,这些学者用含糊不清、枯燥无味的语言写书,以致普通人看了脑袋都要裂开。"(参见《马克思恩格斯全集》(第23卷)第19页。)

③ 惠恩对《资本论》百年来被世界各国读者五花八门的解读作了详细描述,参见《马克思〈资本论〉传》第三章《来生》第131—188页。

或更现代的时代也许会发现意义和美丽。"① 马歇尔·伯曼就深刻指出，马克思是"19 世纪最受折磨的巨人之一，属于贝多芬、戈雅、托尔斯泰、易卜生、尼采、梵高等人的阵营，这些人让我们疯狂……然而，他们的痛苦产生了许多我们如今仍然赖以为生的精神资产"②。

马克思在《资本论》即将付印之际，向恩格斯推荐《玄妙的杰作》，称其充满"值得玩味的讽刺"，正是因为《资本论》的艺术风格与弗朗霍费的绘画颇有相似，而后者的"失败"也暗合了马克思对《资本论》的担忧；马克思与弗朗霍费坚定的创作追求，鲜明表征艺术人文精神对资本主义市场法则的抵抗，《玄妙的杰作》也可谓《资本论》创作心路的沉重表达。

马克思特别赞赏巴尔扎克的现实主义创作手法，《农民》受到马克思与恩格斯的高度评赞，即在于其通过艾格庄园的变迁，概括了法国王朝复辟时期农村社会矛盾与斗争的真实历史，显示出对现实关系的深刻理解；巴尔扎克塑造出深受资本主义生产方式残害的农民形象，既鞭挞了农民的堕落，也歌颂了农民的高贵，这种对立统一的叙事蕴含着深刻的辩证法。巴尔扎克一方面描写出资产阶级对贵族社会的冲击与逼迫，另一方面也讴歌贵族社会残存的诗意与人文精神。马克思充分肯定资产阶级的历史功绩，却对资本家与地主的残酷性大加批判，他与巴尔扎克都对古老的精神原则怀抱敬意。而巴尔扎克所怀念的传统贵族与现代资本家面目的对比，也折射出人文精神的巨大差异。

马克思十分关心艺术家人文精神。《资本论》交付印刷之际，马克思特别向恩格斯推荐巴尔扎克的《玄妙的杰作》。马克思对该小说深有感触，正是因为《资本论》大量运用现代艺术技巧，充满对现代性的

---

① 〔英〕弗朗西斯·惠恩：《马克思〈资本论〉传》，陈越译，北京：中央编译出版社 2009 年版，第 7 页。
② 〔英〕弗朗西斯·惠恩：《马克思〈资本论〉传》，陈越译，北京：中央编译出版社 2009 年版，第 10 页。

批判，艺术风格与弗朗霍费的绘画颇为相似；而后者的创新以"失败"告终，也暗含马克思对《资本论》命运的担忧，该小说可谓《资本论》创作心路的沉重表达。与小说中为谋生而向市场妥协的画家不同，马克思与弗朗霍费拥有坚定的创作志向，表现出艺术人文精神对资本主义市场法则的勇敢抵抗。

结　语

　　在拉法格的回忆中，我们了解到马克思对书籍的看法："它们是我的奴隶，一定要服从我的意旨。"① 在漫长的斗争生涯中，文学也同样服从马克思的意旨，完美地充当了他的忠实助手。从《马克思恩格斯全集》中可以看到，马克思著述中包含了大量的文学典故和文学修辞，它们在其政治经济学研究、新闻报道、文章论战以及日常生活等多个领域中都起到了重要作用。

　　不难发现，马克思主要坚持现实主义文学观。从《神圣家族》中提出"真实地评述人类关系"② 这一现实主义的重要命题，到论述艺术发展与社会发展的不平衡关系时强调的"把自己的真实再现出来"③，再到赞扬巴尔扎克"对现实关系具有深刻理解"，马克思的现实主义文学理论不断得以深化，可以说，"现实主义理论正是他的历史唯物主义思想在文学问题上的具体化"④。

　　马克思钟情于但丁、莎士比亚、歌德、巴尔扎克四位作家，正是

---

① 〔法〕拉法格：《忆马克思》，《回忆马克思恩格斯》，马集译，北京：人民出版社，1973 年版，第 4 页。
② 〔德〕马克思、恩格斯：《神圣家族》，《马克思恩格斯全集》（第 2 卷），中央编译局译，北京：人民出版社，1957 年版，第 246 页。
③ 〔德〕马克思：《政治经济学批判·导言》（1857—1858），《马克思恩格斯全集》（第 12 卷），中央编译局译，北京：人民出版社，1962 年版，第 762 页。
④ 童庆炳等著：《马克思与现代美学》，北京：高等教育出版社，2001 年版，第 85 页。

因为他们完全契合其现实主义文学观。巴尔扎克与莎士比亚对现实的生动反映自不待言，但丁的《神曲》与歌德的《浮士德》虽然充满了浓厚的浪漫主义色彩，但依然真实反映了时代精神，在更高的程度上体现出现实主义精神。

在经典作家为马克思人文精神提供的多种启示与助益中，马克思关注的核心点始终是人的自由解放与全面发展，这也是其理想信念使然。马克思痛恨一切形式的剥削与压迫，终生为解放全人类而努力奋斗，其理想就是建立共产主义社会。它将"建立在个人全面发展和他们共同的社会生产能力成为他们的社会财富这一基础上"①，将是"一个以各个人自由发展为一切人自由发展的条件的联合体"②。马克思理想中的人应当"以一种全面的方式，也就是说，作为一个完整的人，占有自己的全面的本质"③。然而，在《1844 年经济学哲学手稿》中，我们却看到工人被劳动异化的惨象："工人的产品越完美，工人自己越畸形；工人创造的对象越文明，工人自己越野蛮；劳动越有力量，工人越无力；劳动越机巧，工人越愚钝，越成为自然界的奴隶。"④ 对于作家这一脑力劳动者来说，"资本主义生产同某些精神生产部门如艺术和诗歌相敌对"⑤。也就是说，人的身体与精神都有被异化的可能，人类面临彻底沦丧的危险。不过，马克思同时指出，伟大的作家有望超越异化的风险。他们虽然隶属于某一阶级，却仍然能够准确深刻地反

① 〔德〕马克思：《政治经济学批判（1857—1858 年草稿）》，《马克思恩格斯全集》（第 46 卷，上册），中央编译局译，北京：人民出版社，1979 年版，第 104 页。
② 〔德〕马克思、恩格斯：《共产党宣言》，《马克思恩格斯全集》（第 4 卷），中央编译局译，北京：人民出版社，1958 年版，第 491 页。
③ 〔德〕马克思：《1844 年经济学哲学手稿》，《马克思恩格斯全集》（第 42 卷），中央编译局译，北京：人民出版社，1979 年版，第 123 页。
④ 〔德〕马克思：《1844 年经济学哲学手稿》，《马克思恩格斯全集》（第 42 卷），中央编译局译，北京：人民出版社，1979 年版，第 92—93 页。
⑤ 〔德〕马克思：《资本论（第四卷）》，《马克思恩格斯全集》（第 26 卷第 1 册），中央编译局译，北京：人民出版社，1972 年版，第 296 页。

映社会现实；他们的作品也会因此违反其所在集团的意识形态与信仰。通过这种方式，作家的创作得以成为相对摆脱异化的精神生产领域，在该领域内，作家可以在相当大的程度上作为一个全面的人来表现自己。此外，马克思认为文学欣赏和文学创作一样，也是实践的一种形式。文学审美活动使得人类凌驾于禽兽之上，使人看到历史、现实与未来的多种可能性。因此，伟大的文学作品能够唤醒大众以改善自己的处境。

本书着重对上述四位经典作家的文本进行解读，从马克思与他们的关系来解读其人文精神，以期发现这些经典作家在马克思人的自由解放与全面发展理论中的重要价值。本书认为，经典作家对马克思人文精神的影响，至少有正反两个方面。从反面而言，马克思在文学经典中加深了对资本主义社会人文精神沦丧的体会与感悟，经典文学提升了他的批判激情，丰富了他的批判内涵。从正面来看，马克思自身人文精神，乃至共产主义理想中的人文主义构想，都与文学经典的滋养密切相关。本书主体部分共有四章，四位经典作家各占一章，这样便于集中论述，也有利于形成我们对这些经典作家与马克思人文精神关系的总体认知。

首先来看但丁。马克思以地狱指称资本主义工业生产，指出人间的工厂地狱之残酷性远甚于但丁的地狱想象，在工厂地狱中，人文精神更是惨遭蹂躏。马克思的地狱叙事对资本主义工业生产的残酷进行了激烈批判，他更以下地狱的决心投身政治经济学研究，彰显其为人类奋斗的精神品格。

但丁的人文主义精神主要表现在批判精神、理想主义与人本思想三方面。与之相比，马克思的批判精神更为彻底，理想信念更为坚定，对人的关注更为全面，可谓对但丁人文主义精神的全面超越。

再来看莎士比亚。从莎士比亚笔下"骄傲的自耕农"① 到马克思笔下的农业工人，这一身份的重大转变，为马克思考察资本主义工业进程中社会底层工人的人文精神沦丧提供了绝佳视角。自耕农经济上优裕自足、地位上享有尊荣、品质上骄傲自尊，曾为保卫英国的独立统一做出巨大贡献，却在工业化进程中，失去土地与生活来源，被迫出卖劳动力并最终失去自由。在此转变中，他们身上的和谐、高贵、自由等精神消失殆尽，鲜明折射出文艺复兴以降西方社会底层的人文精神的沦落。

在资本主义进程中，包括福斯泰夫这样的贵族阶层，也从莎士比亚笔下的荒唐爵士，堕落为19世纪的无良政客。莎士比亚笔下的福斯泰夫行事糊涂、胡作非为，更多却是破落贵族为生活所迫而进行的恶作剧，他们本性不坏，可笑却不可憎，荒唐中也还刻意维持贵族的自尊。马克思笔下的无良政客却道德败坏，危害深重，他们内欺民众，外图强权，他们身上的人文精神荡然无存，还对其他弱小国家的人文精神进行粗暴践踏。

还有歌德。马克思十分喜爱《浮士德》，并从中获取多种人文精神养料。马克思十分喜爱《浮士德》的女主角甘泪卿，推崇其为"女英雄"。甘泪卿外表柔弱，却勇敢追求真爱、勇于挣脱家庭束缚、勇于赴死，显示出女英雄的坚强品格。马克思的妻子燕妮，在吃苦耐劳、温柔良善方面与甘泪卿有相似的优秀品质，而其在人文素养方面更是远远超出这位文学人物。马克思对甘泪卿的喜爱，显然受到燕妮的影响，这说明其文学鉴赏并非抽象虚幻，而是与生活经历密切相关。马克思对甘泪卿的关注，也反映出他对女性精神世界的人文关怀。

马克思与歌德笔下的浮士德也颇为相似。他们两人都历经险阻追

---

① 〔德〕马克思：《工资、价格和利润》，《马克思恩格斯全集》（第16卷），中央编译局译，北京：人民出版社1964年版，第165页。

求精神自由，都在经历人生磨难后仍坚持为人类造福，都是自强不息、仁爱为民的典范。不过，马克思的人生历程更为曲折，奉献牺牲更为巨大，成就也更为突出，马克思可谓在承继浮士德精神的基础上，对其实现了全面超越。

最后来看巴尔扎克。在《农民》中，巴尔扎克准确反映出法国大革命后，在资本主义经济侵蚀和高利贷资本家的残酷剥削之下，农民贫穷、农村凋敝的惨象。巴尔扎克无奈地描写出他心仪的旧贵族的消亡，客观描述了新兴资产阶级的崛起。在此消彼长的争斗中，巴尔扎克对资本主义经济所带来的道德败坏、人性沦丧进行激烈抨击，对传统贵族的道德精神深切怀念。马克思高度赞赏《农民》，表现出他对资本家阶级道德堕落的批判，以及对传统社会中高贵人文精神的赞赏。

马克思十分关注艺术家精神，巴尔扎克笔下的诗人吕西安就曾引起马克思对艺术家人文精神的担忧。在巴尔扎克的短篇小说《玄妙的杰作》中，马克思观察到艺术家的人文精神在资本逼迫下的萎缩与消亡。而且，老画家弗朗霍费的艺术创新追求与经历与马克思颇为相似，两人可谓精神同道，而该小说也堪称《资本论》创作的沉重表达。在小说中，老画家献身艺术，可谓对资本侵蚀的最勇敢抵抗，表现出艺术家对人文精神的坚守。

正如柏拉威尔所言："《神曲》同歌德的《浮士德》，巴尔扎克的《改邪归正的梅莫特》……在马克思的想象和风格上留下了不可磨灭的印记。"① 围绕人的自由解放与全面发展这一核心问题，四位经典作家从不同层面为马克思的人文精神版图提供了丰富原料。但丁提供了地狱般的恐怖黑色，以及"下地狱"的激情红色，莎士比亚勾勒出从自耕农到旧贵族的人文精神衰落的线条，歌德增添了"女英雄"甘泪卿

---

① 〔英〕柏拉威尔：《马克思和世界文学》，梅绍武等译，北京：三联书店，1980 年版，第 561 页。

与浮士德精神的温暖色调，巴尔扎克则以《农民》和《玄妙的杰作》为马克思构筑了贵族道德与艺术家精神的背景。

文学经典不愧为马克思人文精神的最重要来源之一。

参考文献

著作（国内部分）：

1. 白刚著．瓦解资本的逻辑：马克思辩证法的批判本质［M］．北京：中国社会科学出版社，2009.

2. 北京市社会科学院哲学所编著．中外人文精神钩沉［M］．开封：河南大学出版社，2005.

3. 陈应祥等主编．外国文学［M］．太原：山西人民出版社，1985.

4. 董学文主编．西方文学理论史［M］．北京：北京大学出版社，2005.

5. 高中甫著．歌德接受史（1773—1945）［M］．北京：社会科学文献出版社，1993.

6. 黄晋凯著．巴尔扎克和〈人间喜剧〉［M］．北京：北京出版社，1981.

7. 胡大平著．回到恩格斯［M］．南京：江苏人民出版社，2011.

8. 蒋芳著．巴尔扎克在中国［M］．北京：中国社会科学出版社，2009.

9. 李民骐等著．资本的终结——21 世纪大众经济学［M］．北京：中国人民大学出版社，2016.

10. 李玉悌著．但丁与《神曲》 ［M］．西安：陕西人民出版社，1989.

11. 李泽厚．美的历程［M］．桂林：广西师范大学出版社，2000.

12. 林同华主编．宗白华全集（卷四）［M］．合肥：安徽教育出版社，1994.

13. 刘建军著．基督教文化与西方文学传统［M］．北京：北京大学出版社，2005.

14. 童庆炳等著．马克思与现代美学［M］．北京：高等教育出版社，2001.

15. 王元化著．王元化集（卷三）［M］．武汉：湖北教育出版社2007.

16. 许江等编．具象表现绘画文选［M］．杭州：中国美术学院出版社，2002.

17. 阎照祥著．英国贵族史［M］．北京：人民出版社，2000.

18. 杨武能著．走近歌德［M］．上海：上海社会科学院出版社，2012.

19. 余匡复著．《浮士德》——歌德的精神自传［M］．上海：上海外语教育出版社，1999.

20. 俞吾金著．被遮蔽的马克思［M］．北京：人民出版社，2012.

21. 张椿年著．从信仰到理性——意大利人文主义研究［M］．杭州：浙江人民出版社，1993.

22. 章韶华著．我所理解的马克思主义辩证法［M］．北京：中国广播电视出版社，1992.

23. 张延杰著．德治的承诺：但丁历史人物评价中的政治思想研究［M］．北京：光明日报出版社，2011.

24. 郑克鲁主编．外国文学史［M］．北京：高等教育出版社，2006.

25. 朱维之等编著．外国文学简编（欧美部分）［M］．北京：中国人民大学出版社，1999．

26. 朱子仪著．流亡者的神话——犹太人的文化史［M］．天津：天津人民出版社，1993．

27. 宗白华著．艺境［M］．北京：商务印书馆，2011．

著作（国外部分）：

1. 〔丹麦〕勃兰兑斯著．十九世纪文学主流（第五分册）［M］．李宗杰译．北京：人民文学出版社，1982．

2. 〔德〕马克思、恩格斯著．马克思恩格斯全集（第1—50卷）［M］．中央编译局译．北京：人民出版社，1956—1985．

3. 〔德〕马克思、恩格斯著．马克思恩格斯书信选集［M］．刘潇然等译．北京：人民出版社，1962．

4. 〔德〕弗·梅林著．马克思传［M］．樊集译．北京：人民出版社，1965．

5. 〔德〕歌德著．浮士德（第一部）［M］．郭沫若译．北京：人民文学出版社，1978．

6. 〔德〕歌德著．浮士德（第二部）［M］．郭沫若译．北京：人民文学出版社，1978．

7. 〔德〕歌德著．歌德诗集（下）［M］．钱春琦译．上海：上海译文出版社，1982．

8. 〔德〕歌德著、爱克曼辑录．歌德谈话录［M］．朱光潜译．北京：人民文学出版社，1982．

9. 〔德〕科赫著．马克思主义和美学［M］．佟景韩译．桂林：漓江出版社，1985．

10. 〔德〕歌德著．歌德文集（第2卷）［M］．冯至等译．北京：人民文学出版社，1999．

11. 〔德〕歌德著．歌德文集（第6卷）〔M〕．杨武能等译．北京：人民文学出版社，1999.

12. 〔德〕歌德著．诗与真（上）〔M〕．刘思慕译．北京：人民文学出版社，1999.

13. 〔德〕韦尔默著．后形而上学现代性〔M〕．应奇等编译．上海：上海译文出版社，2007.

14. 〔俄〕梅列日科夫斯基著．但丁传〔M〕．汪晓春译．北京：团结出版社，2005.

15. 〔法〕拉法格等著．回忆马克思恩格斯〔M〕．马集译．北京：人民出版社，1973.

16. 〔法〕布托尔著．新小说派研究〔M〕．柳鸣九译．北京：中国社会科学出版社，1986.

17. 〔法〕巴尔扎克著．巴尔扎克全集（第一卷）〔M〕．丁世中等译．北京：人民文学出版社，1994.

18. 〔法〕巴尔扎克著．巴尔扎克全集（第十八卷）〔M〕．资中筠等译．北京：人民文学出版社，1994.

19. 〔法〕巴尔扎克著．巴尔扎克全集（第二十卷）〔M〕．张裕禾等译．北京：人民文学出版社，1994.

20. 〔法〕巴尔扎克著．巴尔扎克论文艺〔M〕．袁树仁等译．北京：人民文学出版社，2003.

21. 〔法〕阿尔都塞著．保卫马克思〔M〕．顾良译．北京：商务印书馆，2010.

22. 〔法〕托克维尔著．旧制度与大革命〔M〕．冯棠译．北京：商务印书馆，2013.

23. 〔荷〕约翰·赫伊津哈著．中世纪的衰落〔M〕．刘军等译．杭州：中国美术学院出版社，1997.

24. 〔美〕爱因斯坦著．爱因斯坦文集（第3卷）〔M〕．许良英等编译．北京：商务印书馆，1979.

25.〔美〕杰姆逊著．后现代主义与文化理论〔M〕．唐小兵译．陕西师范大学出版社 1987.

26.〔美〕丹尼尔·贝尔著．资本主义文化矛盾〔M〕．赵一凡等译．北京：三联书店，1989.

27.〔美〕乔治·霍兰·萨拜因著．政治学说史〔M〕．盛葵阳译．北京：商务印书馆，1990.

28.〔美〕乔治·桑塔亚那著．诗与哲学：三位诗人卢克莱修、但丁及歌德〔M〕．华明译．桂林：广西师范大学出版社，2001.

29.〔美〕萨义德著．知识分子论〔M〕．单德兴译．北京：三联书店，2002.

30.〔美〕理查德·塔纳斯著．西方思想史〔M〕．吴象婴等译．上海社会科学出版社，2011.

31.〔美〕马歇尔·伯曼著．一切坚固的东西都烟消云散了——现代性体验〔M〕．徐大建、张辑译．北京：商务印书馆，2013.

32.〔美〕埃德蒙·威尔逊著．到芬兰车站——历史写作及行动研究〔M〕．刘森尧译．桂林：广西师范大学出版社，2014.

33.〔美〕马泰·卡林内斯库著．现代性的五副面孔〔M〕．顾爱彬等译．南京：译林出版社，2015.

34.〔瑞士〕雅各布·布克哈特著．意大利文艺复兴时代的文化〔M〕．何新译．北京：商务印书馆，1981.

35.〔希腊〕亚里士多德著．政治学〔M〕．吴寿彭译．北京：商务印书馆，1965.

36.〔意〕马里奥·托比诺著．但丁传〔M〕．刘黎亭译．上海：上海译文出版社，1984.

37.〔意〕但丁著．论世界帝国〔M〕．朱虹译．北京：商务印书馆，1986.

38. 〔意〕但丁著. 神曲·地狱篇〔M〕. 田德望译. 北京：人民文学出版社，1990.

39. 〔意〕但丁著. 神曲·炼狱篇〔M〕. 田德望译. 北京：人民文学出版社，1997.

40. 〔意〕但丁著. 神曲·天国篇〔M〕. 田德望译. 北京：人民文学出版社，2001.

41. 〔意〕但丁著. 但丁精选集〔M〕. 吕同六等译. 北京：燕山出版社，2004.

42. 〔意〕但丁等著. 意大利经典散文〔M〕. 吕同六等译. 上海：上海文艺出版社，2004.

43. 〔英〕柏拉威尔著. 马克思和世界文学〔M〕. 梅绍武等译. 北京：三联书店，1980.

44. 〔英〕莎士比亚著. 莎士比亚全集（6卷本）〔M〕. 朱生豪、方重等译. 北京：人民文学出版社，1994.

45. 〔英〕布洛克著. 西方人文主义传统〔M〕. 董乐山译. 北京：三联书店，1997.

46. 〔英〕莎士比亚著. 莎士比亚全集（8卷本）〔M〕. 朱生豪、孙法理、索天章译. 南京：译林出版社，1998.

47. 〔英〕莎士比亚著. 莎士比亚全集（第19、23卷）〔M〕. 梁实秋译. 北京：中国广播电视出版社，2001.

48. 〔英〕戴维·弗里斯比著. 现代性的碎片——齐美尔、克拉考尔和本雅明作品中的现代性理论〔M〕. 卢晖临等译. 北京：商务印书馆，2003.

49. 〔英〕戴维·麦克莱伦著. 马克思传〔M〕. 王珍译. 北京：人民大学出版社，2005.

50. 〔英〕弗朗西斯·惠恩著. 马克思《资本论》传〔M〕. 陈越译. 北京：中央编译出版社，2009.

51.〔英〕约翰·德林瓦特著．世界文学史［M］．陈永国等译．北京：北京大学出版社，2011.

52.〔英〕芭芭拉·雷诺兹著．全新的但丁：诗人·思想家·男人［M］．吴建等译．哈尔滨：黑龙江教育出版社，2015.

53.《圣经》（和合本），上海：中国基督教三自爱国运动委员会、中国基督教协会出版，2009.

54. Sprinker，Michaeled. Edward Said：A Critical Reader. Oxford & Cambridge：Blackwell，1992.

55. Edward Said. Reflections on Exile and Other Essays. Cambridge：Harvard University Press，2000.

学术期刊：

1. 白刚：《辩证法：从马克思走向当代——读〈马克思辩证法理论的当代反思〉》，《学习与探索》，2004 年第 4 期。

2. 白刚、杨传社：《马克思辩证法超越形而上学的两条道路》，《东岳论丛》，2009 年第 5 期。

3. 陈鹤鸣：《但丁〈神曲〉宗教灵魂观念探源》，《外国文学研究》，1998 年第 3 期。

4. 陈紫华《关于英国自耕农消失问题》，《世界历史》，1997 年第 1 期。

5. 程寿庆，高新民：《重新理解和评价"庸俗唯物主义"》，《福建论坛·人文社会科学版》，2009 年第 3 期。

6. 崔秋锁：《马克思人道主义的哲学解读》，《社会科学辑刊》，2014 年第 2 期。

7. 傅俊荣：《马克思夫人燕妮·马克思的评论文章》，《文艺理论研究》，1983 年第 1 期。

8. 凤启龙、刘璟洁：《当代视域下马克思辩证法本性的解读》，

《思想教育研究》，2012 年第 10 期。

9. 付文忠：《马克思辩证法的三个维度——英美马克思主义学者关于辩证法形态争论的启示》，《学术月刊》，2013 年第 3 期。

10. 高艳红、戴卫平：《英国贵族体制及贵族文化刍议》，《广西社会科学》，2007 年第 9 期。

11. 郭树勇：《"国际政治的秘密"：对马克思国际政治观的政治社会学重读》，《太平洋学报》，2007 年第 11 期。

12. 韩庆祥：《从人道主义到马克思人学》，《学习与探索》，2005 年第 6 期。

13. 韩世轶：《从〈浮士德〉看歌德的哲学思想》，《外国文学研究》，1991 年第 3 期。

14. 候建新《英国的骑士、乡绅和绅士都不是贵族》，《历史教学》，1988 年第 3 期。

15. 姜德福：《英国贵族在近代早期文化生活中的地位》，《文化学刊》，2008 年第 5 期。

16. 蒋芳《人性：巴尔扎克小说的又一主题》，《衡阳师范学院学报（社会科学版）》，2004 年第 4 期。

17. 蒋芳：《新中国成立前的巴尔扎克研究》，《湘南学院学报》，2009 年第 3 期。

18. 姜岳斌：《"走自己的路，让人们说去吧"，但丁还是马克思?》，《宁波大学学报（人文科学版）》，2012 年第 11 期。

19. 姜岳斌：《但丁在中国的百年回顾》，《外国文学研究》，2015 年第 1 期。

20. 李福岩：《阿克顿对法国大革命的自由主义批判》，《理论月刊》，2015 年第 1 期。

21. 李晓雯：《试析歌德与〈浮士德〉中神魔冲突之关系》，《内蒙古师范大学学报（哲学社会科学版）》，2007 年第 6 期。

22. 李艳梅：《20 世纪国外莎士比亚历史剧评论综述》，《沈阳师范大学学报（社会科学版）》，2007 年第 2 期。

23. 李一新《英国史上"自耕农"一词范畴论》，《世界历史》，1987 年第 3 期。

24. 刘敏：《甘泪卿悲剧的意义》，《国外文学》，1998 年第 1 期。

25. 刘文斌：《马列文论三十年》，《社会科学战线》，2008 年第 11 期。

26. 楼均信：《法国大革命反思》，《浙江大学学报（人文社会科学版）》，1999 年第 4 期。

27. 楼均信《五十年来中国的法国大革命史研究》，《历史研究》，2003 年第 5 期。

28. 卢大中《关于燕妮·马克思撰写的五篇戏剧评论》，《安徽师范大学学报（哲学社会科学版）》，1983 年第 4 期。

29. 陆丽云：《试析帕麦斯顿的强硬外交》，《北京行政学院学报》，2004 年第 6 期。

30. 陆晓光：《"资本主义生产与某些精神生产部门相敌对"——关于马克思的一个命题的思考》，《华东师范大学学报（哲学社会科学版）》，2003 年第 5 期。

31. 陆晓光：《〈资本论〉结构艺术与马克思美学理念》，《华东师范大学学报（哲学社会科学版）》，2007 年第 1 期。

32. 陆晓光：《马克思美学视域中的"汉特医师"们——重读〈资本论〉》，《社会科学》，2008 年第 4 期。

33. 陆扬：《但丁与阿奎那——从经学到诗学》，《外国文学研究》，1997 年第 3 期。

34. 宁平：《我国近 25 年莎士比亚历史剧研究述评》，《辽宁师范大学学报（社会科学版）》，2004 年第 6 期。

35. 史文静：《马克思"人天生是社会动物"的思想》，《新闻界》，

2013 年第 9 期。

36. 孙宝珊：《简评英国近代著名外交家帕麦斯顿》，《烟台大学学报（哲学社会科学版）》，1995 年第 3 期。

37. 王鹭：《新古典主义绘画的当下解读》，《艺术评论》，2013 年第 5 期。

38. 吴瑞：《格莱斯顿与爱尔兰问题》，《史学月刊》，1995 年第 2 期。

39. 徐奉臻：《关于英国"自耕农"的再研究》，《世界历史》，2000 年第 3 期。

40. 阎照祥：《英国贵族阶级属性和等级制的演变》，《史学月刊》，2000 年第 5 期。

41. 杨春时：《贵族精神与现代性批判》，《厦门大学学报（哲学社会科学版）》，2005 年第 3 期。

42. 易红郡：《公学：英国社会精英的摇篮》，《中国地质大学学报（社会科学版）》，2008 年第 6 期。

43. 张弛《近二十年欧美学界对法国大革命恐怖主义的研究》，《史学理论研究》，2013 年第 4 期。

44. 张荣生：《法国古典主义绘画大师普桑》，《外国文学》，1983 年第 11 期。

45. 郑克鲁：《巴尔扎克短篇小说浅析》，《湘潭大学学报》（社会科学版），1992 年第 4 期。

46. 仲长城：《从自然人性到"政治动物"》，《四川大学学报（哲学社会科学版）》，2009 年第 4 期。

47. 周立红：《"大革命时期的法国贵族"国际学术研讨会综述》，《世界历史》，2009 年第 3 期。

48. 朱伊革：《论庞德〈诗章〉的现代主义特征》，《国外文学》，2014 年第 1 期。

后 记

众所周知，马克思与西方经典作家的关系十分密切，前人对这个问题的研究也已不少。然而，从人文精神这一角度进行研究，让伟大导师与世界文豪就此展开对话，似乎仍有新意。但是，研究的难度可想而知，单是文献阅读一项，就工作量惊人。此外，还有美学、文学、文艺学、哲学、政治经济学、历史学等诸学科的跨越交错，更使得这一研究宛如迷宫，既迷人，又骇人。

一位优雅的学者曾说过：选择研究对象，就是选择恋人。我面对自己的研究对象，却有些像甘泪卿面对浮士德，充满恐惧。这甚至在文字上都有体现，不少师友即批评我"害怕"展开论述，某些论证显得有欠圆满。这当然令人遗憾，不过，学术研究本就充满遗憾，这一次的遗憾可能蕴含着下一次前进的动力。而且，我的研究本身带有探索性质，如此一来，似可释怀。研究就这么在恐惧中进行，博士论文就这么在惶惑中诞生了。马克思、但丁、莎士比亚、歌德、巴尔扎克，五位世界级大师及其作品，是满汉全席的料，我利用他们却只做出一笼包子，还未必熟透。我无法为自己的懒惰与脆弱找任何理由。

而今，我这几年的文字有机会成书，首先要感谢北京知库文化传媒有限公司，正是他们的资助，本书才得以顺利出版。另外，我要特别要感谢我的博士生导师、华东师范大学陆晓光教授，他正直善良，学识渊博，爱护学生，对待学术有宗教般的虔诚，正是他引我进入马克思的世界。如果没有陆老师的精心指导，就没有这本书。师恩如山，我终生难忘！感谢安徽科技学院，它给予我成长和发展的平台，这本书就算是献给相识十年的安科的小礼物吧！感谢妻子秦芳，正是由于她这些年的默默付出与支持，我才得以顺利完成学业，并安心工作。

最后，我要感谢这个伟大的时代，它为我们提供了研究文学的奢侈机会。复兴时代的一切苦恼，最终都是甜蜜温馨的。

2018 年 1 月 17 日